MASON DEAVER

DESEJO A VOCÊ AS COISAS MAIS BELAS

Tradução
Vic Vieira Ramires

Copyright © 2019 by Mason Deaver
Copyright da tradução © 2024 by Editora Globo S.A.

Os direitos morais de autore foram assegurados. Todos os direitos reservados. Nenhuma parte desta edição pode ser utilizada ou reproduzida — em qualquer meio ou forma, seja mecânico ou eletrônico, fotocópia, gravação etc. — nem apropriada ou estocada em sistema de banco de dados sem a expressa autorização da editora.

Título original: *I Wish You All the Best*

Editora responsável **Paula Drummond**
Editora de produção **Agatha Machado**
Assistentes editoriais **Giselle Brito e Mariana Gonçalves**
Preparação de texto **Theo Araújo**
Revisão **Beatriz Ramalho**
Diagramação e adaptação de capa **Carolinne de Oliveira**
Projeto gráfico original **Laboratório Secreto**
Ilustração de capa © **2019 by Sarah Maxwell**
Design de capa original **Nina Goffi e Stephanie Yang**

Texto fixado conforme as regras do Acordo Ortográfico da Língua Portuguesa (Decreto Legislativo nº 54, de 1995)

CIP-BRASIL. CATALOGAÇÃO NA PUBLICAÇÃO
SINDICATO NACIONAL DOS EDITORES DE LIVROS, RJ

D329d

Deaver, Mason
  Desejo a você as coisas mais belas / Mason Deaver ; tradução Vic Vieira. - 1. ed. - Rio de Janeiro : Alt, 2024.

  Tradução de: I wish you all the best
  ISBN 978-65-85348-39-3

  1. Romance americano. I. Vieira, Vic. II. Título.

23-87374
CDD: 813
CDU: 82-31(73)

Meri Gleice Rodrigues de Souza - Bibliotecária - CRB-7/6439

1ª edição, 2024

Direitos de edição em língua portuguesa para o Brasil adquiridos por Editora Globo S.A.
R. Marquês de Pombal, 25
20.230-240 – Rio de Janeiro – RJ – Brasil
www.globolivros.com.br

Para Robin, que esteve presente desde o início

Capítulo 1

— **Ben, querido, você está se sentindo bem?**

Minha mãe recolhe o prato diante de mim, com a maior parte da comida ainda intocada. Eu havia dado apenas uma ou duas garfadas antes do jantar bater no meu estômago como uma pedra e meu pouco apetite sumir.

— Sim, tô bem — respondo. É sempre mais fácil responder só isso para minha mãe; é melhor do que vê-la pegando o termômetro e todos os frascos de remédio que temos em casa. — Só estou com a cabeça cheia.

Pronto. Não é *totalmente* mentira.

— Escola? — pergunta meu pai.

Assinto.

— Você não está indo mal nas matérias, está?

— Não. Só tem muita coisa rolando.

Mais uma vez, não é totalmente mentira. Dá para considerar mentira se estou omitindo certas informações?

— Bem — começa minha mãe —, o importante é tirar boas notas. Quando é que chega seu boletim?

DESEJO A VOCÊ AS COISAS MAIS BELAS **7**

— Semana que vem.

Todas as notas serão altas, exceto em Inglês, o que provavelmente vai me render um "Nós não estamos com raiva, apenas desapontados".

— Tem certeza de que está se sentindo bem? Você sabe que essas mudanças de temperatura sempre o afetam. — Minha mãe se aproxima de mim e afasta meus cabelos da testa. — Você parece meio quente.

— Estou bem. — Afasto a mão dela. — É só cansaço, juro.

E isso parece ser suficiente para convencê-la, porque ela me dá um sorrisinho.

— Tá bom. — Ela continua a me encarar enquanto se afasta. — Você precisa cortar o cabelo, ele já está ficando comprido demais na parte de atrás.

— Tá. — Bebo um pouco de água para ter o que fazer. — Eu contei pra vocês que a Gabby Daniels teve que deixar a presidência do Clube de Arte?

— Não! Aconteceu alguma coisa? — pergunta minha mãe.

— Acho que era responsabilidade demais. Ela está em, tipo, todos os outros clubes da escola. Mas isso significa que eu posso substituí-la!

— Ah, querido, isso é ótimo! — exclama minha mãe da pia, enxaguando os pratos antes de colocá-los no lava-louças. — Você vai ter que fazer muita coisa?

— É mais organizar eventos e viagens. Eu já estava cobrindo a Gabby na maioria das reuniões mesmo, então não vai fazer muita diferença.

— Tem certeza de que isso não vai interferir nos seus estudos? — Meu pai entra na conversa, com uma expressão de desgosto no rosto. — Lembre-se do nosso acordo: se as suas notas caírem, você vai ter que dar o fora.

— Sim, senhor. — Sinto uma leve pressão no cérebro, como se algo estivesse apertando minha cabeça. Olho para minha mãe, na esperança de que ela possa dizer alguma coisa, mas ela não diz. Ela apenas encara o chão como costuma fazer quando meu pai age assim. — Eu sei.

Meu pai suspira e vai para a sala de estar, enquanto recolho os últimos pratos da mesa e os levo para a bancada, antes de pegar vasilhas para guardar as sobras da janta.

— Obrigada, querido.

Minha mãe não desvia o olhar da louça.

— Não precisa agradecer — respondo. — Como foi no trabalho?

— Ah, você sabe... — Ela dá de ombros. — O dr. Jameson continua me passando a papelada dele em vez de cuidar disso.

— Ele, cuidar da própria burocracia? — debocho. — Só se for em sonhos.

— Pois é. — Ela ri e me olha de soslaio. — Juro que um dia ainda vou me rebelar.

— Não é você que me diz para nunca me queimar com os outros?

— Sim, é verdade. Mas eu sou a adulta aqui, e posso fazer o que quiser. — Ela ri consigo mesma e deixa os pratos de lado. — E aí, o que você fez hoje?

— Nada de mais. Desenhei um pouco, trabalhei em alguns projetos com prazos para depois das férias... Nada de interessante. — Mais uma vez, só estou omitindo algumas informações.

Boa parte do meu dia consistiu em surtar totalmente sobre o que eu estava prestes a fazer, reassistindo a vídeos no YouTube sobre como as pessoas faziam isso, relendo antigas mensagens de Mariam e quase vomitando o sanduíche de pasta de amendoim que tinha comido no almoço.

Sabe como é, coisas típicas do dia a dia.

Minha mãe coloca os últimos pratos no escorredor de louças enquanto eu arrumo os potes de comida na geladeira.

— Tem certeza de que está bem? Você não comeu nada estranho, né?

Minha mãe se aproxima para tocar na minha testa novamente, mas consigo me desvencilhar.

— Juro que estou bem.

Mentira.

— Se você diz... — Minha mãe dobra com cuidado os panos de prato sobre a pia. — Você ainda quer assistir a um filme?

— Sim, quero! Já vou lá.

— Talvez ele não nos faça assistir a *Esqueceram de Mim* pela vigésima vez — murmura ela, mais para si mesma do que para mim, acho.

— É um clássico — brinco.

Ela me oferece um sorriso enquanto pega o pacotinho de doces de chocolate com hortelã-pimenta que ela havia feito alguns dias antes e segue em direção à sala de estar.

Quando minha mãe se vai, eu me curvo sobre a pia, me preparando para o caso de o jantar subir pela garganta. Eu consigo fazer isso, vai dar tudo certo. Vai ficar tudo bem; essa definitivamente é a coisa certa a se fazer. Conheço meus pais, eles me conhecem e merecem saber a verdade.

E quero contar a eles, quero mesmo.

Então é exatamente isso que vou fazer.

— Ben, traz a pipoca — diz meu pai do outro cômodo.

Sinto meu estômago se revirar de novo. Então pego o enorme balde de pipoca — com quatro sabores diferentes que meu pai sempre compra no Natal — sobre a bancada e sigo para a sala, mas meus pés são como dois blocos de cimento.

Parece que ainda estamos no Natal aqui em casa. Na verdade, minha mãe e eu concordamos que as pessoas não aproveitam direito esse feriado, então ela costuma manter a árvore e as decorações até o início do ano. Não sei ao certo se as outras famílias também fazem isso, mas essa é a mania da minha mãe que eu mais gosto.

Ela já decidiu que o filme da noite vai ser *Um Duende em Nova York*, apesar de não termos uma cópia dele, então fico responsável por encontrar onde alugar.

— Podemos assistir a *Lampoon* em seguida. — Meu pai mastiga uma pipoca.

Depois de pesquisar um pouco, encontro o filme para alugar, insiro os dados do cartão da minha mãe e me aconchego. É estranho, normalmente eu amo assistir a esse filme, mas esta noite? É quase irritante. Porém, acho que não é culpa do filme. Eu me sinto desconfortável, não importa o quanto mude de posição; é como se, de alguma forma, eu precisasse escapar do meu próprio corpo.

E então o filme chega à cena esquisita em que o personagem do Will Ferrell está cantando com a Zooey Deschanel enquanto ela está no banho. Sei que o personagem dele foi feito para ser inocente e tal, mas ainda assim a cena parece meio pervertida.

— Aí sim! Isso que é mulher! — Meu pai ri, comendo outro punhado de pipoca com cobertura de chocolate. — Né, Ben?

— É.

Dou o meu melhor para fingir que entendo a piada, mesmo que isso não esteja nem perto da verdade. Eu me pergunto se algum dia eles já enxergaram além desse disfarce, se alguma vez já consideraram a ideia de que eu pudesse ser qualquer outra coisa que não seu filho perfeito.

Não gosto de mentir para ele.

Ou para minha mãe.

Estou vivendo uma mentira o tempo todo. Eles não sabem tudo sobre mim.

É para isso que tenho me preparado esta noite; na verdade, durante as últimas semanas. É o motivo pelo qual eu não tinha apetite, pelo qual não consegui me concentrar em nada na última semana. Parece que o recesso de Natal passou se arrastando, pois me prometi que faria isso agora, em algum momento durante as férias. Esta noite parece ser o momento certo, mesmo que eu não consiga explicar o porquê. Talvez esteja me deixando levar por uma magia natalina ou algo assim.

É Natal, que alegria, imagino.

É uma pena que eu não me sinta muito alegre agora. Talvez eu devesse ter colocado roupas mais "gays" para me sentir um pouco mais no clima.

Um comercial começa a passar, anunciando uma promoção de carros para os "Fe-Fe-riados" e, de canto de olho, vejo meu pai balançando a cabeça.

— Não é possível! — Escuto ele murmurar.

Treinei com Mariam várias vezes. Só preciso esperar por um bom momento, um instante de calmaria, quando todos estivermos nos sentindo bem.

Vai ficar tudo bem, repetiu Mariam sem parar.

Tudo ia ficar tudo bem. Eu finalmente iria tirar esse enorme peso dos ombros e seria ótimo; eles respeitariam o que eu tinha para contar.

E tudo ficaria bem.

Digo a mim mesme, sem parar, que *agora* é o momento certo, enquanto o filme está passando e os comerciais vêm e vão. Mas toda vez que abro a boca, as palavras me escapam, e não consigo forçá-las a sair.

Eu não deveria sentir medo.

Mas por alguma razão estou com medo, não importa o quanto tenha desejado não estar. Não consigo me livrar desse sentimento. Talvez seja um presságio ou algo assim; um sinal de que eu não deveria fazer isso. Mas *preciso* fazer isso. Não consigo explicar; apenas sinto isso dentro de mim. E, bem lá no fundo, realmente acho que vai ficar tudo bem.

Não faz muito sentido, mas espero até o fim do filme, quando está todo mundo reunido e feliz e eu vejo um sorriso no rosto da minha mãe.

Meu pai parece indiferente, mas ele quase sempre está com essa cara.

Tem que ser agora. Consigo até sentir isso.

— Gente, eu queria falar com vocês sobre uma coisa — anuncio, a voz muito falha.

— Tá bom. — Minha mãe se recosta no sofá, dobrando as pernas sobre o assento e apoiando a cabeça na palma da mão. — O que é?

Meu pai estende a mão para o controle remoto e diminui o volume da tv.

— Eu... — Eu consigo fazer isso. *Apenas continue respirando.*

Sinto uma revolução acontecer no meu estômago, como se alguma coisa estivesse se contorcendo sem parar e não fosse sumir até esse momento de tensão passar. E então tudo irá se acalmar, e eu me sentirei livre.

— Queria contar uma coisa para vocês.

DESEJO A VOCÊ AS COISAS MAIS BELAS 13

Nesse momento, meu pai olha para mim.

É isso.

Na verdade, é meio engraçado. O roteiro que escrevi para mim mesmo, o que digitei no Word para que eu pontuasse tudo o que queria, desapareceu por completo da minha mente. Como se alguém tivesse apagado cada palavra.

Talvez seja melhor assim. Quem sabe dessa forma eu seja mais honeste.

Se isso sair de *mim* e não de uma versão ensaiada de mim mesmo, talvez ajude, e talvez seja melhor.

Então conto a eles. Devagarinho.

De primeira, o alívio me inunda. Sinto meu corpo inteiro relaxar.

Só queria que esse sentimento tivesse durado mais tempo.

Capítulo 2

— **Atende, por favor.** Atende, por favor... — sussurro para o telefone público, me encolhendo sob o frio cortante da noite, observando o brilho das luzes de Natal ainda penduradas nas vitrines das lojas, mesmo que seja véspera de Ano-Novo.

Apenas uma hora — esse foi o tempo que levou para minha vida desmoronar ao meu redor. E agora aqui estou eu, perambulando pelo centro da cidade sem sapatos, ligando a cobrar para uma irmã com quem eu não tenho contato há uma década.

— Alô?

A voz de Hannah soa cansada, mas ainda nem é tão tarde assim. Pelo menos acho que não; não tenho um relógio. E meu celular está em casa, sobre a mesa de cabeceira, carregando, porque a bateria é uma droga.

— Hannah, sou eu.

— Quem está falando?

— Sou eu — sussurro. Óbvio que ela não reconheceria minha voz; não mais. Inferno, ela provavelmente sequer me reconheceria. — Ben.

DESEJO A VOCÊ AS COISAS MAIS BELAS **15**

Há uma falha ou um ruído, ou algo do tipo, do outro lado da linha.

— Ben? O que você...

Eu a interrompo.

— Você pode vir me buscar?

— O quê? Por quê? O que está acontecendo?

— *Hannah.*

Olho ao redor. A calçada está vazia, provavelmente graças à temperatura congelante. Todo mundo está dentro de casa, em algum lugar quente e agradável. E aqui estou eu, perdendo aos poucos a sensação dos meus dedos do pé, tentando ao máximo não tremer com as lufadas geladas de vento.

— Ben, ainda está me ouvindo? Onde você está?

— Em frente ao Twin Hill Pizza.

Enfio as mãos debaixo das axilas, equilibrando o telefone entre a bochecha e o ombro. Há mais ruídos do outro lado da linha e o som de outra pessoa falando.

— O que diabos você está fazendo na rua? A temperatura está abaixo de zero.

— Nossos pais me expulsaram de casa.

A linha fica em silêncio e, por um segundo, acho que a ligação caiu de repente. Meu Deus, não sei se ligar a cobrar vai funcionar uma segunda vez.

— O quê? — A voz dela parece quase desprovida de emoção, do jeito que ficava quando ela estava enfurecida de verdade e sem necessidade. Geralmente com nosso pai, em relação a alguma coisa que não merecia essa reação. — Por que eles fariam isso?

— Você pode só vir me buscar, por favor? — Tento respirar em minhas mãos para aquecê-las. — Posso... posso explicar tudo depois.

— Sim, lógico, só me espera. Tá bom?

— Vou para o Walgreens aqui perto.

Consigo enxergar o letreiro vermelho brilhante daqui, a uma quadra de distância. Passo o endereço para Hannah, escutando com atenção ao que está acontecendo no fundo.

— Tá, vou chegar aí o mais rápido possível.

Hannah mora em Raleigh, uma viagem de carro de pelo menos uma hora, talvez 45 minutos se ela correr. Então vou esperar por um tempo.

Pelo menos ninguém dentro da farmácia parece se importar com o fato de eu não estar mais obedecendo uma das duas regras mais básicas do local: "não entrar sem sapatos". O atendente por trás do balcão nem ergue o olhar quando ando até o ponto mais afastado da loja e me sento em uma das cadeiras próximas à área de espera dali.

Minhas pernas doem, e uma das meias já tem um buraco. Tiro o par imundo e encharcado dos meus pés e começo a esfregar a pele dormente. Espero que eu possa recuperar pelo menos parte da sensação. Nenhum dos meus dedos está roxo, então estou encarando isso como um bom sinal.

De início, nem percebo que estou chorando. Talvez seja porque meu rosto já foi castigado pelo vento lá de fora, ou porque chorar é algo que estou fazendo há duas horas, antes de fazer a ligação. Minha visão fica borrada quando começo a chorar de novo, encarando meus pés desnudos. Eu me esforço para enxugar as lágrimas, mas a pele sob meus olhos arde muito.

Meu Deus. Eu sou um desastre.

Eu me senti tão anestesiade na caminhada até aqui, me esforçando o máximo possível para chegar ao lugar em que eu sabia que teria um telefone público. Todo mundo na escola zombava que provavelmente era o último do país. Afinal, quem precisa de telefones públicos hoje em dia, não é?

Encolho bem os joelhos, tentando ficar em silêncio. Se algum dos funcionários percebe, ou me vê, não diz nada.

— Saia dessa casa.

Nem sabia que era possível meu pai olhar para mim do jeito que ele havia olhado, isso era...

Aterrorizante.

De início foi tranquilo. Quase como se eles quisessem me escutar. Eles me deixaram falar, e então terminei de contar a verdade. Minha mãe não tirou a mão do colar em nenhum momento — um crucifixo que a vovó lhe dera quando tinha sete anos.

Meu pai falou primeiro.

— É uma ótima piada, filho.

Porém, o modo como ele falou deixou evidente que ele não achava que era uma piada. Seu tom de voz era inexpressivo, como se não houvesse nada por trás.

— Pai...

— Você devia retirar o que disse — acrescentou ele, para fingir que não havia acontecido nada, que a conversa era algo que poderia ser varrido para debaixo do tapete.

Mas não podia.

E mesmo que isso fosse possível, eu não iria querer.

Não achava que iria, pelo menos.

— Mãe. — Olhei para ela, que continuou alternando o olhar entre mim e meu pai, sem dizer nada. — Por favor...

Mas ela não se pronunciou. E meu pai foi ficando cada vez mais bravo. No entanto, ele não chegou a gritar comigo; a voz dele tinha aquele tom calmo de dar medo. Nós só ficamos ali, sem nos mexer.

— Você é nosso filho, Ben. Isso não faz sentido nenhum.

— Pai, eu posso…

— Saia da minha casa. Só saia daqui.

— O quê?

— Você me ouviu.

— Por favor. — Implorei a ambos. — Não façam isso.

Meu pai me conduziu até a porta, e minha mãe seguiu em seu encalço. Implorei sem parar, mas eles não fizeram nada.

— Mãe! Por favor!

— Deus não quer isso pra você, Ben.

Supliquei a ela que não dissesse aquilo, e então comecei a chorar. Mas não foi o suficiente. A porta se fechou, e eu queria que ela se abrisse de novo. Queria que aquilo fosse alguma piada cruel, uma que eu poderia perdoar depois. Tentei girar a maçaneta, mas a porta estava trancada, e nem a chave reserva que eles escondiam debaixo de uma pedra falsa funcionou, porque eles haviam fechado com a outra tranca também.

Paro de me balançar para a frente e para trás na cadeira dura, esperando e rezando para que Hannah consiga me encontrar.

O que eu devo fazer agora? Eles não irão me aceitar de volta, não é? Será que eu iria voltar? Será que Hannah tem alguma resposta? Nem sei o que devo contar a ela, ou se ela será capaz de me ajudar. Meu Deus, e se ela for tão ruim quanto nossos pais? Ela não pode ser, pode?

Se eu tivesse mantido a droga da minha boca fechada…

Não quero acreditar nisso, mas já se passaram dez anos — desde que ela se formou, desde que nos vimos pela última vez, desde que ela me deixou sozinhe com nossos pais. Ela pode ser uma pessoa completamente diferente agora. Do tipo que odeia quem eu sou. Mas, bem, pensei que meus pais não eram assim.

— Ben?

Eu me sobressalto com a voz, mas não ouso erguer o olhar.

— Benji? — Faz uma eternidade desde a última vez que alguém me chamou assim. — Vem comigo.

Parece improvável que Hannah já tenha chegado aqui, mas nunca se sabe.

— Hannah? — murmuro.

Minha garganta parece estar entalada com alguma coisa, arranhada e irritadiça.

— Vem. Essas são as suas meias, né? — Ela pega o par com cuidado. O nojo em seu rosto é humilhante.

Faço que sim com a cabeça.

— Estão furadas.

— E molhadas também. — Ela embola as meias e as joga na bolsa. — Vamos levar você para casa.

Balanço a cabeça.

— Não quero. — Eu me sinto como uma criancinha, mas só de pensar em voltar para lá... — Não posso voltar para aquele lugar.

— Eu quis dizer a minha casa. Vamos.

Hannah apoia a mão em meus ombros para segurar meu braço e me ajudar a me levantar. Acho que estive sentade aqui por uma hora, porque de repente todo o meu sangue volta a correr para minhas pernas, enchendo-as com aquela sensação de estática que eu odeio. Nós seguimos devagar para a saída, cada passo disparando uma pontada aguda na minha coluna. Estou rezando em silêncio para que os atendentes tenham encontrado alguma outra coisa para fazer, assim eles não nos veem.

O carro de Hannah já está ligado, ainda bem. Quando termina de me ajudar a sentar no banco do passageiro, prendendo o cinto para mim, ela corre para o lado do motorista.

— Eu devia ter ligado o aquecedor do seu assento. Desculpa. Pelo menos o carro está aquecido.

— Como você está?

Hannah coloca o carro na marcha à ré e sai do estacionamento, olhando para mim e para o retrovisor.

— Bem — respondo, mesmo que "bem" seja a última coisa que me descreva agora. Que merda devo fazer agora? Tudo… desmoronou.

— Você está com fome?

Não respondo. Mas não estou. Minha mãe havia feito frango para o jantar, mas, por eu ter planejado isso há semanas, até meses, meu estômago ficou se revirando o dia inteiro, tanto que eu sabia que não conseguiria segurar qualquer coisa que comesse. Até mesmo agora, de estômago vazio, meu apetite é inexistente, e pensar em qualquer tipo de comida me deixa enjoade.

— Ben? — Hannah me chama pelo nome de novo, mas dessa vez parece que ela está a quilômetros de distância. Então a ouço murmurar: — Vou levar você para o hospital.

— Não. — Agarro o braço dela, como se isso fosse impedi-la de dar o retorno com o carro. — Estou bem, juro.

— Benji…

— A gente pode só ir pra sua casa? Por favor.

Ela olha para mim com os mesmos olhos castanhos que eu tenho, os olhos que nós herdamos do nosso pai.

— Está bem. — Ela encontra outra faixa de retorno para pegar, a seta piscando no silêncio mortal do carro. — Você não quer falar disso agora, né?

Balanço a cabeça.

— Agora não.

— Tá bom. Tenta dormir ou descansar um pouco, eu te acordo quando a gente chegar.

Seguimos viagem em silêncio, e o único barulho é o som baixinho de uma estação de rádio tocando um Top 40 de músicas. Tento dormir, ou desanuviar a mente, relaxar, não pensar sobre o que fiz. Mas é impossível. Porque eu disse aquelas quatro palavrinhas.

"Eu sou não binárie."

Meus pais ficaram sem reação ou palavras por alguns segundos. Meu pai foi o primeiro a falar algo, exigindo uma explicação. Isso era justo, e talvez um bom sinal. Não tinha certeza, mas àquela altura estava disposte a aceitar qualquer migalha que me dessem.

Meu pai usou uma palavra ofensiva que começa com T, e isso foi como um tapa na cara. Eu nunca o ouvi usar essa palavra antes. Foi nessa hora que senti um peso no coração. Tentei explicar as coisas, o que significava ser não binárie, mas era como se quanto mais eu tentasse falar, mais quisesse chorar. Então começou a gritaria, e tudo aconteceu muito rápido. Eu não conseguia falar ou entender o que eles estavam dizendo.

Você tem que ir embora. Meu pai apontou para mim.

— Ben?

Devo ter caído no sono em algum momento, porque meus olhos estão pesados, minha boca está pastosa e nojenta e meu corpo está tenso.

— Chegamos.

Hannah estaciona o carro, mas deixa o motor ligado, as saídas de ventilação ainda soprando ar quente.

Admiro a casa, os tijolos marrons e o revestimento verde. Já tinha visto antes, nunca à noite, mas só em fotos e posts. O único jeito pelo qual conseguia me manter informade sobre o que estava acontecendo na vida da minha irmã.

— Você pode dormir no quarto de hóspedes, tá bom?

Assinto e a sigo pela garagem, meus pés enregelados ao entrarem em contato com o chão frio mais uma vez. Hannah destranca a porta rapidamente e me guia pelas escadas, ligando a luz do quarto de hóspedes.

— O banheiro fica do outro lado do corredor, se você quiser tomar banho ou algo do tipo.

Analiso o quarto: há uma cama Queen Size enorme e vários travesseiros. Definitivamente é melhor do que meu quarto em casa, mas também é mais vazio. Não há foto alguma nas paredes, ou pequenos enfeites sobre a cômoda.

— Aqui. — Hannah abre as portas espelhadas do guarda-roupas e pega uma pilha de lençóis. — Dorme um pouco. De manhã a gente pensa no que fazer, tá?

Assinto novamente e encaro a cama. Parece que Hannah quer falar mais alguma coisa, ou me abraçar, ou dizer que vai ficar tudo bem. Mas ela não faz nada disso.

Acho que até ela sabe que não vai ficar tudo bem.

Hannah sai e fecha a porta atrás de si, deixando o quarto ainda mais vazio.

Tiro as roupas, ficando só de cueca boxer, e puxo os lençóis, deitando na cama confortável e sem uso. Eu me viro de um lado para o outro, mas depois de alguns minutos fica óbvio que não vou conseguir dormir esta noite. Toda vez que fecho os olhos, vejo o rosto deles. Tão vívidos, bem ali a minha frente, gritando. E quando os abro novamente, não há nada além da solidão escura do quarto. Estendo a mão até o controle remoto sobre a mesa de cabeceira e ligo a TV, trocando de canal até meus olhos pararem em um episódio de *Supergatas*.

Porque não posso ficar sozinhe agora. Não esta noite.

Obrigade por ser minha amiga, Betty White.

Capítulo 3

O dia de ontem *realmente* aconteceu.

Levo mais do que alguns minutos para entender que não havia sido um pesadelo extremamente vívido, um delírio febril ou algo do tipo. Foi real.

Eu me assumi para meus pais e eles me expulsaram de casa.

E ainda fui bobe o suficiente para acreditar que ficaria tudo bem. Acreditei mesmo. Pensei que poderíamos continuar a ser uma família feliz, sem segredos entre nós. Que eu poderia ser *eu*. Mas deveria saber que não.

Agora tudo desmoronou.

Tudo.

Não sei se choro ou grito ou faço as duas coisas. Parece que já fiz isso mais do que o suficiente. Mas também parece que não fiz o necessário.

E sei que, em algum momento, terei que me arrastar para fora dessa cama e recolher meus caquinhos, mas agora posso ficar sozinhe. Só eu, essas quatro paredes e essa cama.

O universo não precisa existir fora desse quarto, e está tudo bem.

— Ainda não consigo acreditar que eles fizeram isso. — Ouço a voz de Hannah ecoar pela casa enquanto desço as escadas, porque havia um limite de tempo aceitável em que eu podia ficar no meu próprio mundinho.

— Ele simplesmente ligou de um orelhão? — Essa voz eu não reconheço, mas é grave e rouca. Acho que é o marido dela. Thomas?

Você só pode descobrir coisas sobre uma pessoa até certo ponto sem adicioná-la em uma rede social. Isso provavelmente soa meio esquisito, mas eu não podia arriscar que minha mãe ou meu pai entrassem no meu perfil e vissem "Hannah Waller" na minha lista de amigos.

— Sim, e a temperatura estava abaixo de zero.

Hannah solta alguma coisa na pia com tanta força que acho que ela quebrou seja lá o que tenha sido. Esfrego os olhos, incerte de que horas são, enquanto tento adivinhar onde pode ser a cozinha.

— Hannah? — chamo, observando o corredor cheio de fotos. Há algumas que reconheço do Facebook. Algumas que parecem ser do casamento deles, outras de Hannah e Thomas em um barco. Eles parecem felizes juntos.

A porta no fim do corredor se abre, Hannah empurrando--a, vestindo um suéter em uma modelagem oversized e calça jeans escura.

— Bom dia.

Ela sorri, cruzando os braços.

— Bom dia.

Passo a mão pelos cabelos, tentando fazer os cachos se acomodarem na parte de trás.

— Nós fizemos café da manhã.

Ela me guia pela porta de vai e vem até a cozinha.

O cara branco das fotos está sentado à mesa, o prato vazio deixado de lado. Ele tem barba e veste uma camiseta de um time que não reconheço.

— Bom dia. Dormiu bem? — É tudo que ele me pergunta.

— Sim — minto.

Meu corpo eventualmente deve ter apagado, porque eu me lembro de num minuto tentar rir de alguma coisa na TV e no outro, o sol estava brilhando através das cortinas finas do quarto. Acho que essa é a sensação de ser atropelade por uma carreta.

— Ah, Ben, esse é o meu marido, Thomas. — Hannah acena com a cabeça para o homem sentado à mesa.

É estranho pensar que agora tenho um cunhado, uma pessoa que eu literalmente só conhecia por fotos.

Thomas ergue a caneca em minha direção como uma saudação.

— É um prazer finalmente conhecer você. Hannah me contou muitas histórias.

Sem dúvida eu era uma criança em todas elas. Hannah me oferece um lugar à mesa alta estilo bistrô que fica no canto, as janelas deixando entrar luz demais para o início da manhã. Apesar de uma olhadela rápida para o relógio do micro-ondas me informar que já é quase meio-dia.

— Ben — diz Hannah ao se sentar ao lado de Thomas, as mãos cruzadas —, você pode nos contar o que aconteceu?

DESEJO A VOCÊ AS COISAS MAIS BELAS 27

Acho que não tem mais como evitar o assunto, e devo uma explicação a eles. O problema é que nem sei por onde começar. Quer dizer, sei por *onde* começar, mas é como se minha boca não quisesse abrir, como se ela estivesse abarrotada de algodão ou algo do tipo, e sei que não importa o que eu diga, provavelmente não vai fazer muito sentido.

— Vou lá pra cima. Talvez seja melhor vocês conversarem a sós.

Thomas pega a caneca e empurra a cadeira para debaixo da mesa, esticando as pernas. Observo a porta da cozinha balançar nas dobradiças depois que ele sai, para um lado e para o outro até diminuir o movimento e a porta se acomodar em seu lugar.

— Por favor, Benji, fala comigo.

Tá bom. Eu consigo fazer isso. Fiz na noite passada. Poucas palavras e tudo isso pode acabar. Mas será que eu ainda conheço minha irmã? Será que ela pode me ajudar? Talvez tudo isso tenha sido um grande erro.

Mas ela pode ser minha única chance de ter algum tipo de normalidade, pelo menos por enquanto.

— Sou… não binárie. — Finalmente boto para fora. Até consigo diminuir o tamanho da frase.

Hannah se recosta na cadeira, meio que me olhando e não me encarando ao mesmo tempo. Isso foi um erro. Encontrei um lugar para ficar e agora ferrei com tudo novamente. Meu Deus, para onde mais eu poderia ir? Minha mãe definitivamente deve ter ligado para a vovó, provavelmente para a tia Susan também. E não posso simplesmente aparecer na casa de nenhum dos meus colegas de turma. Além disso, como é que eu voltaria para minha vizinhança sem pagar por um táxi ou algo assim?

Empurro a cadeira para trás, me preparando para subir as escadas e pegar minhas coisas antes de lembrar que não tenho nada. Pelo menos isso vai me poupar trabalho. Posso ir embora direto. Não há chance nenhuma de eu me lembrar de como chegar em casa, então terei que parar em um posto de gasolina ou algo assim para pedir informações. Como vou conseguir andar essa distância toda sem sapatos ou meias?

— Não, Ben, espera. — Hannah segura meu pulso, e quase puxo o braço para me soltar. Mas ela está segurando com força. — Desculpa, só não estava esperando por isso.

Ela olha para mim. Primeiro para meu rosto, então para o resto do meu corpo, como se de alguma forma eu tivesse me transformado diante dos olhos dela.

— Então nossos pais expulsaram você de casa por causa disso?

Faço que sim com a cabeça.

— Imagino.

— Achei que eles entenderiam.

Realmente achei. Quer dizer, eles são meus pais. Pensei que isso pudesse ter algum valor.

— Sinto muito, Ben. — Ela acena com a cabeça para a cadeira. — Sente-se de novo. Por favor.

Eu a encaro antes de voltar a me sentar, esfregando a palma suada na calça jeans. Até agora não tomei banho, o que faz com que eu me sinta ainda mais nojente. Como se eu estivesse recoberte por uma camada de sujeira da qual nunca vou me livrar.

— Você tem dezoito anos, né?

Assinto.

— Você já terminou a escola? — pergunta ela.

DESEJO A VOCÊ AS COISAS MAIS BELAS **29**

Sinto que a resposta deveria ser óbvia, mas preciso levar em consideração que faz dez anos que não nos falamos.

— Não.

— Tá bom, essa é uma pergunta para a qual eu já sei a resposta, mas... Você quer voltar para lá?

Até mesmo a ideia faz meu estômago se revirar, como se houvesse um punho fechando-se lentamente ao redor dele.

— Não. Por favor, não.

— Tá bom, tá bom. Tudo bem. Vamos precisar conversar sobre algumas coisas, está bem? Tipo a escola, roupas novas e tudo o mais que você vai precisar. Já falei com Thomas, e você pode morar aqui.

— Tem certeza?

— Sim, Ben.

Hannah passa a mão pelos cabelos ruivos — tingidos, acho, já que ninguém na nossa família tem essa cor de cabelo; e a possibilidade dos cabelos dela terem repentinamente se tornado ruivos parece quase nula. Ela não mudou muito desde que foi embora. Ainda dá para dizer que somos parentes. Os mesmos olhos, o mesmo nariz pontudo, a mesma pele branca e pálida, os mesmos cabelos bagunçados. Eu me pergunto o quanto pareço diferente para ela.

— Desculpa, estou tentando pensar. Não sei ao certo por onde começar — diz ela.

Não consigo nem olhar para ela.

— Desculpa.

— Ei, não se desculpe, tá bom? Isso não é culpa sua.

Sei disso. Lá no fundo, eu sei. Mas agora é difícil de engolir. De aceitar.

— Então, quais pronomes você usa? — pergunta ela.

A pergunta me pega de surpresa. Não de um jeito ruim. Só é estranho. Hannah é a primeira pessoa a me perguntar isso. A primeira pessoa que *teve* que perguntar.

— Elu e delu — respondo, tentando soar confiante, mas até eu mesme consigo ver que estou falhando miseravelmente.

— Certo. Bem, posso levar um tempinho pra me acostumar, então quero que você me corrija quando eu errar, tá? Você quer que eu explique tudo para o Thomas?

Eu concordo.

Pelo menos assim não vou precisar fazer isso.

Hannah me empresta algumas roupas do Thomas para vestir depois do banho.

— Ele é uns dois tamanhos maior do que você, mas vou precisar lavar essas roupas antes de você usá-las de novo — diz ela, segurando minhas roupas nos braços.

Fui engolide pela camiseta do Thomas, mas pelo menos a calça de moletom tem um cordão de ajuste.

— Mais tarde nós vamos fazer compras, tá bom? Procurar o básico pra você — acrescenta ela.

— Obrigade.

— Thomas e eu conversamos sobre matricular você em outra escola. Ele é professor na Escola North Wake, e ligou para a diretora essa manhã para ver do que precisaríamos para fazer sua transferência. Nós, hum… — Hannah suspira. — Nós também demos uma pesquisada em terapeutas na região, alguém com quem você possa conversar.

Na lista de coisas que quero fazer agora, isso está bem perto do fim. Provavelmente em algum lugar entre lutar com um jacaré e pular de um avião.

DESEJO A VOCÊ AS COISAS MAIS BELAS **31**

— Preciso mesmo fazer isso?

— Bem, não… Tecnicamente você é uma pessoa adulta. Mas acho que ajudaria. Tem uma psiquiatra que minha amiga Ginger e o filho dela foram depois que ele se assumiu. A dra. Bridgette Taylor. Talvez ela possa ajudar, ela é especialista em jovens como… jovens como você.

— Você quer dizer jovens *queer*? — indago.

Hannah parece estar esperando pela minha resposta, minha concordância; mas quando não falo mais nada, ela só suspira de novo.

— Pensa nisso, tá bom?

E então ela se vai.

Fico sentade ali no silêncio do quarto, sem saber o que devo fazer agora. Tipo, *o que* se faz quando seus pais expulsam você de casa? Quando sua vida inteira vira de cabeça pra baixo só porque você queria se assumir, ser respeitade e viste, ser chamade pelos pronomes certos? Quase procuro meu bloco de desenhos antes de lembrar que ele está na minha mochila, em casa. Não posso nem fazer a única coisa capaz de me reconfortar.

Em vez disso, arrumo a cama, esperando que isso me distraia o suficiente, que deixe minha mente vagar por alguns bons minutos. Mas não ajuda em nada; então, quando termino, desço as escadas.

— E aí? — Hannah ainda está perto da máquina de lavar roupas, escondida atrás das portas de vai e vem da cozinha e segurando um cesto de roupas já secas.

Eu me ofereço para carregar alguma coisa, mas ela balança a cabeça.

— Não precisa. Está tudo bem?

— Sim. Você tem um computador que eu possa usar?

— Tenho, sim.

Hannah deixa tudo em cima da secadora, volta para a cozinha e atravessa outra porta. Não sei se devo segui-la, mas faço isso mesmo assim.

A sala de estar deles é menor do que a de casa, mas parece habitada, confortável. Hannah sempre foi meio bagunceira, mas parece que agora ela encontrou um bom meio-termo. Ou talvez isso seja resultado do esforço de Thomas.

— Pode configurar a própria conta para ter acesso a suas coisas. — Hannah pega o notebook do espaço no qual ficava entre a mesinha de canto e o sofá, desconectando-o do carregador. — Se tiver alguma dúvida, é só perguntar, mas tenho certeza de que você sabe mais sobre essas coisas do que eu.

— Obrigade.

Eu me sento no enorme sofá. Já estou familiarizade com o notebook, pois é exatamente como o meu antigo. Digito meu endereço de e-mail e a senha, para que eu possa ler e responder às mensagens que recebi. Não há nenhuma ainda, mas Mariam provavelmente deve estar dormindo.

Ainda não sei como exatamente vou contar isso a elu. Quase entro nas minhas redes, mas me contenho. Na verdade, Thomas me interrompe.

— Ben — chama ele.

— Oi.

Thomas está mais arrumado do que estava no café da manhã, usando uma camisa de colarinho com um suéter cinza-escuro por cima e calça cinza combinando.

— Falei com a diretora da minha escola. Ela disse que quer te conhecer para poder te matricular.

— Hoje? — indago.

DESEJO A VOCÊ AS COISAS MAIS BELAS **33**

— Se você concordar. Não sei ao certo se precisaremos ir à sua antiga escola. Imagino que eles possam enviar seus registros sem problema.

— Ah.

— Não precisamos fazer isso agora. Mas o quanto antes fizermos, melhor, e menos coisa você vai perder.

— Não, tipo... Tudo bem. — Olho para a calça de moletom. — É só que... Você tem alguma outra coisa que eu possa usar? Acho que Hannah ainda não terminou de lavar minhas roupas.

Thomas ri e acena com a cabeça em direção às escadas.

— Vamos lá.

Quinze minutos depois, estou sentade no carro do Thomas, vestindo uma camiseta grande demais, calça jeans tão comprida que preciso dobrar a bainha três vezes e meias que deslizam lentamente ao redor dos meus tornozelos.

Mas é melhor do que nada. O moletom com capuz que Thomas me emprestou esconde boa parte do meu desconforto, acho. E os sapatos cabem direitinho, o que só pode ser um milagre. Ou talvez Thomas tenha pés muito pequenos. Ele até disse que posso ficar com os calçados.

— Nem sei quando foi a última vez que eu os usei.

— Obrigade.

Saímos da garagem e pegamos a estrada, e de repente fica um clima esquisito. O que devo falar com esse cara? Sobre o que nós devemos conversar? Seria muito estranho fazer um monte de perguntas para ele? Por fim, solto:

— Então... Por que você não está trabalhando hoje?

Até porque perguntar isso é totalmente normal. Mandou muito bem nessa, Ben.

— Liguei para a escola e disse que não iria depois que a Hannah me acordou ontem à noite. Imaginei que isso era mais importante.

— Ah... — Fico mexendo na borda desfiada do moletom. — Você é professor de quê?

— Química.

— Que legal. — Faço uma pausa provavelmente longa demais. — Eu gosto de química.

— É interessante, para dizer o mínimo. — Thomas liga a seta. — Acho que é estranho nós nunca termos nos conhecido.

— É.

Encaro meus sapatos.

— Seus pais falavam muito da sua irmã? Depois que ela foi embora?

Balanço a cabeça em negativa.

— Eles meio que tinham uma regra de não falar sobre a Hannah. — Puxo outro fio solto, enrolando-o nos meus dedos. — Há quanto tempo vocês dois são casados?

— Fez quatro anos em setembro.

— Ah, isso é incrível.

— É. — Thomas suspira. — Hannah fala muito de você. Ela sentiu muito sua falta.

As palavras de Thomas pairam meio pesadas no ar, e por alguns segundos ninguém fala nada.

— É, eu também senti falta dela — digo baixinho.

Acho que Thomas não se deu realmente conta do peso do que disse, não que exista qualquer motivo para ele perceber isso.

* * *

A Escola North Wake definitivamente é melhor do que a Escola Wayne.

A Wayne foi construída nos anos 1960, e teve apenas pequenas reformas aqui e ali quando necessário. A North Wake é toda moderna, com janelas do piso ao teto, telhado inclinado e acabamento em cromo. Até o estacionamento está cheio de carros reluzentes que parecem caros.

Tudo parece tão iluminado, novo e arrumado. Como se tudo aqui estivesse exatamente no lugar em que deveria estar. E eu sou a peça extra que não se encaixa. Thomas entra no estacionamento, parando o carro perto da entrada principal da escola.

— Aqui estamos.

Encaro a entrada da escola. Imóvel.

— Você sabe que não precisamos fazer isso, né?

— É melhor resolver logo isso — digo baixinho.

— Tem certeza? Você não parece muito contente. Nós podemos dar uma olhada em outras escolas; só achei que essa seria mais fácil.

— Não quero contar a eles. — Deixo escapar. — Que sou não binárie.

As mãos de Thomas soltam o volante.

— Tem certeza? Você sabe que isso significa que todo mundo vai chamar você pelo pronome errado, né?

Como se isso não fosse óbvio.

— Não me importo.

A essa altura já estou acostumade.

— Tem certeza disso?

— Cem por cento de certeza.

E tenho mesmo. Acho que não consigo suportar me assumir para todo mundo da escola agora. A não ser que eu realmente precise fazer isso.

— Tá bom. Vamos ter que mentir e dizer que foi outra coisa. Isso pode ser difícil, mas vai ajudar se a diretora Smith souber que expulsaram você de casa.

Dou de ombros.

— Que seja.

— Está bem.

Thomas me guia pelas enormes portas de vidro na entrada da escola. Há um grupo de jovens reunidos ali perto, e cada um deles acena para Thomas quando ele passa. Acho que o recesso de Natal deles já acabou. Na outra escola, nós ainda teríamos mais uma semana.

— Achei que estivesse doente, sr. Waller — diz um deles.

Thomas acena de volta para eles.

— Não, só tive que resolver algumas coisas.

Tento seguir atrás de Thomas a certa distância para que os outros estudantes não percebam que estamos juntos, mas o jeito como alternam o olhar entre mim e ele me diz que eles já ligaram os pontos. Thomas me guia por outra porta de vidro até a diretoria, acenando para o secretário atrás da mesa.

— Oi, Kev.

— Olá, Thomas. A diretora Smith já está esperando por você — informa ele.

— Obrigado. — Thomas se vira para mim. — Você espera aqui fora um minutinho. Vou explicar a situação para ela.

— Tá bom. — Eu me sento em uma das cadeiras confortáveis encostadas nas divisórias de vidro da sala. — Não conte a ela. Por favor — peço baixinho.

— Juro que não vou contar — diz ele, e alguma coisa no modo como ele garante isso me passa segurança.

Observo Thomas enquanto ele desaparece ao virar o corredor. Tenho o impulso de tirar o celular do bolso, antes de

DESEJO A VOCÊ AS COISAS MAIS BELAS **37**

me lembrar de que ele não está lá. Vou precisar falar com Hannah sobre comprar um novo, apesar de não saber ao certo como vou pagar por isso. Talvez possa arrumar um emprego em algum lugar, começar a guardar o dinheiro também. Não sei bem o que Hannah me ofereceu — se ela está planejando me deixar ficar só até que eu termine o ensino médio, ou por quanto tempo for preciso.

Ainda tem a questão da faculdade, e as cartas que vão decidir meu futuro. Cartas que serão entregues na casa dos meus pais, porque foi esse o endereço que coloquei em todas as inscrições. Gostaria de saber se há alguém com quem eu possa falar nas universidades, pedir para que enviem para o endereço de Hannah. Ou talvez eu tenha que me inscrever de novo.

Meu Deus, não quero nem imaginar ter que pagar por isso. Não posso pedir a Hannah. *Não quero* que Hannah faça isso por mim. Talvez isso seja um tipo de livramento, pois meus pais definitivamente estavam mais animados sobre minha ida à faculdade do que eu.

Talvez agora eu não tenha mais que me preocupar com isso.

Acho que ainda temos muito a discutir, mas como exatamente devo perguntar à minha irmã quando ela está planejando me mandar embora?

Estou começando a ficar ansiose, e apesar de agora não ser a hora de pensar nisso, não consigo fazer minha mente se concentrar em mais nada. Toda vez que ergo o olhar para o relógio acima da porta é como se o tempo desacelerasse, o que só me tortura mais.

Então a porta se abre e um garoto entra.

Ele é alto — muito mais do que eu, alto o suficiente para que suas pernas sejam a primeira coisa que noto —, magro e sua pele é negra quase retinta, seus cabelos pretos raspados nas laterais para destacar a parte de cima.

— Oi, Kev — cumprimenta ele com um sorriso.

— Olá, Nathan. — O secretário atrás da mesa sorri de volta. — Não está encrencado, está?

— Sabia que os meus dias de racha voltariam para me assombrar algum dia. — Esse garoto, Nathan, ri como se isso fosse sua coisa favorita no mundo. — A diretora Smith me chamou.

— Especificamente você? — Kev arqueia uma sobrancelha. — Deve ser uma ocasião especial.

— Talvez meu status como um exemplo de estudante finalmente esteja sendo reconhecido.

— Hilário. — Kev não ri. — Bem, ela está em uma reunião agora, então sente-se; não deve demorar muito.

— Beleza.

Nathan se senta ao meu lado, cruzando uma perna longa sobre a outra, e apoia as mãos no colo. Leva apenas alguns segundos para ele quebrar o silêncio.

— Você é novo? Acho que nunca te vi pela escola.

Ele se ajeita na cadeira para poder me encarar.

— É, hum… Acabei de me mudar.

Mexo os pés, as meias deslizando ainda mais pelos tornozelos.

— Legal. Sou o Nathan.

Ele estende uma das mãos.

Eu a seguro devagar, mas não dou um aperto de mãos, não sei bem por quê. É como se meu cérebro estivesse atrasado em relação ao resto do meu corpo.

— Ben.

— Você é de onde, Ben?

— Daqui — respondo antes que me dê conta do que estou dizendo. — Bem, não *daqui*, mas sou da Carolina do Norte — solto. Droga, nem isso consigo fazer direito. — Goldsboro, sou de Goldsboro — digo, por fim.

—Ah. — Por incrível que pareça, ele não ri de como sou atrapalhade. — Então não é de muito longe.

— Pois é.

— Ben. — Thomas me salva de passar mais vergonha. — A diretora Smith está pronta para ver você.

— Ei, sr. W! — Nathan se endireita no assento. —Achei que você não vinha hoje.

— Olá, Nathan. Só estou ajudando Ben com uma coisa. — Thomas enfia as mãos nos bolsos. — O que você está fazendo aqui?

—A diretora Smith me chamou.

— Ah — diz Thomas, parecendo um pouco confuso antes de olhar para mim de novo. Vamos lá, Ben, ela está esperando.

— Boa sorte, Ben. Espero ver você por aí. — Nathan abre um sorriso para mim.

— Valeu — agradeço, dando um sorriso tímido antes de seguir Thomas pelo corredor.

Capítulo 4

A diretora Smith tem um modo lento de explicar as coisas do qual eu realmente gosto, porque todas essas informações parecem estar entrando por um ouvido e saindo pelo outro.

Há cerca de vinte documentos para ler e preencher. Formulários para me matricular nas matérias, autorização para fazer uma carteirinha da escola, informações para a conta da cantina, turmas nas quais me inscrever...

É tudo bem confuso.

— Ben ainda vai poder se formar?

Consigo ver que Thomas está tomando cuidado com o uso de pronomes e afins, o que me deixa mais feliz do que ele provavelmente imagina.

— Nós não saberemos até receber o histórico e as notas dele, mas acho que sim. Nosso sistema escolar opera de modo similar ao da outra instituição.

Dele.

Não, não posso ficar com raiva ou chateade. Essa foi uma escolha minha, e não tenho o direito de reclamar das consequências, não agora.

— Quando posso começar? — pergunto.

— Amanhã, se quiser, e se os documentos forem enviados por fax a tempo. Felizmente estamos no início de um novo semestre, então você não vai ter muita dificuldade para acompanhar as aulas.

— Ben é muito inteligente.

Thomas dá um tapinha no meu ombro. Quero aceitar o elogio, mas nós nos conhecemos há apenas duas horas.

— Então, o que me diz, Ben? Você está de acordo? — pergunta a diretora Smith.

Eu concordo.

— Sim.

— Ótimo. — Ela pega uma pasta manilha e guarda toda a papelada que havia separado para mim. — Se vocês quiserem revisar a documentação rapidinho, preencham e assinem onde está marcado em cada página.

— Vem, vamos até a sala dos professores, deve estar vazia.

Thomas pega a pasta.

— Ah, Thomas. Você pode pedir para o Nathan entrar, por favor? — pede a diretora Smith.

— Pode deixar. — Thomas segura a porta da sala para mim. — Nathan, a sra. Smith está pronta para vê-lo agora.

Nathan está digitando no celular quando Thomas o chama. Ele bate continência de brincadeira para Thomas e se levanta em um salto, dirigindo um sorrisinho de lado e uma piscadela para mim quando nossos caminhos se cruzam. Sim, ele definitivamente é mais alto do que eu; mal devo chegar à altura do queixo dele. Tento sorrir de volta, mas tenho certeza de que pareço mais esquisite do que qualquer outra coisa.

Sigo Thomas pelo corredor até uma porta em frente ao que parece ser uma cantina vazia. Ele digita um código no teclado e há um *clique* nítido antes que empurre a porta para abri-la.

É muito mais elegante do que a Wayne.

Preencher a papelada é ainda mais entediante do que parece. Há perguntas para as quais não sei a resposta, algumas que fazem com que eu me sinta completamente inútil, outras que me deixam preocupade se estou respondendo do jeito errado porque são confusas demais. Se Thomas não estivesse aqui para ajudar, eu estaria ferrade. Mas, depois de 45 minutos, nós terminamos e marchamos de volta para a sala da diretora Smith.

— Excelente. — A sra. Smith pega os papéis. — Entrei em contato com sua antiga escola, e eles vão enviar por fax o restante da papelada hoje. Eu ligo para você se houver algum problema, Thomas, mas parece que o Ben é o mais novo estudante da North Wake.

A diretora Smith parece animada até demais com isso, mas acho que devo me sentir grate por ela não ter me recusado de cara.

Thomas apoia uma das mãos no meu ombro.

— Agradeço muito — digo.

— Ah! Escolhi uma pessoa para mostrar a escola a você. Nathan Allan. Ele disse que vocês se conheceram na sala de espera.

— É. Mais ou menos.

— Ele vai se encontrar com você aqui na diretoria amanhã de manhã, então chegue um pouco mais cedo do que normalmente chegaria.

DESEJO A VOCÊ AS COISAS MAIS BELAS **43**

— Entendido. Estaremos aqui bem cedinho. — Thomas anda em direção à porta. — Obrigado, Diane.

— De nada. E, Ben, seja bem-vindo à North Wake.

Não falo nada no carro durante a volta para casa. Pelo visto, Thomas quer conversar, mas ele entende a situação rapidamente.

— Você pode pegar ônibus. Ou pode ir de carro comigo, se quiser.

Nada.

Ele ri, sem jeito.

— Mas você vai ter que acordar uma hora mais cedo, se quiser que eu te leve.

Não respondo. Na verdade, não me importo de ir de carro ou ônibus, mas preferiria ir com Thomas. Ônibus são um saco.

Só não estou com vontade de conversar. Não agora. Thomas provavelmente acha que sou babaca. Ele me acolheu, arranjou uma nova escola para mim no dia seguinte em que meus pais me expulsaram de casa, e aqui estou eu, ignorando-o.

Talvez Hannah esteja certa. Talvez eu precise de terapia. Eu me sinto tão… sem forças.

Quando chegamos na casa deles, Hannah não está e seu lugar na garagem está vago.

— Vou montar alguns planos de aula. Você pode relaxar na sala de estar ou fazer o quiser. Tem comida na geladeira, se sentir fome. Pode comer o que quiser, fique à vontade.

Thomas joga as chaves em uma tigela perto da porta.

Refaço meus passos até a sala de estar e me sento no sofá, no mesmo lugar de mais cedo, pegando o notebook.

Alguns segundos depois de ligar, há uma enxurrada de notificações. É Mariam.

Mariam: Benji??? E aí???
Mariam: Não me ignora. Não me diga que confiscaram seu celular de novo???
Mariam: Alouuuuuu?
Mariam: Tá tudo bem, Benji?
Mariam: B E N J A M I N????

Mariam é assim.

Eu: Oi.

Confiro a diferença de fuso horário entre a Carolina do Norte e a Califórnia na minha cabeça. Com três horas a menos, elu provavelmente deve estar saindo da cama agora. Mariam troca o dia pela noite, o que quer dizer que geralmente elu acorda, no mínimo, às dez da manhã.

Mariam: Como estamos hoje???
Eu: Nada bem.

Considero mentir para Mariam; não há motivos para deixar elu preocupade. Mas elu descobriria de um jeito ou de outro. Se não agora, então da próxima vez que nos falássemos pelo FaceTime e elu não reconhecesse meu novo quarto.

Mariam: Você tá bem? Quer conversar?
Eu: Me assumi pros meus pais.
Mariam: Ah, não...

DESEJO A VOCÊ AS COISAS MAIS BELAS **45**

Eu: Eles me expulsaram de casa.

Eu: Estou com a minha irmã agora.

Mariam: Merda...

Mariam: A irmã que seus pais odeiam?

Eu: Ela mesma.

Mariam: Sinto muito, Ben. Nem sei o que dizer.

Mariam: Então, qual é o plano?

Eu: Não faço ideia. Me matriculei em outra escola, mas fora isso...

Eu: Só estou tentando entender as coisas, recomeçar.

Mariam: Ah, Ben... Me sinto tão impotente. Queria saber o que dizer pra você agora.

Eu: Tudo bem, não tem o que dizer mesmo.

Mariam: Não, não está tudo bem. Eu tô com tanta... raiva, tristeza.

Até tentar fazer piada parece sem sentido agora, mas, antes que eu possa me deter, meus dedos já estão automaticamente digitando.

Eu: Acho que chamam isso de raiveza.

Mariam: Não me faça rir agora, por favor.

Mariam: Meu Deus, tá.

Mariam: Escuta, tenho que me arrumar pra uma reunião. Mas te mando uma mensagem assim que acabar. Te amo, Benji. Muito <3

Eu: Também te amo.

Fecho e guardo o notebook, ignorando o rugido do meu estômago. Thomas me disse para ficar à vontade e me servir, mas acho que ele não percebeu o quanto isso seria esquisito. Posso esperar.

Se for necessário.

Tento matar o tempo zapeando por canais na TV, mas nada prende minha atenção. Depois de uma hora, checo minhas mensagens de novo, porém Mariam ainda não respondeu, então abro o canal de YouTube delu e escolho um vídeo aleatório, dou play e assisto em um volume baixo, pois não estou com meus fones de ouvido. Mas não faz diferença, pois elu coloca legenda em todo o seu conteúdo.

Sinto meu corpo começar a relaxar. Aquele peso estranho no meu peito parece mais leve agora, é como se eu pudesse respirar pela primeira vez depois de horas. Encontrei o canal de Mariam em um fórum para adolescentes trans e não bináries depois de começar a questionar minha própria identidade de gênero e passei uma noite inteira maratonando os vídeos e vlogs delu. Mariam basicamente falava de tudo. Desde imigrar para os Estados Unidos vindo do Bahrein a se assumir para a família, passando pelo tópico de como namorar sendo uma pessoa não binária.

Seus vídeos são o motivo pelo qual eu sei como me identifico, e quando finalmente reuni coragem para me assumir para alguém, foi para Mariam. Aquela noite foi super esquisita. Eu fiz uma conta no Twitter só para falar com elu, daí elu me mostrou como usar a plataforma, e nós continuamos a conversar até perceber que compartilhávamos um amor mútuo por *Steven Universo*. Mariam é uma das poucas pessoas que eu deixo me chamar de Benji.

Ouço a porta se abrindo, e vejo Hannah vindo da garagem com sacolas plásticas pendendo dos seus pulsos e dedos.

— Ben? Thomas? Vocês já voltaram?

— Estou aqui — digo, mas acho que ela não consegue me escutar.

Ela parece estar andando pelo corredor em direção à cozinha. Eu a ouço grunhir e então alguma coisa pousa na bancada com um *baque*. Mas o que foi isso? Atravesso a porta que ainda balança, encarando tudo o que Hannah trouxe.

— O que é isso tudo? — pergunto, encarando as sacolas com o grande logo vermelho de uma loja.

— Saí e comprei algumas coisas pra você.

Ela começa a tirar os produtos das sacolas. Há kits de cuecas, meias, lâminas e desodorante. Não consigo deixar de notar que os dois últimos itens não vieram estampados com "Para homens". Não sei se Hannah fez isso de propósito, mas, meu Deus… como eu a amo por isso.

— Ah…

Encaro todas aquelas coisas em cima da bancada.

— Não sei ao certo qual tipo de roupa você gosta. — Ela começa a amassar as sacolas vazias. — Podemos fazer compras nesse fim de semana, se você quiser, mas imaginei que, por enquanto, podia comprar o essencial.

— Obrigade.

Consigo sentir que estou sorrindo.

— De nada, jovem.

— Você achou tudo? — pergunta Thomas, vindo do escritório.

— Quase — responde Hannah. — Como foi a matrícula?

— Elu começa amanhã. — Thomas sorri enquanto olha para a bancada.

Ainda estou olhando tudo o que Hannah comprou para mim.

— Obrigade — digo de novo. Não quero abrir mão desse instante, com medo de que possa escapar entre meus dedos a qualquer momento.

— Não foi nada de mais. — Ela começa a acariciar meu ombro de novo. — Você vai ficar bem.

Começo a assentir, torcendo para que eu não esteja chorando nem nada do tipo.

Capítulo 5

— **Já se aprontou** para seu primeiro dia? — pergunta Thomas na manhã seguinte, já com uma caneca de café em mãos.

— Acho que sim. — Olho ao redor da cozinha. — Você se importa se eu tomar um pouco?

— Fica à vontade. — Ele vai até o armário e pega uma caneca que diz "Não me acorde do meu sonho", junto à imagem de um sonho mordido pela metade. — O creme está na geladeira.

— Obrigade.

Encho a caneca devagar, saboreando o aroma do café por alguns segundos.

— Você está bem?

— Um pouco nervose.

— Vai dar tudo certo. — Ele ri. — Nathan é um bom garoto, mas não tenho opinião formada sobre as habilidades de guia dele. — Thomas toma um gole de café, deixando um silêncio desconfortável. — Você vai precisar passar na diretoria primeiro para pegar seu cronograma de aulas.

— Tá bom.

Eu me pergunto em quais matérias vão me colocar. Com sorte, as mesmas em que eu estava na Wayne.

Também não consigo deixar de me questionar se algum dos meus antigos colegas de classe sequer vai perceber que desapareci. Eu não era exatamente muito popular por lá, e não tinha ninguém que eu pudesse considerar como um amigo. Mas alguém vai notar, não é? Pelo menos meus antigos professores. Um estudante não pode simplesmente sumir durante o recesso de Natal sem que ninguém perceba.

Thomas dirige até a escola enquanto escuta um programa na estação de rádio local. Ele ri de uma piada a cada cinco minutos, mas, fora isso, está meio quieto. Até quebrar o silêncio.

— Ei, Ben. — Thomas diminui o volume do rádio.

Acho que a quietude não poderia durar pouco tempo.

— Sim?

— Quando foi a última vez que você viu a Hannah?

De tudo que ele poderia ter me perguntado, eu não estava esperando por isso. Também sinto que ele já sabe a resposta.

— Há uns dez anos. Por quê?

— Você não sabe muito sobre ela, né?

— Não mais.

— Você sabia que nós éramos casados?

— Mais ou menos — respondo, e ele espera por uma explicação. — Eu a encontrei no Facebook. As fotos do casamento de vocês estavam lá.

— Ah, faz sentido.

— Você disse que a Hannah falava muito de mim.

— É. — Ele ri como se tivesse contado uma piada a si mesmo. — Ela me contava histórias sobre vocês o tempo todo, as encrencas em que vocês se metiam.

Eu não me lembro de me envolver em muitas encrencas com Hannah. A maioria das minhas memórias com ela inclui música alta, portas batendo e gritaria. Às vezes direcionadas aos nossos pais, às vezes a mim, mas tudo bem, eu acho.

Quero perguntar ao Thomas se Hannah já mencionou que voltaria para me buscar, ou até mesmo se *queria* voltar para me buscar, mas essa parece ser uma questão inapropriada para se fazer ao cunhado que você acabou de conhecer.

Minhas matérias são quase as mesmas que eu cursava na Wayne: Inglês 4, Química Avançada e Cálculo Avançado. A única diferença é Arte 4. Mas não sei bem o que é isso. Na Wayne, nós tínhamos apenas uma matéria regular de arte.

A North Wake também tem intervalos de almoço diferentes. Eles foram encaixados mais próximos ao horário de almoço de verdade, em vez de serem espalhados entre dez e onze e meia da manhã.

— Você pode esperar aqui pelo Nathan, tenho certeza de que logo ele vai chegar — diz Kev, o secretário.

Eu me pergunto se o nome dele é mesmo Kev, ou se é um apelido para Kevin, ou talvez outra coisa. Eu me sento no mesmo lugar do dia anterior, ainda desejando ter um celular para me distrair. Hannah prometeu que compraríamos um novo esse fim de semana.

Por enquanto, terei que me contentar em encarar o relógio e sorrir sem jeito para qualquer um que entre na diretoria e por acaso troque olhares comigo, até que Nathan finalmente apareça.

— Aí está ele.

Ele.

Eu me esforço para não deixar meu incômodo transparecer, porque isso é uma coisa com a qual preciso me acostumar. Eu quis assim. É mais simples. E não posso ficar com raiva de Nathan por causa disso.

Ele junta as mãos, entusiasmado.

— Pronto para o grande tour?

— Sim — respondo, pegando minha mochila. Outro presente de Hannah.

— Já pegou seu cronograma de aulas?

Entrego a ele o pedaço de papel azul dobrado e o escuto ler os horários das aulas.

— Legal, estamos na mesma turma e na mesma aula de Química, então também teremos o mesmo horário de almoço!

— Ah, legal.

— Vamos começar com Inglês.

Nathan me guia por um corredor branco estéril, com armários nas paredes que alternam entre o azul-escuro e um dourado opaco.

— Você está com a sra. Williams. Estudei com ela ano passado e ela é casca-grossa, mas, se você se esforçar e precisar de pontos extras no fim do ano, ela geralmente ajuda.

Ele aponta para a sala de aula vazia, cheia de carteiras. Com sorte, não terei problemas para lembrar qual sala de aula é qual. A única coisa que a diferencia das outras é a placa onde se lê "Sala 303" acima da porta. Repito o número mentalmente. *303, 303, 303.*

— ... Cálculo? — pergunta Nathan. Obviamente não ouvi a pergunta toda.

— Hã? — Balanço a cabeça para sair do transe. — Desculpa.

Ele sorri de novo.

— Você está na matéria de Cálculo Avançado? Os conteúdos são bem difíceis.

— Ah... Eu gosto de matemática — digo.

— Sério? Tenho que dizer que, em todos os meus 17 anos, é a primeira vez que ouço isso. — Ele sorri.

— Bem, não gosto *tanto* assim. — Eu me corrijo. — Mas me saio bem.

— Você vai precisar de mais do que isso para acompanhar as matérias avançadas daqui, mesmo com a transferência — diz ele. — Nós não recebemos muitos alunos novos, então você vai virar assunto.

— Sério?

Ótimo. Exatamente o que eu preciso.

— Não se preocupe. Contanto que você fique de cabeça baixa quando estiver perto da turma de valentões do futebol, vai ficar tudo bem.

Não sei o que dizer, então fico em silêncio.

— Ah! E fique longe dos banheiros perto da sala de música, o pessoal da banda não tem medo de demonstrações públicas de afeto. — Ele estremece um pouco. — Não dá pra desver certas coisas.

— Hum... — murmuro, esperando que ele entenda isso como uma resposta.

Nós ficamos em silêncio enquanto ele me leva até a sala de Química.

— O problema com a sala de Química é que ela fica na parte de trás da escola, então você tem que correr até a cantina se quiser comer. Mas o sr. W é bem legal, ele nos deixa sair mais cedo às vezes. — Nathan lê meu cronograma de aulas mais uma vez. — Você conhece ele? Vi vocês na diretoria ontem.

— Ele é meu cunhado.

— Ah! Uau! Estou surpreso por terem deixado você assistir às aulas dele.

Não menciono, mas sinto que Thomas orquestrou isso.

Nathan bate à porta aberta da sala de aula de Thomas.

— Bom dia, sr. Waller.

Thomas está sentado à mesa no canto da sala.

— Bom dia, Nathan. Ainda está mostrando a escola para Ben? — pergunta ele, escrevendo alguma coisa.

— Sim.

Nathan se inclina sobre a longa bancada na frente da sala, equilibrando o joelho sobre um banco.

— Ele é um guia tão bom quanto diz ser, Ben? — Thomas marca alguma coisa em um de seus papéis antes de se virar na cadeira para nos encarar, as mãos dispostas sobre os apoios de braço como um supervilão.

— É.

Olho para um pequeno aquário situado na bancada na frente da sala, onde observo os maiores girinos que já vi nadando na água lodosa.

— Ele não é muito de falar — diz Nathan.

— Não, não é. — Thomas suspira. — É melhor vocês continuarem com o tour, não tem muito tempo sobrando.

— Certo. Acho que nos veremos daqui a pouco, sr. W.

Nathan acena para Thomas, me levando de volta para o corredor. Em seguida, caminhamos até a cantina. Duvido seriamente que eu vá me preocupar em vir até aqui algum dia; nunca frequentei o refeitório da Wayne.

— Então, você tem alguma pergunta? Preocupações? Pensamentos ou opiniões? Reclamações? Você não falou muito.

Não consigo pensar em nada de primeira. Óbvio, meu cérebro está totalmente desorientado no momento. Na noite

DESEJO A VOCÊ AS COISAS MAIS BELAS **55**

passada, apaguei por volta de meia-noite, mas acordei duas horas depoise não consegui voltar a dormir. Até agora, esse lugar não parece muito diferente da minha antiga escola. Mas do jeito que Nathan está me olhando, sinto que preciso perguntar alguma coisa.

— Você também é veterano?

A testa dele fica levemente franzida, como se a pergunta o surpreendesse, mas ele apenas solta uma risada e balança a cabeça.

— Bem, quis dizer em relação à escola. — Ele enfia as mãos nos bolsos do moletom. — Mas, sim. Sou.

— Ah.

— Então, o que você faz no seu tempo livre? Você está na turma de Arte 4, então imagino que goste de desenhar.

— Às vezes.

— Ah, legal. Você vai gostar da professora. Todo mundo ama a sra. Liu. Vou te mostrar a sala de Cálculo depois disso. — Nós atravessamos uma passarela do lado de fora. Daqui posso ver o estacionamento se enchendo. — Você não quer me perguntar mais coisas?

— Vamos continuar com as perguntas? — indago.

— Se você quiser. Seria legal, Benjamin… — Ele desdobra meu cronograma de novo. — De Backer? — Ele lê meu sobrenome. E acerta a pronúncia de primeira. — Que tal? Uma pergunta para uma pergunta, e uma resposta para uma resposta.

— Tá bom — concordo.

— Esse sobrenome é alemão?

— Belga, eu acho.

Na verdade, minha mãe e eu passamos bastante tempo pesquisando a origem do nosso sobrenome. Ela gostava muito de estudar sobre genealogia, então quando a Hannah e o papai estavam tendo alguma de suas grandes discussões, ela me levava até a biblioteca, nós nos sentávamos e líamos todos os livros disponíveis sobre nossa família. Depois de algumas visitas, já havíamos lido tudo, então só começamos a escolher nomes e inventar histórias sobre quem eram essas pessoas e o que elas estavam fazendo naquele momento.

Então, um dia nós simplesmente paramos de ir. Acho que não era mais divertido para ela.

Paro de andar, meu coração se apertando.

Nathan gesticula para mim.

— E agora é sua vez.

— Hã? Ah… Você é daqui?

Os lábios dele formam um sorriso.

— Nada mais interessante?

Dou de ombros.

— Minha família se mudou pra cá no verão antes de eu começar o ensino fundamental.

— De onde?

— Na-na-ni-na-não. — Nathan balança um dedo em negativa. — Tenho direito a uma pergunta.

Imagino se há algum limite para os tipos de pergunta que ele vai fazer.

— Tudo bem.

— O que você gosta de desenhar?

— Ah, hum… — E, de repente, tudo que já desenhei me foge da mente.

Puf! Sumiu.

— Hum, acho que qualquer coisa, na verdade.

Existem alguns personagens que gosto de desenhar. Cenários também são divertidos de pintar, mas dificilmente tenho oportunidade de fazer isso.

DESEJO A VOCÊ AS COISAS MAIS BELAS **57**

— Qualquer coisa? — Nathan arqueia uma sobrancelha como se isso devesse significar algo. — Posso dar uma olhada no seu sketchbook algum dia?

— É... — Esfrego o braço. — Talvez.

Isso definitivamente não vai acontecer. Nem em um milhão de anos.

— Perfeito! Agora, vamos lá. — Sinto a mão de Nathan no meu cotovelo. — Vamos para a sala de arte, tenho a sensação de que você vai pirar! — Ele me guia pelo corredor aberto ao longo da fachada do prédio. — Tecnicamente é um prédio à parte. Eles construíram há alguns anos e, antes disso, a sala de arte era onde agora fica a de teatro. E a sra. Liu é muito legal.

— É?

— Demais! Não havia a menor possibilidade de eu ter passado no ano anterior; até meus bonecos de palito eram horrorosos. Mas ela me passou mesmo assim. Acho que a sra. Liu viu que pelo menos eu estava me esforçando.

Nathan para em frente a uma porta, aberta por conta de uma enorme lata de tinta posicionada na frente.

— Olá, sra. Liu — cantarola ele, batendo à porta.

Há um barulho alto de algo caindo no fundo da sala. Quase corro para ajudar, mas Nathan continua parado, então imagino que devo fazer o mesmo.

— Ah, mas que bosta! — sibila alguém, seguido de um longo suspiro e o som de passos se aproximando.

A sra. Liu é uma mulher baixinha sino-estadunidense, com os cabelos amarrados em um coque frouxo e uma caneta atrás da orelha. O avental que ela usa está manchado com respingos de tinta, assim como a blusa branca por baixo. Pelo menos parece seco.

— Nathan! — Ela vem em nossa direção quando percebe quem está à porta e envolve Nathan em um abraço. — O que está fazendo aqui tão cedo?

— Mostrando o lugar para o aluno novo. — Ele a abraça de volta. — Ben, essa é a sra. Liu.

— É um prazer conhecê-la. — Estendo uma das mãos.

Ela aperta minha mão tão vigorosamente que tenho certeza de que meu braço vai se soltar do ombro.

— É um prazer conhecê-lo também! O que está achando da North Wake até agora?

— É legal — respondo.

— Bem, estou animada para tê-lo como aluno. Infelizmente, não tive estudantes o suficiente para formar uma turma de Arte 4 esse ano, então provavelmente você vai estar sozinho.

— Sozinho? — indago.

— No nível que em que você está, você vai praticamente ficar livre. Depois que eu o conhecer melhor, óbvio. — Ela abre um sorriso largo. — Mas vou dar aula para uma turma de calouros aqui. E… — Ela gesticula para que Nathan e eu a acompanhemos pelo pequeno corredor. Do outro lado há outra sala de aula. Não sei dizer se essa é maior ou se é só porque não há carteiras, mas a sensação é essa. — Você vai ficar aqui atrás.

— Ah. — Admiro tudo. As paredes estão cobertas por pinturas, armários abertos com tubos de tinta dentro, e incontáveis prateleiras com telas e cavaletes. É tudo muito maravilhoso. Na Wayne, provavelmente tinha cerca de metade disso. — Uau!

— Impressionado? — Ouço Nathan me perguntar.

DESEJO A VOCÊ AS COISAS MAIS BELAS **59**

— Sim — respondo devagar, assimilando tudo. Talvez isso não vá ser tão ruim assim, no fim das contas.

Os primeiros dias na escola são estranhos, especialmente sendo ume estudante nove. Entrar na sala de aula não é um momento extremamente esquisito em que todo mundo fica em silêncio e me encara; porém percebo alguns olhares estranhos, e as pessoas sentadas ao meu lado tentam falar comigo, mas acho que elas desistem quando percebem que não sou tão interessante quanto pareço.

Ainda bem que nenhum dos professores pede para que eu me apresente para a turma. Eles só fingem que eu sempre estive ali.

Quando o sinal da hora do almoço toca na aula de Química, fico para trás na sala de aula do Thomas, e vou na direção oposta à da cantina quando os corredores se esvaziam. Tem uma área agradável que lembra um pouco um anfiteatro na parte de trás da escola. Uma multidão de adolescentes já está reunida em uma ponta, mas ninguém me diz para dar o fora quando me sento do outro lado e, pela primeira vez em muito tempo, posso desenhar em paz e em silêncio.

Aqui fora consigo respirar.

Não que eu não seja grate por tudo que Nathan fez, mas ele pode ser um pouco… sufocante. De um jeito bom. Se é que há mesmo um jeito bom de sufocar as pessoas. Ele parece tão ansioso para fazer tudo. E Thomas decidiu me colocar ao lado dele na aula de Química, então todos os dias vou receber uma dose de pelo menos uma hora e meia de Nathan Allan.

Abro o sketchbook novinho em folha, um presente da sra. Liu depois que contei ter perdido o último.

É estranho pensar que esse está totalmente vazio. Meus antigos desenhos, rabiscos e anotações se foram. Provavelmente para sempre. Encaro a primeira página e tento pensar no que posso desenhar.

Capítulo 6

— **Posso te pagar.** Quer dizer, quando conseguir um emprego — sussurro para Hannah quando o rapaz da loja vai até os fundos para pegar meu celular.

Hannah só revira os olhos.

— Não se preocupe com isso, mani… — Ela se interrompe. — Ben. Posso te chamar de maninho? Não é certo, né? Eu devia encontrar outra palavra.

Nos fóruns da internet, descobri que muitas pessoas não binárias pediam a seus irmãos e irmãs que as chamassem de mane ou maninhe, um diminutivo para "irmane". Gostei da ideia, mas nunca havia pensado que alguém poderia realmente usar o termo comigo.

— Maninhe é bom — digo. — Em vez de maninho e tal.

— Maninhe. Entendido. Bem, maninhe, você não precisa se preocupar em me pagar, está tudo bem.

A sensação de ter um celular de novo é boa, mesmo que eu não consiga evitar me sentir um pouco culpade.

— Ei, eu sei o que você pode fazer pra me pagar.

Hannah me olha com uma cara meio estranha quando entramos no carro.

Lá vem.

— Faça uma sessão com a Bridgette.

— Bridgette? — pergunto. Não me lembro de nenhuma Bridgette.

— A dra. Taylor. A psiquiatra que eu mencionei.

— Pode ficar com o celular.

Tiro a caixa de dentro da sacola e a entrego para Hannah.

— Ben, por favor. — Ela dá partida com o carro. — Só uma sessão.

Eu me afundo no assento.

— Hannah...

— Só uma. Realmente acho que ela pode te ajudar.

— Por quê?

— Porque esse não tem sido exatamente um período fácil pra você, e acho que falar sobre isso com alguém pode ajudar. — Ela quase despeja tudo isso de uma só vez. Eu ficaria impressionade se não estivesse tão irritade. — Só uma consulta — insiste ela. — Isso é tudo que eu peço.

— Só uma?

— Uma, juro. Depois disso, você decide se quer continuar a vê-la.

— Tá bom — concordo, resistindo ao impulso de soltar o cinto e me jogar do carro. Pelo menos isso me garantiria algumas semanas em um hospital sem ter que me encontrar com uma psiquiatra. Mas a insistência de Hannah provavelmente só pioraria se eu fizesse isso.

— Vou ligar pra ela quando a gente chegar em casa, tá bom? Talvez ela tenha um horário na semana que vem.

— Ótimo.

DESEJO A VOCÊ AS COISAS MAIS BELAS 63

— Só acho que vai ajudar, e você vai poder conversar sobre o que aconteceu em casa.

— É.

Encaro a janela e observo minuciosamente tudo que passa. Quero perguntar se ela já foi a algum tipo de terapeuta, mas na minha cabeça isso soa como um insulto.

— Eles melhoraram em algum aspecto? — pergunta Hannah. E posso sentir aquele nó no meu estômago lentamente subir para a garganta.

— Eles não mudaram nada — respondo.

— Eu... Eu sinto muito... — Hannah encara o volante. — Por ter deixado você daquele jeito. Eu só não aguentava mais, e quando tive uma chance, apenas aproveitei.

Olho de relance para ela, a culpa nítida em seu rosto. Ela foi embora logo depois da formatura do ensino médio. Nós íamos sair para almoçar juntos, mas Hannah nunca apareceu. E quando chegamos em casa, o quarto dela estava completamente vazio. Nossos pais tentaram ligar para ela, mas Hannah não atendia ao telefone.

Demorei quase uma semana para encontrar o bilhete escondido no nosso banheiro, com o nome da faculdade e o número de celular dela, dizendo para eu ligar se precisasse de alguma coisa. Acho que era para ter sido reconfortante, mas na verdade só me deixou com raiva. Porque ela havia ido embora.

Ela havia me deixado com eles, para me virar sozinhe.

Depois disso, nossos pais mudaram. Meio que me tornei o saco de pancadas para todos os problemas do meu pai. Ele não chegava a me bater, mas, da noite para o dia, basicamente virei filhe único. O foco de tudo e qualquer coisa. Se eu fizesse alguma coisa errada, a reação era exagerada. Era quase como se eles tivessem visto o que havia acontecido com Hannah e estivessem determinados a garantir que eu não acabasse do mesmo jeito. Mas não sei como ficar cada vez mais frustrados comigo por causa da escola e dos afazeres domésticos mudaria isso.

— Ei, você está bem? — Hannah me cutuca.

— Só estou pensando — digo. — Não foi culpa sua.

— Eu deveria... Eu só...

Dou de ombros.

— Não importa.

Não quero ter essa conversa. Não agora.

E se puder escolher, nunca.

Domingo é um dia de vários nadas. Durmo até tarde, sem reconhecer meu quarto quando abro os olhos.

— Respira — digo a mim mesme em voz alta e, por um segundo, não reconheço minha própria voz. Meu coração martela. — É só respirar. Essa é a casa da Hannah, você mora com ela agora. — Forço as mãos a se soltarem do lençol, mas posso sentir o suor na região lombar. Não lembro do meu último sonho, mas Hannah estava lá, e nossa mãe também. — Respira.

Passo a maior parte do dia no quarto, meio atordoade. Eventualmente tento desenhar alguma coisa, *qualquer coisa*, mas toda vez que pego o lápis é como se minha mão se recusasse a cooperar. Depois disso, tento assistir à TV com Thomas e Hannah, só rabiscando nas margens do papel. Nada muito elaborado.

No resto do dia, converso um pouco com Mariam, tentando atualizar elu de tudo que aconteceu nesse fim de semana, antes de me deitar. É difícil de acreditar que já se passou

DESEJO A VOCÊ AS COISAS MAIS BELAS **65**

quase uma semana desde aquela noite. Parece tão impossivelmente distante.

Meu alarme toca cedo demais na manhã de segunda-feira. Pela primeira vez em algum tempo, tive uma boa noite de sono e nem pude aproveitar muito. Então lembro da consulta com a dra. Taylor. Hannah a marcou para mim; só havia um horário livre, hoje ao meio-dia, então ela vai me pegar na escola mais cedo e me levar. Eu me levanto da cama com um resmungo e ando até o banheiro. Por mais que eu tente, não há como evitar meu reflexo enquanto espero a água ficar quente. Olho os esparsos pelos faciais que não me pertencem. Ainda não consegui encontrar tempo ou energia para me barbear, mesmo odiando minha aparência assim. E então percebo as olheiras sob meus olhos, o modo como os cabelos caem sobre a testa e as cicatrizes de acne.

É um contraste enorme com outras pessoas não binárias que já vi na internet. Os rostos lisos, sem pelos ou acne, os cabelos cortados que sempre parecem perfeitos. Eu nunca poderia ser desse jeito. Porque não importa o quanto me esforce, meu corpo não é como eu gostaria que fosse. Não que exista alguma coisa de errado com pessoas não binárias iguais a mim, eu só… É difícil de descrever. Corpos são esquisitos demais, especialmente quando você sente que não pertence ao seu. Mas é tarde demais para coisas como bloqueadores de puberdade, e cirurgia não é algo que eu queira.

Droga, nem meu nome é "neutro". É um nome de garoto, mesmo que esse tipo de coisa não exista de verdade. Mas mudá-lo seria um processo longo e complicado, e nem sei para qual mudaria. Eu sou Ben, é apenas isso que eu sou.

Não sei o que realmente quero, mas não é esse corpo. É quase como se ele soubesse, pelo modo como me provoca.

Reúno todas as minhas forças para não voltar para a cama, mesmo sabendo que Hannah não irá me deixar perder essa consulta.

— O que tem de errado comigo? — sussurro.

Só preciso sobreviver à metade do dia. É isso. Hannah vai me buscar antes do almoço para me levar à consulta. Mas até metade de um dia parece demais. Inspiro e expiro. Eu consigo fazer isso.

— Acho que não consigo — sussurro para mim mesme.

— Então, para onde você vai durante o almoço? — Nathan se debruça sobre a bancada com a cabeça inclinada como um cachorrinho.

Estamos na aula de Química. Thomas terminou o conteúdo mais cedo hoje, então decidi adiantar todo o dever de casa. É bastante trabalho depois de apenas alguns dias, especialmente porque parece que perdi o prazo de algumas coisas. Também preciso me atualizar em algumas matérias. Estou indo muito bem em Arte e Cálculo, e Thomas prometeu que me ajudaria com Química. Mas já estou vendo que vou precisar de monitoria em Inglês. Nunca me dei muito bem nessa coisa de escrever redações. Há regras demais que são difíceis de lembrar.

— Como assim?

Esfrego os olhos. Tudo está começando a se misturar na minha cabeça. Dezenas de linhas de assinatura e tentar entender o quanto tudo vai me custar aqui… Ou melhor, o quanto vai custar para Hannah.

— Tipo, nós temos o mesmo intervalo de almoço, mas não vi você lá na cantina nem uma vez. — Nathan gesticula com a mão.

DESEJO A VOCÊ AS COISAS MAIS BELAS **67**

— Vou para outro lugar — explico, não muito interessade na conversa.

Mas ele evidentemente está.

— Onde?

— Isso importa?

Suspiro, enfiando toda a papelada de volta na minha mochila, fechando-a com um pouco de força demais. Não demorei muito para entender que o pátio é a área "oficial--mas-não-oficial" de fumantes. O que eles fumam parece ser dividido entre todo mundo da rodinha, mas eu os deixo em paz e eles me retribuem o favor. Este está rapidamente se tornando o melhor relacionamento que tenho na escola.

Fiz a mesma coisa na Wayne, mas não tinha um pátio nem nada parecido, então eu ia para a entrada dos fundos do ginásio. A que ninguém usava. Ali, eu podia ficar sozinhe. Nunca tinha que me preocupar que alguém fosse me encontrar, me incomodar ou perguntar o que eu estava fazendo.

— Só estava divagando. Além do mais, sou seu parceiro responsável. — Nathan me oferece um sorriso.

Eu só o encaro impassível.

— Meu o quê?

— Tenho que tomar conta de você.

— Você só precisava me mostrar onde eram as salas.

— Você está bem? Está parecendo meio irritado.

— Estou bem — minto.

— Tá bom, sr. Cheio de Atitude. — Nathan ri.

— Por favor, não me chame assim. — Esfrego os olhos de novo, como se eu pudesse tirar o cansaço, uma sensação de queimação por dentro. Nem sei mais se estou me referindo à parte do "sr." ou do "Cheio de Atitude".

— Tá bom, cara.

Acho que pareço estar com mais raiva do que pretendia. Afinal, ele só está me fazendo uma pergunta. Talvez só esteja estressade com a consulta.

Por sorte, Nathan não parece ofendido.

— Você devia almoçar comigo algum dia. Minhas amigas querem te conhecer.

— Vou pensar. — Eu me inclino para a frente, enterrando a cabeça na mochila, já conscientemente planejando nunca pensar no convite. Essa manhã foi uma bagunça e tenho certeza de que ela não está prestes a melhorar nem um pouquinho. — Mas hoje não dá.

O telefone sobre a mesa de Thomas começa a tocar; provavelmente estão ligando da diretoria.

— Por quê?

— Tenho uma consulta. Vou embora depois desse período.

— Ih, urologista? — pergunta ele com a expressão provavelmente mais séria que eu já vi.

— O quê? Não — gaguejo. — Por que esse foi seu primeiro palpite? Ah, esquece…

— Relaxa, cara. — Nathan começa a arrumar a própria mochila. — Só estou brincando.

— Ah.

— Ben. — Thomas desliga o telefone. — Estão esperando por você na diretoria.

— Boa sorte — sussurra Nathan conforme empurro a cadeira para debaixo da bancada.

Alguns dos meus novos colegas de classe me encaram enquanto ando até a porta, a mochila jogada sobre um ombro. Por sorte, Thomas evitou quaisquer apresentações, o que provavelmente significa que todo mundo aqui está se perguntando sobre essa pessoa nova que foi aleatoriamente alocada na turma deles.

— Vamos? — Hannah pega sua bolsa quando passo pelas portas da diretoria.

— Sim.

Não estou preparade, mas imagino que vai ser melhor seguir em frente e acabar logo com isso.

— Teve um bom dia até agora?

Hannah parou o carro na frente do prédio. Hoje está quente apesar da estação, mas é o primeiro dia em que não preciso me cobrir com três camadas de roupa, então não vou reclamar.

— Até agora.

Hannah passou as últimas duas noites me mostrando resenhas de antigos pacientes da dra. Taylor, garantindo que ela é uma das melhores na cidade, o que na verdade só me deixou mais nervose para falar com ela. Eu me pergunto quanto exatamente Hannah contou a ela, se é que já contou alguma coisa.

Estive me preparando mentalmente para me assumir para alguém de novo, mas tenho feito isso há algum tempo. Essa foi uma das coisas que percebi logo de cara. Se você é uma pessoa *queer*, é possível que você passe sua vida se preparando para se assumir para diferentes pessoas. Se eu quiser ser chamade pelo pronome correto, terei que corrigir as pessoas e me expor, mesmo sem saber o que poderá acontecer.

— Está nervose?

— Por ter alguém cutucando meu cérebro ao longo da tarde? — Prendo o cinto de segurança. — Estou exultante.

Hannah me dirige um olhar que dizia "você precisa relaxar", com as sobrancelhas franzidas.

— Tá bom, chega de gracinha. Eu só acho que isso vai ajudar. E é uma consulta breve, apenas quarenta e cinco minutos.

— Hummm...

Quarenta e cinco minutos a mais do que o necessário, se me perguntassem.

— Não contei nada a ela. — O carro de Hannah para. — Sobre você ser não binárie. Não sabia o que você gostaria de compartilhar com ela.

— Mas ela sabe que nossos pais me expulsaram de casa?

— Não deu pra fugir desse detalhe. Desculpa, maninhe.

Ela olha ao redor para verificar o trânsito antes de seguir com o carro.

— Não importa — replico.

Suspiro e descanso a cabeça no vidro frio da janela, sem saber se devo sentir alívio ou raiva por Hannah ter compartilhado isso com uma estranha.

O consultório da psiquiatra faz parte de um grande conjunto de prédios, do tipo que se parece com um residencial, mas na verdade são salas comerciais. Só nesse prédio dá para fazer limpeza dental, exames de raios-x, e verificar se a pessoa está grávida. Observo o modo como tudo parece se agigantar sobre o carro de Hannah.

Quero muito perguntar a ela se podemos remarcar ou algo assim. Até volto para a escola, se for preciso. Qualquer coisa só para não estar aqui. Preciso mesmo ver essa mulher? Posso desabafar todos os meus problemas para uma completa desconhecida? Meus olhos correm do chão para os prédios, meu estômago revirando. Não tenho nada para botar para fora, mas consigo sentir a bile subindo.

— O consultório dela fica no terceiro andar. — Hannah tranca as portas do carro e guarda as chaves na bolsa.

Avanço até a entrada, lendo as placas com os nomes dos escritórios e consultórios. Há um bloco inteiro só de terapeutas, seus títulos e números das salas. Eu me esforço para me concentrar no nome da dra. Taylor, mas é como se minha visão ficasse borrada por uma fração de segundo. Fecho meus olhos e aperto a ponte do nariz, tentando me acalmar.

Minhas mãos ficam com a mesma sensação de suor frio de quando eu estava à noite naquele Walgreens. Uma sensação repentina, como se eu tivesse levado um soco no estômago, como se não conseguisse respirar.

— Hannah?

— O que foi?

— Não sei se consigo fazer isso.

— Ei, ei, ei. Está tudo bem. — Hannah se aproxima de mim, segurando minha mão, e uso todas as minhas forças para não me afastar. — Está tudo bem. Escuta, vai ficar tudo bem. A dra. Taylor vai ajudar você, tá bom?

— O que ela vai fazer?

Tento não respirar tão ruidosamente. Sinto que deveria estar chorando, mas não há lágrimas, apenas um nó na garganta do qual não consigo me livrar.

— Ela só vai falar com você sobre o que você está sentindo, o que você está passando.

— O que devo dizer a ela?

— Você diz a ela o que quiser, mas vai ser útil se ela ao menos souber sua identidade de gênero. Esse é o primeiro passo.

Tento assentir, mas ainda sinto como se fosse vomitar. Foi exatamente assim que me senti antes de contar aos meus pais. Não consigo fazer isso de novo, consigo? Não posso me assumir de novo, não aqui, não agora.

— Não sei se consigo fazer isso.

— Tá bom. — Hannah suspira, afastando os cabelos do rosto. — Tenta o seguinte. Você já me contou. Só continua me contando. Isso deve ser fácil, não é?

— O quê?

— Só continua repetindo isso pra mim. É tipo aquela situação em que as palavras perdem o sentido depois de um tempo.

— Você acha mesmo que isso vai ajudar? — pergunto. Quer dizer, acho que faz sentido. Na teoria, pelo menos.

— Quando você se acostumar a dizer, fica mais fácil. Acho que é assim que funciona.

Respiro fundo e forço as palavras a saírem lentamente:

— Eu sou não binárie.

— De novo.

— Eu sou não binárie.

— Vamos lá, continue repetindo.

— Eu sou não binárie. Eu sou não binárie. Eu sou não binárie. — É bobo, ficar em pé no meio do saguão, repetindo as mesmas palavras. Mas parece mais fácil a cada vez que falo, apesar do meu estômago revirando. — Eu sou não binárie. Eu sou não binárie.

— Mais uma vez.

— Eu sou não binárie.

— Boa! Você vai conseguir. — Ela coloca a mão nas minhas costas e me conduz até os elevadores. — Se precisar, só imagine que está falando comigo, tá bom?

Assinto. É só chegar lá. É só chegar lá, e então não terá mais volta.

— Vou ficar na sala de espera, se precisar de mim. Se quiser ir embora mais cedo, se quiser que eu entre com você, qualquer coisa.

DESEJO A VOCÊ AS COISAS MAIS BELAS 73

— Tá bom.

As portas do elevador se abrem e nós entramos juntos.

Não sei bem o que esperar. Talvez paredes totalmente brancas, piso com lajotas feias e um inevitável cheiro de hospital. Mas o consultório da dra. Taylor se parece exatamente com o que é: um consultório. As paredes têm um tom azul-claro e são decoradas com pinturas coloridas. Os móveis são vibrantes, e o piso de madeira tem tons quentes.

— Olá! Ben, certo?

A dra. Taylor sorri e abre a porta para mim.

— Sim.

— Sou a dra. Taylor, mas você pode me chamar de Bridgette, se quiser. Pode se sentar bem ali.

Ela aponta para um sofá horroroso cor de mostarda encostado na parede. Mas, por incrível que pareça, ele combina com a sala.

— Então… — A dra. Taylor pega um caderninho e uma caneta da mesa. — Sua irmã me ligou para contar algumas coisas.

Ela é mais velha do que pensei que seria. Talvez tenha um pouco mais de quarenta anos. Também é bem baixinha, tem pele negra e cabelo crespo curtinho.

— O que ela te contou?

— Que seus pais expulsaram você de casa. — A dra. Taylor se senta na cadeira à minha frente, cruzando as pernas. — E que talvez você precise de alguém com quem conversar.

— Só isso? — pergunto, com um pouco de surpresa

Sei que Hannah disse que não contou mais nada para a dra. Taylor, mas não acreditei nela. E agora me sinto mal por pensar que minha irmã me tiraria do armário assim.

— Só isso. Achei que não era apropriado discutir mais nada sem seu consentimento.

— Ah… — Não sei bem o que dizer. — Agradeço por isso, acho.

Ela assente.

— Então, você pode me dizer por que seus pais expulsaram você de casa?

Fecho os olhos, esfregando os joelhos. Aqui vamos nós.

— Você não precisa, mas pode ser um bom ponto de partida — diz ela.

— Não, é que… — Balanço a cabeça, imaginando Hannah. Só diga as palavras. Três palavrinhas, só isso. — Sou… não binárie.

— Ah. — Ouço o som distinto do clique de uma caneta e então alguma coisa sendo escrita. Abro meus olhos devagar e a observo se mexer. Ela não parece surpresa ou horrorizada, ou como se tivesse entendido errado ou não soubesse do que estou falando. — A Hannah contou que trabalho com muitos jovens LGBTQIAPN+?

O mal-estar no meu estômago continua lá, mas posso sentir minhas mãos relaxarem.

— Você pode dizer *queer* na minha frente, está tudo bem.

Ela ri.

— Desculpa, algumes de minhes pacientes não se sentem confortáveis com essa palavra. Então, você é não binárie?

Assinto.

— Posso perguntar quais pronomes você usa?

— Elu e delu — respondo. Por algum motivo, ainda é estranho me perguntarem isso.

— Então, qual é a conexão entre você ser não binárie e seus pais?

— Eu me assumi pra eles, ou pelo menos tentei. Os dois meio que surtaram.

Nunca me senti tão pequene quanto naquele momento. O modo como meu pai se agigantou para cima de mim com a mão erguida… Realmente achei que ele iria me bater ou algo assim, mas ele não fez isso. Só apontou para a porta.

"Para onde você quer que eu vá?"

"*Não sei, só dê o fora dessa casa.*"

Nunca havia visto aquele olhar em seu rosto antes.

— Você pode me contar como eles se comportam? Como pais.

— Como pais se comportam, acho — respondo. — Não sei.

Até onde sei, eles agiam normalmente na maior parte do tempo. Mas não é como se eu tivesse outros pais com os quais compará-los.

— Como era o relacionamento de Hannah com eles?

— Ela se dava bem com nossa mãe, na maior parte do tempo. Mas ela brigava muito com nosso pai.

— E você? Como era seu relacionamento com eles?

Melhor do que o relacionamento deles com Hannah, mas ainda assim instável. E só piorou com o passar do tempo, as brigas se tornando cada vez mais frequentes.

— Bom, acho. As coisas pioraram depois que a Hannah foi embora.

— Quando a Hannah foi embora?

Solto um suspiro.

— Na noite em que liguei pra ela, foi a primeira vez que falei com ela em dez anos.

Meus dedos encontram bolinhas de tecido no sofá e não resisto em puxá-las, juntando-as até que fiquem grandes. Só as deixo ali, largadas, quando acabo.

— Entendo. Você se sente confortável em ficar com sua irmã agora?

— Tem alguma alternativa?

— Você quer uma?

Balanço a cabeça em negativa.

— Só estou me perguntando. Isso tudo fica só entre a gente, né?

A dra. Taylor descruza as pernas e se inclina para a frente na cadeira, o couro rangendo sob ela.

— Você é minhe paciente. — Ela aponta para a porta com a ponta de trás da caneta. — Não vou discutir nada que acontece dentro desta sala com ninguém a não ser com você. Não só sou legalmente obrigada a isso, como também a privacidade e a segurança des minhes pacientes é importante para mim, Ben. Nós podemos falar do consentimento informado, se quiser.

— Consentimento informado?

A dra. Taylor caminha até um armário de arquivos no canto da sala, vasculhando o arco-íris de pastas abrigadas ali.

— É um procedimento importante, no qual explico tudo que vou falar com você, os limites do que nós vamos discutir, assim como os benefícios do tratamento e, o mais importante — ela atravessa a sala de volta e me entrega uma pilha de papéis —, confidencialidade.

Respiro fundo pelo nariz, tentando ler o documento inteiro. Óbvio, tem o juramento de Hipócrates e tudo mais, mas nem sei se isso deveria se aplicar a terapeutas, ou se é só para médicos cirurgiões. Essa mulher não me deu nada no que eu possa me basear.

Mas os documentos explicam tudo, ou pelos menos parecem explicar.

DESEJO A VOCÊ AS COISAS MAIS BELAS 77

— Nós podemos discutir cada parte, tintim por tintim, se quiser. — A dra. Taylor se inclina, aproximando-se. — Mas juro para você que, a não ser que eu considere que você representa uma ameaça iminente à própria vida ou à vida de outra pessoa, não vou contar a ninguém o que acontece aqui dentro.

— Eu… me desculpa.

Uma estranha sensação de vergonha se espalha pelo meu rosto.

— Você não precisa se desculpar, Ben. Sei que é assustador, e só posso imaginar o que você tem passado nesses últimos dias, até meses — diz ela, com uma voz suave. — Mas é para isso que estou aqui. Quero ajudar você, ajudar a entender o que você está passando.

— Obrigade.

— É para isso que estou aqui. Você quer discutir os formulários?

— Se tivermos tempo.

— Temos, sim. Podemos revisá-los enquanto conversamos.

É muita coisa. Algumas são simples ou autoexplicativas, mas tem ainda mais coisas que não entendo.

De repente, a dra. Taylor pergunta:

— Então, você se assumiu para sua irmã?

— Ah, hum…

Viro para a próxima página, leio brevemente o que diz e assino onde a dra. Taylor me indica ser necessário.

— Nós não precisamos falar disso.

Tento respirar.

— Tipo, eu me assumi. Para ela. E para o Thomas. Meio que tinha que fazer isso, não é? — Tento rir, mas até para meus próprios ouvidos soa forçado.

— Você se sente confortável com isso?

— Tenho que me sentir, não?

— Não. As circunstâncias estavam foram do seu controle, óbvio. Sei que, nesse cenário, contar a eles por que você foi expulse de casa era a opção mais fácil, e talvez a única. Mas isso não significa que você precisa gostar disso.

— Eles estão se esforçando. Hannah e Thomas se corrigem quando usam o pronome errado ou trocam a concordância nominal.

— Isso é bom. E quanto à escola? Você está se adaptando bem?

— Bem, é, a escola... Não me assumi para eles, se é isso que você está perguntando.

— Uhum. — A dra. Taylor aciona a caneta e acrescenta algo a suas anotações. — Você quer falar sobre isso?

— Não tem nada pra falar.

— Você acha isso?

— Me assumir não parece muito seguro.

— Esse é um grande ponto.

Há um brilho nos olhos dela, e aguardo que ela me confronte, mas ela não o faz.

— Mas...? — indago.

— Sem "mas". Você conheceu alguém na sua nova escola? Algum amigo novo?

— Não.

— É mesmo? Isso é uma pena. Ninguém mesmo?

— Não — repito. — Ninguém.

Nós chegamos ao último dos formulários. Leio rapidamente antes de assinar. A dra. Taylor folheia todos eles mais uma vez antes de reuni-los.

— Tem mais alguma coisa que você gostaria de me contar?

— Tipo?

DESEJO A VOCÊ AS COISAS MAIS BELAS **79**

Ela dá de ombros.

— Qualquer coisa que você sinta que possa me ajudar a conhecer você melhor. Ou qualquer coisa específica com a qual você esteja lidando.

— Acho que não.

Tem Mariam, mas isso parece uma coisa pessoal, que não preciso compartilhar aqui. Pelo menos não agora.

— Tá bom.

A dra. Taylor se levanta, colocando o caderninho sobre a mesa.

— Tá bom? — Meus olhos a seguem o caminho todo até a mesa. — Isso é tudo?

— Por hoje, sim. — Ela abre uma gaveta e pega um pequeno panfleto. — Gostaria de continuar a ver você, Ben. Se você quiser, óbvio. Mas também tenho uma coisa aqui. — Ela estende o papel para que eu o pegue.

— O que é isso?

Viro o folhetinho nas mãos, lendo o título, que está em letras brilhantes e multicoloridas.

— É um grupo de apoio para jovens LGBTQIAPN+ — explica ela.

Abro a boca para falar, mas ela ergue um dedo para me interromper.

— Eu sei, mas nem todas as pessoas que fazem parte do grupo usam *queer* para se identificarem. Gostaria que você considerasse participar. O grupo é formado principalmente por adolescentes e jovens adultos. Acho que pode ajudar, de verdade. Eles costumam se reunir sexta sim, sexta não por volta das seis e meia da noite. Só pensa a respeito.

Olho para o panfleto, lendo a informação de contato e endereço para a reunião na parte de trás.

— Você estaria aberte a se encontrar comigo de novo?

Penso na questão por um segundo. Quer dizer, não me sinto nem um pouco melhor, mas será que deveria me sentir depois de apenas uma consulta? Só quero ir para casa, me arrastar para a cama e esperar pelo dia seguinte.

— Acho que sim.

— Você não é obrigade — acrescenta ela.

— Posso vir de novo — digo.

Isso provavelmente é o que Hannah quer.

— Vamos tentar na próxima quinta, tá bom? Estou livre à tarde, assim você não precisa perder outra aula.

Levanto do sofá, dobrando o panfleto para guardá-lo no meu bolso de trás, sabendo que não vou para essa coisa de grupo de apoio. Se eu mal conseguia aguentar me assumir aqui, como conseguiria fazer isso para uma sala cheia de estranhos?

— Também gostaria de falar brevemente com Hannah, se não se importar. — A dra. Taylor me olha.

— Por quê?

— Não vou contar a ela nada que não tenha sido acordado. Só quero me certificar de que ela entendeu tudo e se tem alguma pergunta.

— Ah… Tá bom.

— Então você se sente confortável com isso?

Não muito, mas talvez seja melhor que a dra. Taylor cuide disso, em vez de Hannah me interrogar no carro a caminho de casa. A dra. Taylor enfia a cabeça para fora da porta e diz alguma coisa, e Hannah aparece.

— Está tudo bem? — pergunta Hannah.

— Tudo bem — diz a dra. Taylor. — Só queria falar sobre algumas coisas em relação às consultas de Ben.

— Tá bom.

DESEJO A VOCÊ AS COISAS MAIS BELAS **81**

— Ben e eu nos encontraremos às quintas. A cada quinze dias deve ser suficiente, a não ser que Ben me diga que deseja mudar a frequência das consultas — fala a dra. Taylor do modo mais direto possível. — Vou me comunicar diretamente com elu e não vou compartilhar nenhuma informação a não ser que Ben assine um formulário de consentimento.

— Ah. — É tudo que Hannah diz, e não consigo olhar para ela agora.

Imagino qual deve ser a sensação de ouvir a mulher que você está pagando para cuidar de sue irmane, que você acolheu, lhe dizer que você não tem direito de saber nada do que acontece nas consultas.

— Só queria avisá-la de que não poderei discutir nenhum detalhe das consultas delu a não ser a data e o horário em que vão acontecer.

— Não — diz Hannah. — Quer dizer, sim, óbvio. Não, entendo totalmente. — Ela parece um pouco nervosa. Talvez pela apunhalada que eu a dei pelas costas. — Tem mais alguma coisa que você precisava me falar?

A dra. Taylor olha em minha direção.

— Ben?

— Tudo certo.

— Tudo bem. Nós nos vemos na próxima quinta. — A dra. Taylor pega um cartãozinho de sua mesa. — Aqui está o contato do consultório. Se você precisar mudar o horário, é só ligar.

Guardo o cartão junto com o folheto.

— Obrigada, dra. Taylor. — Hannah e a dra. Taylor dão um aperto de mãos. — Preparade para ir?

Assinto e olho para o relógio na parede. É apenas uma da tarde, mas parece que se passaram horas desde que cheguei aqui.

— Quer fazer uma parada e comer alguma coisa?

Meu estômago ronca, totalmente vazio, mas balanço a cabeça em negativa. Acho que não conseguiria manter a comida na barriga agora.

Capítulo 7

— **Interessante.** — A sra. Liu observa a pintura enquanto tento não me sentir tão exposte. Uma tarefa na qual estou fracassando miseravelmente. — Gosto do espaço em branco aqui, e da escolha de cores, especialmente dos azul-escuros. O que fez você fazer essas escolhas?

Só escolhi azul porque gosto de azul. Não é para o céu ser azul?

— Pareceu certo — respondo.

Acho que a outra resposta não me renderia muitos pontos. A sra. Liu é uma professora interessante, para dizer o mínimo. Ao longo das últimas duas semanas, ela tem circulado ao meu redor como um falcão enquanto trabalho, mesmo que a atividade seja só um rascunho. Por enquanto ela me colocou no torno para fazer um pote de barro horroroso. E, antes disso, ela me entregou uma sacola cheia de cabides de metal e me disse para criar alguma coisa com eles.

Ontem ela me deu um cavalete e uma tela e me disse para pintar a primeira coisa que me viesse à mente. Mariam

84 MASON DEAVER

tinha me mandado mensagens sobre cardeais durante o almoço, falando de como eles são os pássaros favoritos delu. Então essa foi a primeira coisa que eu disse.

E pintei um cardeal, como fui instruíde a fazer.

— É um bom contraste, especialmente com o vermelho. — Ela tenta fazer um gracejo. Pelo menos acho que é para soar assim. — Você gosta de pintar, Ben? Você é muito bom nisso.

— É.

Na verdade, gosto mais disso do que de desenhar. Acho que talvez eu pareça iniciante demais, pois não pinto tanto quanto gostaria. Eu não podia levar materiais de pintura para casa e, na Wayne, as aulas de arte não eram muito importantes.

Não que fossem ruins; aprendi bastante com elas. As coisas só eram definitivamente mais restritas por lá.

É nesse instante que o sinal resolve tocar. Eu me apresso para levar minhas tintas e pincéis para a pia.

— Ah, leve o tempo que precisar, querido.

A sra. Liu dá um tapinha em meu ombro.

— Desculpa, não estava prestando atenção — digo, minhas mãos já manchadas com a água alaranjada.

— Tudo bem. Queria falar sobre uma coisa com você mesmo.

— Ah, é?

— Percebi que você está indo para o pátio durante o almoço.

Deus, seria ótimo se todo mundo parasse de ficar obcecado com meu paradeiro na hora do almoço.

— Ah, é… Não sou fã de cantinas.

— Bem, se em algum momento você quiser vir pra cá e praticar… — A sra. Liu pega uma pequena chave do bolso do avental.

DESEJO A VOCÊ AS COISAS MAIS BELAS **85**

— Está falando sério?

— Óbvio. Estou com um bom pressentimento em relação a você, Ben. — Ela bate com a chave na bancada. — Mas só um aviso: não dou muitas chances.

— Vou tomar cuidado. Prometo.

— É melhor mesmo. — Ela pisca para mim e volta para a sala dela.

Acesso quase ilimitado à sala de arte? Definitivamente não é uma coisa ruim.

É um longo caminho até sexta-feira, mas chego lá. Entre o dever de casa e tentar me atualizar em todas as matérias, é bom ter uma noite comigo mesme. Hannah e Thomas decidem sair para jantar. Recuso o convite, imaginando que eles provavelmente querem um tempo sozinhos depois de tudo que eu fiz eles passarem.

Além disso, assim posso desenhar sem interrupções, e não preciso me preocupar em pegar os dois no flagra ou invadir o espaço deles. Noites sozinhe em casa são raras, e geralmente reservo esses momentos para desenhar mais ou maratonar os vídeos de Mariam.

— Então, o que vamos fazer hoje? — A voz de Mariam ecoa pelos alto-falantes do notebook.

Já fazia muito tempo desde a última vez que havíamos tido uma noite como essa. Só elu e eu, conversando enquanto trabalhamos. É realmente relaxante.

— Nada de especial. Você está trabalhando em quê?

Meus olhos vagam da TV para o computador e para o sketchbook. Estive trabalhando em muitas ideias para pinturas ao longo dos últimos dias.

— Palestras. Tenho que me preparar para uma conferência. E estou procurando datas para a próxima tour.

Elu me mostra seu caderno. Uma única página está abarrotada até as margens com garranchos. Nunca canso de me impressionar por Mariam conseguir falar na frente de centenas ou, em alguns casos, milhares de pessoas, sem a menor preocupação.

— Parece divertido — digo.

— Uhum. — Elu faz um biquinho. — E você?

— Desenhando.

Mostro o bloco de desenho para elu.

— Legal. Quando é que você vai criar uma nova arte de tema para meu canal? — Mariam se apoia nas mãos e pisca sem parar, agitando os cílios.

— Isso exigiria as ferramentas certas, amigue. — Algum tipo de programa de desenho no notebook, provavelmente uma mesa digitalizadora também. Coisa demais para mim, especialmente porque custa dinheiro.

Mariam só revira os olhos, ume mestre nisso.

— Quer ver minhas últimas aquisições?

Sorrio em resposta.

— Sempre.

— Que tal meus véus novos?

Elu se recosta para mostrar melhor o véu enrolado na cabeça no enquadramento da webcam. É difícil dizer daqui, mas o material parece brilhoso, e o vermelho vívido combina muito bem com o batom delu.

—Amei!

Mariam e eu já tivemos longas conversas sobre ter religião e ser uma pessoa não binária. Mas, para elu, seu hijab representa conforto, segurança e uma conexão com sua fé.

Mariam poderia passar horas falando sobre como o hijab faz elu se sentir. Na verdade, elu criou uma série no próprio canal do YouTube no ano passado, explicando o que ser muçulmane xiita e não binárie significava para elu.

Por um segundo, eu me lembro do que minha mãe disse naquela noite. Como Deus não quer que eu seja quem sou. Mariam é o único motivo para que eu não acredite nisso.

— Comprei mais alguns, mas esse é meu favorito. Ah! — Elu estende a mão para fora do alcance da câmera em busca de alguma coisa. — E esse suéter.

Mariam se levanta rapidamente, empurrando a cadeira para fora do caminho, e gira na frente da câmera. É um daqueles suéteres que se parece com um manto, mas tem um corte feito para não cair. Do tipo que sempre me fez sentir inveja quando eu via nas lojas, ao sair para fazer compras com minha mãe.

— Ai, meu Deus!

— Eu sei! — Mariam dá outra voltinha. — Nunca mais vou usar outra roupa. E ainda estava com trinta por cento de desconto! — Elu faz uma dancinha. — Não que eu vá ter muitas chances de usar isso em casa. A menor temperatura que faz aqui é, tipo, 15°C, se tivermos sorte. Mas quem sabe na turnê eu consiga usar.

— Estou com inveja.

— Um dia vai ser você, Benji. Prometo. Quando você estiver desenhando logos e pintando obras de arte, ninguém vai poder te falar o que vestir.

— É. Certo.

Tecnicamente ninguém poderia me dizer o que vestir agora, mas sei exatamente o que aconteceria se eu me atrevesse a sair em público vestide assim, ou com algum dos vestidos de bolinhas fofos que vi na internet, ou talvez com botas de cano alto que sei que jamais entrariam nos meus pés.

Eu me acomodo no sofá e volto a desenhar. Estive pensando em retratos há algum tempo. A ideia de pintar rostos sempre me parece tão interessante. Passei os últimos dias salvando fotos de vários modelos que encontrei na internet, seus rostos perfeitos e lábios afiados, sobrancelhas feitas com perfeição e olhos penetrantes.

Ouço um carro na entrada da garagem. Em vez de os faróis apagarem e o motor desligar, o automóvel só fica ali, parado e ligado.

— Estranho — sussurro para mim mesme.

— Hã? — indaga Mariam.

— Nada. — Volto a desenhar. — Hannah e Thomas acabaram de chegar.

— Então, o que você está achando da escola nova?

Mariam está na frente da câmera agora.

— É legal.

— Alguma amizade nova ameaçando roubar meu lugar?

— Nenhuma até agora.

Nathan ficou insistindo para que eu fosse almoçar com ele, mas quando a sra. Liu me deu a chave da sala de arte, qualquer esperança daquilo foi esmagada. Mas ele não pareceu muito incomodado com minha rejeição. Era quase como se isso estivesse virando um tipo de jogo para ele.

Olho de relance para a janela. O carro ainda está lá, parado na entrada da garagem com o motor ligado e os faróis acesos, brilhando através das cortinas.

— Está tudo bem? Você parece um pouco distraíde hoje.

— Hannah e Thomas estão sentados lá fora, no carro.

Mariam começa a rir consigo mesme.

DESEJO A VOCÊ AS COISAS MAIS BELAS **89**

— Talvez eles estejam se pegando.

— Eca!

Eu vou com cuidado até a janela e afasto a cortina o mais lentamente possível. A entrada da garagem não é tão extensa, mas ainda está escuro demais para distinguir qual é o tipo e a cor do carro. Não que eu fosse saber a diferença, de qualquer maneira. Existem carros, caminhões e SUVs — esse é praticamente todo o meu conhecimento automobilístico.

Mas meu estômago dá um solavanco quando percebo que esse carro definitivamente não é a grande SUV preta de Hannah e Thomas. Isso eu posso afirmar, mesmo no escuro. Não, esse carro se parece demais com o do meu pai.

— *Não...*

— Ben? — A voz de Mariam me assusta. Já havia me esquecido de que elu estava ali.

O pânico toma conta do meu peito enquanto fecho a cortina e corro para a porta da frente, conferindo a tranca. Meus pais provavelmente conseguem ver minha sombra correndo de um lado para o outro da casa, mas isso não importa agora. Pego meu celular e mantenho o polegar pairando sobre o número de Hannah.

A voz de Mariam continua ecoando pelos corredores.

— Ben? O que está acontecendo? Alô? Ben?

Hesito no topo das escadas, garantindo que eu mal consiga enxergar o brilho das luzes do carro através das cortinas grossas, preparade para sair em disparada para meu quarto, se for preciso. Mas depois de um minuto os faróis se apagam. Corro de volta para a janela, esbarrando nas cortinas. Ainda está lá, o motor só não está mais ligado.

Então ouço uma batida na porta.

Eles estão aqui. Puta merda. Eles estão aqui para me levar embora.

— Ben? O que aconteceu? — questiona Mariam.

— Depois eu te ligo! — grito sem querer.

— *Ben!*

—Acho que meus pais estão aqui. — Consigo dizer. Posso ouvir a falha na minha voz.

Não espero pela resposta delu, só fecho o notebook e pego tudo. Corro de volta para o quarto de hóspedes, subindo os degraus com tanta pressa que quase caio no topo. Eu me certifico de trancar a porta atrás de mim.

Eles não podem estar aqui. Certo? Como eles sabem onde Hannah mora? Por que sequer viriam aqui? Eles não me queriam na casa deles, então não há motivo para eles estarem aqui.

Meu celular começa a tocar em minhas mãos. Estive segurando-o com tanta força que acabei tirando do silencioso. É Mariam, me mandando mensagem e tentando reiniciar a chamada por FaceTime.

Não importa o quanto tente, não consigo controlar minha respiração, não consigo desgrudar os olhos da porta toda branca do quarto. Preciso me concentrar para escutar o carro na entrada da garagem, ou a porta da frente se abrindo e se fechando, ou o ruído de passos subindo as escadas.

Então ouço aqueles barulhos inconfundíveis. As portas se abrindo e então se fechando, o burburinho que não consigo compreender. São Hannah e Thomas. Tem que ser. É a voz deles. Eles me deram a única cópia da chave que tinham — até me disseram isso. E as portas estão trancadas. Tem que ser Hannah e Thomas. Mas são eles mesmo? Essa é a voz abafada deles? Seus passos?

E se não for?

Um par de pés, dois pares, se aproximam lentamente do topo das escadas.

— Ele provavelmente está no quarto — diz alguém.

Hannah? Pelo menos soa como a Hannah, mas não sei ao certo.

— *Elu* — diz outra voz. — *Elu* provavelmente está no quarto *delu*. — Deve ser a Hannah, tem que ser. Mas minha mente se recusa a aceitar, não importa o quanto eu me esforce para acreditar.

— Ben? — Há uma batida na porta, e a maçaneta balança um pouco. — Ben, a porta está trancada.

Abro a boca para falar, para dizer alguma coisa, *qualquer coisa*. Mas não sai nada.

— Ben, você está bem?

— Não — me forço a dizer, e sinto como se estivesse engolindo pregos.

— Você pode abrir a porta?

A maçaneta continua sacudindo de um lado para o outro.

— Ben? — É o Thomas, ou pelo menos soa como o Thomas. — Preciso que você abra a porta pra mim, tá bom?

Não consigo, estou estagnade. E se forem meus pais do outro lado da porta? Praticamente todas as partes do meu cérebro estão gritando que não pode ser, mas ainda existe uma chance, não importa o quanto ela seja ínfima.

Ambos sussurram algo que não consigo entender, e então ouço passos se afastando.

— Ben? Thomas vai destrancar a porta, tá bom?

Tento dizer alguma coisa, mas minha boca parece incrivelmente seca e não consigo controlar minha respiração. É quase como se houvesse um peso de vinte quilos no meu peito, e não importa quantas vezes eu enxugue o rosto, não consigo parar de chorar. É pior do que foi no consultório da dra. Taylor. Ou naquela noite de véspera de Ano-Novo. A sensação é a de que isso nunca vai acabar.

— Nós temos uma cópia de cada chave dos quartos. Em caso de emergência.

Há o som de algo do outro lado da porta, então o *clique* da fechadura destravando e a porta se abrindo lentamente. Thomas dá um passo para trás e Hannah entra a passos vagarosos na frente dele.

— Ben?

— Desculpa.

Encolho os joelhos em direção ao peito, tentando ao máximo esconder o rosto. Não consigo nem olhar para eles.

— Ben, posso me sentar? — Ela aponta para a cama.

Dou de ombros.

— O quarto é seu.

— O quarto é *seu*. — A cama afunda no lugar onde Hannah se senta. Posso ver que ela quer me consolar, erguendo a mão antes de afastá-la de novo. — Ben, o que aconteceu?

— Nossos pais. — Minha voz mal é um murmúrio.

Hannah congela.

— O que tem eles? Eles não vieram aqui, vieram? — É como se um interruptor fosse acionado dentro dela ao ouvir a menção a eles.

Balanço a cabeça e pigarreio.

— Não sei se eram eles. — Enxugo os olhos. — Havia um carro. Ele parou na entrada da garagem, e havia alguém na porta. — Agora parece que respirei demais, como se o ar fosse me envenenar.

Hannah se vira e fala algo para Thomas mexendo os lábios, mas não sei dizer o que é. Ele assente e desaparece no corredor.

— Ben. — Hannah se vira para mim. — Você quer beber alguma coisa?

Balanço a cabeça em negativa.

— Quer que eu ligue para a dra. Taylor? Talvez ela possa ajudar você com isso.

— Não, não incomode ela. Por favor.

— Bem, talvez não tenha sido eles — diz ela. — Talvez tenha sido alguém que estava perdido e fazendo uma manobra. Seria bem estranho se eles aparecessem do nada, né?

Acho que ela está tentando me acalmar, mas isso não está ajudando.

— Desculpa.

Ela toca gentilmente em minhas costas, quase como se estivesse com medo de que eu fosse me partir caso alguém respirasse forte demais perto de mim.

— Sei que isso não é fácil.

Eu me afasto do toque dela. Não posso lidar com contato físico agora, nem mesmo dela.

— Desculpa, eu só...

— Não, está tudo bem. Desculpa. — Ela junta as mãos. — Talvez você devesse tentar descansar um pouco, tá bom? Podemos conversar melhor de manhã.

Assinto lentamente, sentindo a cama se mexer enquanto Hannah se levanta, virando-se para me encarar mais uma vez antes de fechar a porta atrás de si.

Quero gritar, mas minha voz não soa mais alto do que um sussurro:

— Por favor, não me deixa.

Mas é tarde demais. Ela se foi.

Eu a ouço dizer alguma coisa para Thomas. Parece que ele ainda está ao telefone. Mas tudo parece tão abafado, e não tenho nem energia para escutar escondido. Encolho mais os joelhos, querendo fazer tantas coisas. Pegar meu celular e falar com Mariam, ou até mesmo chamar Thomas para conversar. Uma voz diferente. Qualquer coisa para preencher o vazio do quarto.

Hannah e Thomas não me perturbam pelo resto da noite, mesmo que eu esteja silenciosamente implorando para que façam isso. Ouço seus passos de um lado para o outro, movimentando-se entre os cômodos, acho. Em torno de meia-noite, depois de ficar com as costas doendo por me sentar encostade na parede por tanto tempo, finalmente tiro a camisa, a jogo no chão e deslizo para debaixo das cobertas.

De manhã, vou ao banheiro, a água quente do chuveiro me chamando. Não quero sair, só quero ficar aqui. Talvez acabe me afogando; isso é fácil o suficiente de ser feito em uma banheira, não é?

É mortificante ver Hannah e Thomas erguerem o olhar da mesa na cozinha, ambos me observando. Consigo ver o que eles estão pensando refletido em suas expressões. É uma mistura de pena, tristeza e medo, e odeio isso pra cacete.

— Ei, você. Como está? — pergunta Thomas.

— Bem. — Tenho certeza de que todos sabemos que isso é uma mentira.

— Por que você não se senta? Acho que precisamos conversar. — Hannah dá um tapinha no lugar vazio à mesa.

— Precisamos?

DESEJO A VOCÊ AS COISAS MAIS BELAS

— Sim — afirma Thomas, seu tom não deixando espaço para questionamentos.

Eu me forço a seguir em frente. Seria inútil sair correndo escada acima e me esconder o dia todo no quarto, especialmente se eles têm a chave.

— Acho que a dra. Taylor precisa saber o que aconteceu na noite passada — diz Hannah.

— Você não ligou pra ela, né? — pergunto.

Hannah balança a cabeça.

— Não queria fazer isso sem você. Eu me lembrei da questão da confidencialidade e achei que você não se sentiria confortável se eu não pedisse permissão antes.

Talvez ela só duvide que eu mesmo algum dia vá contar isso para a dra. Taylor, ou talvez ela esteja muito assustada com o que eu possa fazer na próxima vez em que isso acontecer.

— Você pode ligar — digo.

— Você quer falar com ela? — pergunta Thomas.

— Não. — Não vou saber nem por onde começar.

— Tá bom. — Hannah procura em seus contatos pelo número da dra. Taylor. Ouço discar por alguns segundos, e então o som abafado da voz da doutora. Ela está no consultório em um sábado? — Ei, dra. Taylor. É a Hannah Waller, irmã de Ben. Eu só, um… Não sei bem por onde começar.

Há um ruído, o som de alguém falando.

— Não, é… Ben está bem. Quer dizer, mais ou menos. Elu está aqui. Mas na noite passada aconteceu um incidente. Acho que pode ter sido um ataque de pânico ou algo assim. E nós só queríamos que você soubesse disso.

A dra. Taylor diz mais alguma coisa.

— Sim. Entendo. Tá bom. — Hannah apoia a mão sobre o telefone. — Ela quer saber se você gostaria de vê-la antes da próxima quinta.

Dou de ombros, uma não resposta. Mas Hannah aceita como um sim.

— Se não se importar — diz Hannah para a dra. Taylor.

— Uhum. Sim, obrigada. Eu levo elu. Segunda depois da escola. Obrigada, bom fim de semana. — Hannah desliga o telefone. — Desculpa.

Ela me dirige um olhar culpado.

— Tanto faz — replico.

Talvez eu esteja um pouco feliz por ela ter tomado as rédeas da situação dessa vez. Não sei, acho que se eu tivesse falado de verdade o que queria fazer, poderia ter dito não.

— Ben. — Thomas entra na conversa. — Você quer conversar sobre alguma coisa?

— Não, hoje não. — Tento fazer com que as palavras pareçam como uma declaração firme, mas duvido que tenha soado dessa maneira. — Por favor.

Hannah e Thomas se entreolham.

— Tá bom — concorda Thomas. — Você precisa que a gente faça alguma coisa?

Mesmo que exista algo que eles possam fazer, duvido que eu seria capaz de dizer a eles. Nunca me senti tão apavorade daquele jeito. Foi como se eu tivesse apagado. Eu não conseguia nem falar. Foi como se meu cérebro apenas se recusasse a formar palavras.

— Não, não tem nada.

DESEJO A VOCÊ AS COISAS MAIS BELAS **97**

Capítulo 8

Todas as noites daquele fim de semana, sonho com meus pais. Acordo coberte de suor, os lençóis embolados nas pernas. Só me lembro do rosto de minha mãe, a frieza daquela noite. No sábado à noite, consigo voltar a dormir depois de um tempo. Mas o domingo é outra história. Não importa o quanto me esforce, minha mente se recusa a descansar. Então depois de uma hora brigando com os lençóis, já sei que não adianta insistir. Serei ume zumbi amanhã de manhã na escola.

Minha insônia combinada a uma curiosidade me fazem descer as escadas até a sala de estar e pegar o notebook para pesquisar as causas da insônia no Google, mas isso não ajuda. Primeiro, porque não tenho certeza se é esse o problema, e às vezes o autodiagnóstico pode ser perigoso. E segundo, os resultados mostram de tudo, desde asma até problemas de sinusite e artrite. E nunca tive nada disso. Mas há duas causas que se destacam para mim, bem no meio da página.

Ansiedade e depressão são dois dos fatores-chave que contribuem para a insônia. Pacientes costumam passar por...

Paro antes de começar a pesquisar por ansiedade, não quero abrir *esse* vespeiro. Fecho a aba e pego meus headphones. Dou play em uma das minhas playlists e fico fazendo testes do BuzzFeed para passar o tempo. Acabo abrindo o canal de Mariam e assisto ao seu último vídeo.

Algumas horas depois, o sol começa a aparecer por trás das cortinas, banhando a sala em um brilho quente. Mais uma noite perdida. Volto para o andar superior e tomo um banho rápido. Hannah e Thomas ainda estão dormindo, ou um deles está. Posso ouvir alguém se movimentando dentro do quarto.

— Bom dia, Ben. — Thomas desce as escadas cerca de uma hora mais tarde, abotoando as mangas da camisa.

— Bom dia.

Ele abre a geladeira e pega uma garrafa d'água.

— Você acordou cedo.

— Não consegui dormir.

Engulo a última colherada de cereal e tomo o que sobrou do leite, o que, honestamente, é a melhor parte.

— Ah, que droga. Já tive noites assim. — Thomas se debruça sobre a bancada. — Então...

Eita. Já estou me preparando para o pior.

— Então... — repito.

— O Nathan andou perguntando sobre você.

Olho para Thomas, desconfiade.

— Perguntando o quê?

— Ele, hã... — Thomas ri, não como se achasse isso engraçado, mas como se não quisesse dizer o resto da frase. — Ele estava se perguntando o que tinha feito pra ofender você.

Sinto um peso no coração.

—Ah. — É tudo que consigo dizer.

— Falei a ele que achava que você não estava com raiva nem nada. Só que você estava passando por algumas coisas.

Abro a boca para fazer uma pergunta, mas Thomas se adianta.

— Não contei nada — garante ele. — Mantive o motivo vago e misterioso, do jeito que você gosta.

Solto um suspiro de alívio e ando até a pia para enxaguar a tigela.

— Obrigade.

— Ele é um bom garoto, só um pouco intrometido.

Encaro Thomas.

— Um pouco?

Isso o faz rir de verdade.

— Tá bom, ele é muito intrometido, mas tem um coração enorme. Ele gosta de fazer as pessoas se sentirem bem-vindas.

— Sim.

Abro o lava-louças, empilhando a tigela para que se encaixe perfeitamente. Para ser honesto, ainda não sei o que pensar do Nathan. Ele parece legal, e não tem sido nada além de agradável comigo desde que cheguei em Raleigh, quase até demais. Como se houvesse alguma coisa dentro dele dizendo que ele não pode me deixar sozinhe por mais do que cinco segundos.

— Eu deveria ser mais legal com ele, não é?

— Talvez — responde Thomas. — Você deveria pelo menos dar uma chance a ele. Não deve ser fácil, quer dizer, sua vida é… Bem, muita coisa aconteceu ao longo das últimas semanas, Ben. Você precisa de alguém com quem possa conversar.

— Achei que fosse por isso que eu estava vendo a dra. Taylor.

— Sim, bem... Ajuda falar com alguém da sua idade que não está sendo pago para dissecar tudo que você diz.

— É, talvez.

Dou um suspiro. Posso depender de Mariam até certo ponto. Entre as diferenças de fuso horário e as viagens delu para falar com grupos de pessoas *queer* e não binárias pelo país, ter um amigo pode não ser tão ruim.

Thomas dá um tapinha no meu ombro e me dá um daqueles sorrisos esquisitos.

— Você quer ir logo pra escola? Posso começar a fazer minhas correções mais cedo.

— Tá bom.

Não há nenhum lugar para onde eu possa ir tão cedo pela manhã. A sra. Liu leva pelo menos uma hora para chegar, e parece estranho entrar na sala de arte antes dela.

Gosto do Thomas e tal, mas não estou preparade para passar uma hora a mais na sala de aula dele sem nada entre nós a não ser uma conversa desconfortável e um silêncio ainda mais desconfortável. Então vou para o pátio. Pelo menos agora posso ficar sozinhe, e o local ainda não fede a cigarro e maconha.

Encontro um lugar para me sentar e pego meu sketchbook, mas na verdade preferiria estar pintando agora. Talvez eu pudesse pintar o céu, a mescla de tons claros de azul e os roxos quase transparentes. Só com um pequeno toque de laranja e verde do sol. É como se, agora que posso pegar em um pincel, isso é tudo que tenho vontade de fazer.

Fiz uma pintura de gotejamentos muito legal na semana passada, da qual estou muito orgulhose. A sra. Liu estava ensinando a turma de Arte 1 sobre Jackson Pollock, então ela me pediu para estudar e mostrar o modo como ele fazia suas pinturas de gotejamentos. Ela gostou tanto que pendurou na parede com as pinturas dos outros estudantes, de frente para a pintura do cardeal.

Pego meu celular do bolso e vasculho minhas fotos de referência. O verdadeiro benefício de ter um novo celular é que agora posso salvar milhares de fotos inúteis de referência que nunca vou usar.

Mas tem a imagem de uma rosa que eu *comecei* a usar, e estou gostando muito de como o desenho está ficando. Acho que também tenho os pincéis perfeitos para tentar pintá-la. Do tipo que vai capturar a suavidade e delicadeza das pétalas.

— Agora, Benjamin, você sabe que celulares não são permitidos na escola.

Dou um pulo e Nathan se senta ao meu lado.

— Foi mal, não queria te assustar.

— Você não me assustou — minto. — E as aulas ainda nem começaram — argumento sem olhar para ele.

— *Touché*. O que é isso? — Ele aponta para o desenho inacabado.

Acho que é difícil dizer o que deveria ser quando há apenas linhas vagas rascunhadas.

— Uma rosa.

— Ah, legal. — Ele rola dramaticamente sobre a grama ao lado dos degraus de concreto, se deitando. — Me desenhe como uma de suas garotas francesas.

Eu o encaro.

— *Titanic*?

— Isso é meio velho, não acha? — pergunto.

Minha mãe ama esse filme. Eu me lembro de implorar para ficar acordade e assistir com ela diversas vezes, quando passava na TV. Eu mal sabia que tem quase três horas, então sempre caía no sono antes de chegar na cena do iceberg.

— Tanto faz. — Ele dá de ombros. — Ei, posso ver mais?

Levo alguns segundos para entender que ele está falando do sketchbook.

— Ah, hum...

— Só um? Deixa, vai!

Suspiro e começo a folhear as páginas rapidamente para encontrar alguma coisa que esteja finalizada. Tenho experimentado uma ideia para pintura. É só um rascunho, mas terminei o planejamento.

— Só esse — digo, entregando a ele.

O sorriso de Nathan cresce, se é que isso é possível, quando ele pega o bloco. Ele o segura com o mesmo cuidado que eu esperaria que se tivesse com um bebê.

— Não vai quebrar, sabe.

— Eu sei — diz ele, ainda apoiando o bloco com cuidado no colo. — Isso é muito legal, Ben.

— Valeu. — Sinto meu rosto esquentar, então me viro para o outro lado. Ah, meu Deus, eu não estou corando, estou? — É uma ideia que tive para uma pintura.

— Você também pinta?

— Um pouco. — Estendo a mão para o celular. — Mas só tenho algumas fotos.

— Posso ver uma? Por favor.

Ele me devolve o sketchbook, se aproximando para olhar meu celular. Espero que ele não questione o cenário por trás. Ao fundo, tem um anime de patinação no gelo que Mariam

DESEJO A VOCÊ AS COISAS MAIS BELAS **103**

e eu amamos, e acho que agora não é hora para explicar o quanto o anime é gay.

— Espera. — Passo as imagens da galeria da câmera, tentando encontrar alguma coisa que talvez ele goste. — Me dá um segundo.

— Óbvio. Vou até me virar.

Nathan encolhe os joelhos até o peito e se vira apoiado na bunda, o que não deve ser confortável nesses degraus de concreto.

— Você não precisava fazer isso tudo.

— E você me diz isso só agora! — Mas ele não parece muito ofendido. — Minha cueca entrou na bunda.

Eu poderia mostrar a ele a pintura de gotejamentos, mas isso não parece muito impressionante. Fiz uma pintura pequena de um crânio para um estudo de anatomia. Não está perfeita. Errei a mão em algumas das cores e no sombreamento, mas em geral não está horrível. Dou um tapinha no ombro do Nathan e ele se inclina para trás sem se virar, pegando o celular.

Por favor, não comece a vasculhar meu celular. Por favor, não comece a vasculhar meu celular.

— Sinistro. Você não é secretamente, tipo, um lorde das trevas nem nada, né? — Ele ri.

— Se eu fosse algum lorde supremo do mal, acho que haveria coisas melhores a se fazer além de ir para a escola.

Estendo a mão para pegar o celular, mas Nathan o afasta no último segundo.

— Não acabei.

Ele observa com atenção, pinçando com os dedos para dar zoom na imagem.

— Errei no sombreamento na parte de trás, e os olhos estão escuros demais para onde a luz deveria estar batendo.

— Ben, isso é incrível.

— Hum, tá bom.

— Não, é sério. Você precisa se dar mais crédito, cara.

Ele me devolve o celular e sinto aquela pontada.

— Valeu. — Deslizo o aparelho de volta para o bolso. — Então, o que você está fazendo aqui tão cedo?

— Eu poderia te perguntar a mesma coisa.

Ele se inclina para trás, tentando se virar sem enfiar a cueca na bunda de novo.

— Perguntei primeiro.

— Ensaio do coral. — Ele sorri.

— Sem chance. — Dou meu melhor para não rir. — Sério?

— Rá! — Nathan joga a cabeça para trás. — Você é tão ingênuo assim?

— Cala a boca.

Eu o empurro.

— Mas falando sério, eu vim para o conselho estudantil.

— É sério dessa vez?

— Cento e dez por cento. Nossa adorável presidente, Stephanie, precisa trabalhar depois da escola e queria se adiantar e começar a planejar as coisas do Lance da Primavera. Ainda está a algumas semanas de distância, mas tem muito trabalho a fazer.

Nathan tenta conter um bocejo, mas não consegue, enxugando os olhos.

— Lance da Primavera? — pergunto.

— Sabe como a maioria das escolas são obcecadas com futebol americano e o baile, né?

Faço que sim com a cabeça. Estou bem familiarizade com a *Spirit Week* e os *pep rallies*, o jogo de futebol americano e as danças.

— Bem, aqui na boa e velha Escola North Wake nós somos mais do beisebol, mas essa temporada não começa até a primavera, então temos o Lance da Primavera. É só pegar tudo que se faria normalmente durante o baile, mas enfiar em março ao invés de novembro. Tem até uma dança.

— Qual é o tema?

— Uma Noite Sob as Estrelas! — Ele dá ênfase a cada palavra ao jogar as mãos para cima. — Vai ser tão divertido quanto você imagina.

— Parece que sim.

Não vou a nenhum baile desde o ensino fundamental. Aquilo era uma triste desculpa para reunir os estudantes no ginásio durante uma hora e escutar versões sem palavrões de músicas populares.

— O meu voto foi para Ataque do Godzilla, mas esse tema foi arquivado rapidinho.

— Eles recusaram essa proposta? — Paro por um instante. — Não acredito.

— Ora, ora, alguém tomou a pílula da esperteza essa manhã. — Nathan me dá uma cutucada de leve com o ombro. — Então, desembucha... O que você está fazendo aqui?

— Thomas queria chegar mais cedo para corrigir alguns trabalhos. Pensei que aproveitaria um pouco de paz e silêncio durante esse tempo.

—Ah. — Nathan olha ao redor. — Então posso ir embora se você quiser. — Ele se mexe como se fosse levantar.

— Não — digo antes mesmo de perceber que abri a boca. — Quer dizer, você não precisa fazer isso.

— Tem certeza?

— Sim.

— Sabe — ele começa a dizer, relaxando de volta em seu lugar —, pensei que você podia estar com raiva de mim por causa de alguma coisa. Desculpa se eu tiver feito algo que te deixou desconfortável.

— Não, não é você. — Suspiro, desejando que fosse mais simples dizer a verdade a ele. — Eu só, hum... estive lidando com algumas questões pessoais.

— Ah. — Ele estica suas longas pernas. Sério, como é possível que alguém tenha pernas tão longas assim? — Quer falar sobre isso?

— Na verdade, não.

— Tá bom. Então, quer conversar sobre o quê?

— Não sei, tem algo em mente? — pergunto.

— Acho que não. Talvez eu esteja surtando com a ideia de lidar com todos esses eventos escolares, o dever de casa, *e ainda* as cartas das faculdades chegando, mas isso não é exatamente um bom tópico de conversa.

— Certo — concordo.

— Então vamos ficar sentados aqui em silêncio? — Nathan se empurra um pouco para a frente, inclinando a cabeça para trás. — Por mim tudo bem. Às vezes o mundo é barulhento demais.

— Você é a última pessoa que eu esperaria que dissesse isso.

Olho de relance para ele, grate por seus olhos estarem fechados. Ele faria uma boa grana sendo modelo, honestamente. Nathan tem as maçãs do rosto marcadas e um punhado de sardas no nariz e nas bochechas.

Impressionante. Essa é a palavra.

DESEJO A VOCÊ AS COISAS MAIS BELAS **107**

— Por baixo desse exterior belo e suave descansa a alma de um poeta solitário, Ben. — Nathan abre um sorriso. Ele tem até covinhas, como isso pode ser justo? — Dá pra acreditar?

— Eu nunca teria adivinhado.

— Droga. Sério? — Ele ri. — Eu devia trabalhar nessa imagem. O que você acha? Deveria parecer mais introspectivo? Ou começar a usar camisas de gola rolê pretas?

— Definitivamente mais golas rolê. — Pego meu sketchbook de novo para trabalhar na rosa, sem nem me preocupar com a foto de referência dessa vez. — Mas não se esqueça do café preto, e dos óculos de hipster com lentes falsas.

— Eca! Café preto? Por que alguém se puniria assim?

— Ei, você que é o escritor boêmio. É pela estética — digo.

— Anotado. — Ele solta um suspiro longo e baixo. — Se eu cair no sono, você promete me acordar?

— Pode deixar.

— Promessa de dedinho? — Ele estende a mão, o dedo mindinho erguido, e por um segundo só observo antes de entender que ele está falando sério.

Entrelaço meu dedo ao dele.

— Promessa de dedinho — afirmo.

— É pra cá que você vem durante o almoço, né? — pergunta Nathan, os olhos ainda fechados.

— Às vezes — sussurro depois de um silêncio que provavelmente é longo demais. — Ou para a sala de arte.

Não sei ao certo por que conto a verdade. Talvez eu deva pelo menos isso a ele.

— Parece solitário.

— Às vezes o mundo é barulhento demais — repito as palavras dele.

Isso o faz rir de novo.

— *Touché*. — Ele respira fundo mais uma vez. — Acho que não vai adiantar de nada se eu te chamar pra almoçar comigo hoje, né?

Sinto um aperto no peito. Faça um amigo, Ben. Faça um amigo.

— Eu topo.

Ele abre um olho.

— O quê?

— Eu topo — repito. — Pelo menos hoje.

— Está falando sério? — Ele quase dá um salto de onde está sentado.

— Promessa de dedinho — respondo.

Ele abre um sorriso largo, e não consegue parar de dar risadinhas enquanto entrelaça o dedo ao meu.

— Você quer tanto assim que eu vá pra cantina?

— É o tipo de experiência que só se vive na escola, meu amigo. — Ele dá uma piscadela. — Além do mais, Meleika e Sophie querem te conhecer já faz um tempo.

— Meleika e Sophie?

— Minhas amigas.

— Ah.

Não sei por que imaginei que seríamos apenas ele e eu, mas talvez com mais pessoas por lá as chances da situação ficar desconfortável serão menores. Pelo menos um pouquinho.

Então nós ficamos sentades em silêncio. Nathan começa a murmurar uma canção que não reconheço, mas logo para. Em determinado momento tenho certeza de que ele adormeceu, porque sua respiração muda e há um ronco baixo. Quando o estacionamento começa a se encher de carros, eu o acordo com um cutucão, mas ele não parece grogue, cansado nem nada.

DESEJO A VOCÊ AS COISAS MAIS BELAS **109**

— Já está quase na hora? — pergunta ele.

— Quase — respondo, fechando meu sketchbook e guardando-o na mochila.

— Você terminou a rosa?

Eu me levanto e espano o cascalho da minha calça jeans.

— Ainda não.

Nathan pega a própria mochila, conferindo alguma coisa no celular.

— Posso ver quando estiver pronto?

— Pode — respondo sem hesitar.

— Ei, você tem papel? — Ele faz uma pausa. — Algum papel que você não use pra desenhar. Eu odiaria roubar os recursos de um artista.

Pego a mochila e vasculho o bolso da frente, em busca de um bloco de notas adesivas que guardo ali, caso precise. Para quê? Sei lá.

— E algo que escreva?

— Tão necessitado — provoco, pegando uma caneta.

Ele escreve alguma coisa e dobra a nota adesiva ao redor da caneta, me entregando de volta antes de ir embora atravessando o estacionamento e gritar:

— A gente se vê na aula de Química!

Desdobro o papelzinho e encaro o número de nove dígitos que ele escreveu, junto com a mensagem rabiscada de modo desleixado embaixo:

Me manda msg ;)

— Posso ajudar?

Nathan se debruça sobre a bancada na aula de Química para me ver lavar os béqueres. Hoje estamos trabalhando com algumas reações químicas. De acordo com Thomas, o próximo grande teste vai ser uma experiência em laboratório.

Lá pela metade da aula praticamente assumi o comando. Nathan quase havia despejado uma solução em excesso em um béquer, o que não teria sido bom considerando que não acho que nenhum de nós ficaria muito atraente sem sobrancelhas.

Na verdade, nem me importo de fazer a maior parte. Eu gosto de química. Mesmo com os números e as fórmulas, é mais interessante do que matemática. Mas as luvas são grandes demais para minhas mãos, então tenho que ficar puxando-as e a água acaba entrando na ponta dos dedos. A situação toda parece fazer as luvas não terem sentido, mas Thomas disse que não é seguro lavar os béqueres sem proteção, então terei que sofrer.

— Acho que consegui — anuncio.

— Tem certeza?

— Sim, mas valeu.

— Ainda vai querer ir almoçar?

Olho para a janela da sala de aula. Mesmo que eu não quisesse, não há outro lugar para ir. Aparentemente, a sra. Liu não veio hoje porque está doente, e realmente não quero passar mais tempo do que o necessário com o substituto dela. E a pouca luz do sol que estava brilhando essa manhã agora está se escondendo por trás de enormes nuvens cinzas e chuva. Então o pátio também está fora de questão.

— Não tenho escolha, né? — provoco, lavando o último béquer.

— Não, a não ser que você planeje fazer um barco de papel com seus desenhos, o que não é algo que eu recomende

DESEJO A VOCÊ AS COISAS MAIS BELAS 111

que você faça, pois seria um enorme desperdício de talento. Então, não, você não tem escolha.

— Eu poderia ir para a sala de arte.

— Lá vai você, encontrando brechas no meu plano. Além disso, ouvi dizer que a sra. Liu não veio hoje ou algo assim.

— Então você orquestrou essa tempestade e deixou a sra. Liu doente, só pra eu ter que almoçar com você?

— Nãooo. — Ele arrasta o som do "o". — Mas se por acaso você ver uma máquina maligna do clima no quintal de alguém, eu definitivamente não moro lá.

— Relaxa, não vou chamar o FBI nem nada do tipo. E já aceitei.

— Só estava garantindo que você não estava reconsiderando.

— Engraçado, acho que tudo que eu faço hoje em dia é reconsiderar.

Nathan me lança um olhar indecifrável, mas então só ri.

— Espero que vocês estejam muito empolgados para limpar a estação — diz Thomas de sua mesa.

— Desculpa, sr. W!

Nathan pega um pano molhado e começa a limpar nossa mesa, sorrindo como um bobo o tempo inteiro.

No momento em que atravesso as portas da cantina com Nathan, quero dar as costas e correr. Talvez um barco de papel não seja uma ideia tão ruim assim. Provavelmente consigo fazer algo bem seguro com algumas camadas. Mas ir embora é impossível, graças à multidão de colegas de classe nos empurrando cada vez mais para dentro.

— Desculpa, isso aqui é um caos. Não lute contra a multidão, é assim que você acaba pisoteado.

112 MASON DEAVER

Nathan me pega pelo ombro e me leva até um conjunto de mesas que fica em uma parte elevada da cantina. Nós nos dirigimos à direita para a mesa dos fundos, localizada no canto onde duas garotas estão sentadas juntas.

— Damas. — Nathan agarra meus ombros. — Esse é o misterioso Benjamin De Backer do qual vocês tanto ouviram falar.

Ambas as garotas parecem ter minha idade. Uma delas tem a pele negra retinta, mais escura que a de Nathan, e seus cabelos estão com tranças pretas e azuis. No momento ela está tirando seu almoço de uma lancheira de bolinhas pela qual preciso admitir que me apaixonei.

A outra garota é coreano-estadunidense, com óculos de aros grossos repousando na pontinha do nariz, vestindo uma jaqueta jeans decorada com pelo menos uma dúzia de bottons e pins diferentes. As duas erguem os olhos quando Nathan começa a falar.

— Ben, essa é Meleika Lewis.

Ele aponta para a garota de tranças, e Meleika acena para mim.

— Pode me chamar de Mel — diz Meleika, sorrindo.

Então ele aponta para a garota cheia de bottons.

— E essa é Sophie Yeun. — Nathan junta as mãos. — Vou entrar na fila. Você quer alguma coisa, Ben?

É nessa hora que percebo que não tenho dinheiro, e duvido que exista alguma conta de estudante ainda intocada em que magicamente eu possa fazer compras.

— Não, valeu, estou bem.

Estou acostumade a não comer nada até chegar na casa de Hannah mesmo.

— Tá bom, garotas, não acabem com ele.

DESEJO A VOCÊ AS COISAS MAIS BELAS **113**

Nathan me dá um tapinha nas costas e me deixa com as duas garotas que conheço há vinte segundos. Eu me sento na cadeira vazia a minha frente, do lado oposto de Meleika, mais para não ficar em pé ali igual a ume esquisite.

— É legal finalmente conhecer você, Ben. — Meleika abre um pacote de batatas chip e me oferece. — Quer um pouco?

— Estou bem, mas valeu.

— Nathan falou bastante de você pra gente — diz ela.

— É mesmo?

Sophie responde primeiro.

— Ele disse que você almoçava no pátio, com os fumantes.

— Sim. — Então penso no que isso pode parecer. — Mas não fumo. Só é mais silencioso por lá.

— Tenho certeza de que você pelo menos pegou uma brisa só por aproximação, cara. O pátio é grande, mas não *tão* grande. — Sophie ri, mais consigo mesma do que qualquer outra coisa, enquanto me ajeito no assento, desconfortável.

— Então, Benjamin, por que você ainda não aproveitou as excelentes opções de refeição da nossa cantina?

Meleika olha de relance para a mesa ao lado, onde há outros estudantes com bandejas cheias de alguma coisa que parece pizza. Quer dizer, é quadrada, e aquilo provavelmente é um pedaço de pepperoni…

Dou de ombros.

— Nunca senti vontade.

— Bem, pelo menos agora você pode passar o tempo com duas das melhores pessoas dessa escola — diz Sophie, com um sorriso radiante.

— Não estou vendo ninguém.

Dou uma risada para que elas saibam que é piada, e as duas começam a rir também, então encaro isso como um bom sinal. Na verdade, estou um pouco orgulhose dessa.

— Alguém aqui é piadista — diz Meleika.

Sophie tamborila as unhas na mesa. Elas estão pintadas em um tom muito bonito de turquesa.

— Gostei de você, Ben.

— Valeu. — Sinto que estou sorrindo demais. — Essa é nova. — Tento rir.

— Acabou o interrogatório? — Nathan apoia a bandeja, com a mesma pizza de aparência suspeita da outra mesa, na nossa mesa.

— Nem de longe, mas ele passou no primeiro teste. — Meleika dá uma mordida no sanduíche.

— Vai ter um questionário no fim disso tudo? — pergunto.

— Ele é engraçado, diferente de uma certa pessoa. — Sophie olha para Nathan.

— Minhas piadas são sempre fantásticas, muito obrigado.

Não consigo dizer se Nathan está fingindo estar ofendido ou se ele realmente está.

— Ah, é? — provoca Meleika. — Vá em frente, conta aquela do espantalho para o Ben.

— Tá. — Nathan se vira para mim. — Por que o espantalho recebeu um prêmio?

— Hum... — Tento pensar em qualquer resposta possível, mas não encontro nenhuma. — Por quê?

— Porque ele se destacava em seu campo! — Ele joga as mãos para os lados abrindo os braços, com um enorme sorriso bobo no rosto.

Nós três apenas o encaramos, inexpressives.

DESEJO A VOCÊ AS COISAS MAIS BELAS 115

— Entendeu? — pergunta ele. — Porque espantalhos são colocados em campos de plantações!

— Ah, entendi. É ainda mais engraçado quando você precisa explicar — digo, antes de me virar para Sophie. — Você tem razão.

— Viu?

— Tanto faz. — Nathan revira os olhos e morde a pizza. — Vocês só não sabem apreciar humor de qualidade.

— Aham... — murmura Sophie. — E aí, Ben, você gosta daqui?

— É legal — respondo.

Meleika bufa.

— Você escolheu uma ótima hora pra ser transferido — diz ela, sarcástica.

— Vocês vão participar da *Spirit Week*? — indaga Sophie.

Meleika pega o celular.

— Sim. Preciso dos pontos extras em Biologia.

— Pontos extras? — pergunto.

Vi a lista de temas de cada dia, mas nada sobre pontos extras.

— Os professores dão crédito se você se fantasiar para os dias temáticos — explica Nathan. — Às vezes é só dez pontos ou algo assim, mas alguns professores descartam sua menor nota ou dão cem pontos se você vier fantasiado todos os cinco dias.

Meleika ri.

— Provavelmente é o único jeito de eu passar em Biologia.

— Eu te falei pra arrumar um tutor. — Sophie suspira, como se essa fosse a milésima vez que ela falava aquilo.

— E eu te disse que não tenho tempo. Entre o planejamento para esse baile, os estudos e o trabalho, não tenho

116 MASON DEAVER

nada além dos fins de semana, e ninguém nunca está disponível nesses dias. — Então Meleika se encosta em Sophie, usando o ombro da outra como travesseiro. — Se você me amasse, seria minha tutora.

Sophie ri em tom de chacota.

— Aham. Não sei quase nada de Biologia. Suas notas podem acabar caindo se eu for sua tutora.

— Elas vão cair de qualquer jeito! — reclama Meleika.

Nathan empurra a bandeja para longe, a comida deixada pela metade.

— Vou precisar de tutoria em Álgebra, mas ninguém colocou anúncios ainda.

— As pessoas estão ocupadas, cara — diz Sophie.

— Você precisa de tutoria? — pergunto, e não sei bem por quê. Ai, meu Deus, não vou fazer isso, ou vou?

— Aham, essa matéria tá acabando comigo. — Nathan esfrega a testa como se só falar sobre matemática desse dor de cabeça.

Sim, aparentemente vou fazer isso, porque não importa o quanto eu tente, não consigo impedir minha boca de se mexer.

— Ah, bem, eu poderia…

— Sério? — Ele ergue uma sobrancelha.

Meio que devo uma a ele por ter me mostrado a escola e tentado me fazer sentir bem-vinde.

— Não sei se mando bem em tutoria, mas posso tentar.

Além do mais, se ele for bom em Inglês, pode estar disposto a me ajudar também.

— Acho que você não vai querer fazer isso — argumenta Sophie. — Ele é meio que uma causa perdida.

Nathan se vira para encará-la.

— Me erra.

DESEJO A VOCÊ AS COISAS MAIS BELAS **117**

— Só estou avisando — cantarola ela.

— Nós vamos nos encontrar esse fim de semana. Tá? — pergunta ele para mim.

— Ah, sim. Tá bom.

Provavelmente concordo com a cabeça um pouco entusiasmade demais, enquanto tento não pensar muito no que acabei de me voluntariar a fazer.

Estou tão nervose para essa segunda sessão quanto estava para a primeira. Dessa vez, a dra. Taylor realmente tem *alguma coisa* para discutir. Nós vamos passar a consulta inteira falando do meu ataque de pânico, sem mais introduções agradáveis ou preenchimento de papéis. Dessa vez é tudo sobre mim.

Talvez isso seja uma coisa boa.

Eu *quero* saber o que há de errado comigo.

Mas, ao mesmo tempo, não quero.

— Como você está se sentindo, Ben? — pergunta a dra. Taylor quando me sento no sofá.

Tento ficar confortável, provavelmente me mexendo demais no processo.

— Bem, eu acho.

— Fiquei feliz quando você concordou em me ver antes do planejado.

Quero perguntar a ela o porquê, mas isso parece rude.

— Me conte o que aconteceu durante o fim de semana.

Abro a boca, mas ainda é difícil de encontrar as palavras.

— Tudo bem, Ben. Responda no seu tempo.

— Foi um ataque de pânico… Eu acho.

— Por que você não começa do início? — Ela prepara a caneta e o bloco de anotações.

Faço o que ela pede.

— Hannah e Thomas saíram à noite para um encontro, então eu estava sozinhe em casa, falando com Mariam. Vi um carro na entrada da garagem e depois disso os detalhes ficam meio confusos. Eu me lembro de pegar o notebook e ir até o quarto de hóspedes.

— Você não se lembra de mais nada?

— Eu lembro... mais ou menos. É como se estivesse lá, mas ao mesmo tempo não.

A dra. Taylor assente com a cabeça. Eu me pergunto o que isso poderia significar.

— Você já passou por algo assim antes, Ben?

Nunca na minha vida.

— Não.

— Seus pais sabem onde a Hannah mora?

— Não sei.

Parece impossível, mas eu os ouvi falando dela uma ou duas vezes. Nada mais do que sussurros para garantir que eu não pudesse escutá-los. Acho que não seria tão difícil, ainda mais se nossa mãe stalkeou Hannah no Facebook como eu fiz.

— Você acha mesmo que eram eles, no carro?

Dou de ombros.

— Parecia o carro que meu pai dirige. — Mas acho que não posso provar que eram eles. — Você não acredita em mim, não é?

A dra. Taylor aparenta ficar surpresa.

— Por que eu não acreditaria em você, Ben?

— Parece que você não acredita.

— Só estou tentando obter todas as informações. — Ela escreve algo rapidamente, e aquela sensação de culpa se estabelece no meu estômago. —Aconteceu mais alguma coisa?

— Teve uma batida na porta.

— Você não atendeu, não é? Ou viu quem poderia estar do outro lado?

Balanço a cabeça em negativa.

— Eu não conseguiria fazer isso. Senti como se estivesse paralisade.

— Você pode me contar um pouco sobre sua relação com seus pais, Ben?

— O que você quer saber?

— Que tipo de pessoas eles são?

Ai, minha nossa…

— Hum… Bem… — Esfrego a nuca.

— Nas suas próprias palavras, não como outra pessoa os enxerga.

— Meu pai é… difícil. — Especialmente com a Hannah. — Minha mãe também não é ótima. Ela nunca fala muito, não que ela tenha oportunidade.

É estranho falar deles assim. Como se eu os estivesse desrespeitando. Não que eles não mereçam, mas não gosto da sensação ruim que fica para trás.

— Você pode elaborar um pouco?

— Como?

— Como quiser.

Isso parece vago.

— Eles são só… eles são meus pais. Não sei o que mais falar sobre eles.

— Tudo bem. — A dra. Taylor suspira. — Quero perguntar sobre quando você se assumiu. Nós podemos pular isso por enquanto se você não se sentir confortável, mas é uma coisa na qual estou muito interessada em conversar com você.

— Eu… Tá bom…

— Você não se importa em falar disso?

— Acho que não.

— O que fez você querer se assumir para seus pais?

— Queria que eles soubessem, não queria esconder deles uma parte tão importante de mim.

— Isso pode soar meio duro, mas você pensou que o que aconteceu poderia ser uma possibilidade?

Na verdade pensei.

Antes de me assumir, quando estava planejando a coisa toda, não conseguia enxergar de verdade que seria tudo alegria e tranquilidade como era em alguns vídeos de outras pessoas se assumindo que eu tinha assistido. Eu havia imaginado que meus pais poderiam ficar um pouco relutantes ou confusos, e que levaria algum tempo até eles se acostumarem com a questão do pronome.

Por um segundo considerei que eles poderiam não gostar de quem eu sou. Eles não tinham exatamente a melhor das opiniões sobre pessoas LGBTQIAPN+.

— Seus pais demonstraram algum tipo de comportamento homofóbico ou transfóbico no passado?

Faço que sim com a cabeça.

Não muito, mas houve comentários aqui e ali. Meu pai costumava soltar a palavra que começa com B como um insulto, mas isso diminuiu ao longo dos últimos anos. Talvez parte de mim tenha pensado que eles haviam mudado.

— Então por que se assumir? Por que não esperar alguns anos, talvez até você estar na faculdade e fora de casa?

A pergunta dela não é acusatória. A dra. Taylor não está me dizendo que teria sido mais inteligente esperar.

Talvez tivesse sido.

Na verdade, definitivamente teria sido mais inteligente esperar.

— Queria que eles soubessem. Estava cansade de viver essa mentira na frente deles constantemente. E pensei… — divago, incerte de para onde as palavras estão indo. — Achei que talvez isso os ajudaria a mudar ou algo assim.

Não sei se era isso mesmo que eu pensava.

— Entendo.

— Eu devia só ter esperado. — Afundo no sofá, só agora percebendo o quanto estava exaltade. — Assim não estaria aqui.

— Talvez — diz a dra. Taylor. — Mas você não acha que merece viver abertamente como quem você é?

Não respondo nada.

— Você acha que o que aconteceu foi um ataque de pânico?

A dra. Taylor concorda.

— Sim. Foi isso que pareceu para mim.

— Tá bom… — Solto um longo suspiro. — Você acredita em mim? Que eram eles?

— Acredito, Ben.

— Mas por que eles apareceriam? Depois de tudo aquilo?

— Bom, não quero dar crédito nenhum a eles, mas talvez eles tenham percebido o erro que cometeram.

— Parece um pouco tarde demais para isso — replico.

A dra. Taylor acena lentamente com a cabeça.

— Parece mesmo.

Capítulo 9

Nathan não implora para que eu vá almoçar com ele de novo pelo resto da semana, mas vou mesmo assim. Sophie e Meleika são legais, e elas agem como se me conhecessem há anos em vez de só há alguns dias. Mas quanto mais nos aproximamos do fim de semana, mais me preocupo em dar aulas de reforço para Nathan.

Não é a tutoria em si que me preocupa. Acho que é mais o fato de que ficaremos a sós mais uma vez. Isso não deveria me assustar. Já estivemos sozinhes antes. Ou talvez seja porque não sei onde ele quer fazer isso. Ele não pode ir para a casa de Hannah, e a ideia de ir até a casa dele, onde seus pais provavelmente estarão, é assustadora.

Não tenho ideia do que vou fazer, então mando mensagem para a única pessoa que pode me dar uma resposta direta.

Eu: Então, preciso de um conselho.

Porém, Mariam deve estar ocupade, porque estou esperando pela resposta delu há algumas horas. Vou até a cozinha para pegar um pacote de Doritos, menos porque estou com fome e mais porque só quero fazer alguma coisa.

Estou prestes a desistir de esperar pela resposta delu quando o notebook faz um *ding*.

Mariam: O que foi, docinho?
Eu: É sobre um garoto.
Mariam: Ahhhhhhhhhhhhhhhh.
Eu: Não, não desse jeito!
Mariam: Ok, começa do início.
Eu: Foi ele que me mostrou a escola.
Mariam: Nathan? O cara de quem você falou?
Eu: Isso.

Eu me sinto mal por falar sobre Nathan pelas costas dele, especialmente porque ele tem sido muito legal comigo. Mas Mariam está sempre disposte a escutar meus desabafos, não importa qual seja o tópico. Uma vez nós passamos o dia inteiro discutindo sobre a falta de necessidade de dar gênero aos robôs em *Star Wars*.

Mariam: Ele parece bem legal, pra falar a vdd.
Eu: Às vezes até demais.
Mariam: Então qual é o problema???
Eu: Ofereci dar tutoria a ele.
Mariam: E????
Eu: Não sei bem...
Eu: Ele não pode vir pra cá. Ele nem sabe que moro com a Hannah.

Mariam: E você não quer ir pra casa dele?

Eu: Isso me deixa nervose.

Mariam: Compreensível.

Mariam: Bem, e se vocês saírem? Se forem comer alguma coisa ou tomar um café ou algo assim? Vai pra um lugar público.

Eu: Não sei, essa é a primeira vez que vou fazer alguma coisa assim...

Mariam: Seus pais não deixavam você sair com os amigos?

Eu: Eles deixavam... mas ninguém nunca queria sair comigo.

Sempre me viram como aquela criança "estranha". A que era quieta demais e nunca queria passar tempo com as outras no pátio. Essa reputação meio que me perseguiu pelo ensino fundamental e parte do ensino médio até eu deixar a Escola Wayne.

Mariam: Que droga. Conheço bem esse sentimento.

Eu: Por que eu tô surtando tanto?

Mariam: Você passou por muita coisa, Benji. Tipo, o último mês foi pesado pra você, tudo bem ficar com medo ou preocupade.

Eu: Mas ele é só um garoto. E não sei...

Eu: Ele parece legal demais pra odiar quem eu sou.

Mariam: Acredite em mim, docinho, garotos são assustadores. Morei com dois deles e namorei três. E você já viu o Twitter, né? Uma fossa séptica.

DESEJO A VOCÊ AS COISAS MAIS BELAS **125**

Tá bom, isso me faz rir. É por isso que sempre falo com Mariam. Elu geralmente consegue melhorar o meu humor, não importa o quanto eu esteja estressade com alguma coisa.

Mariam: Mas esse tal de Nathan parece ser um cara legal. E não um daqueles caras que se autoproclamam ser do bem ou sei lá o quê, que se fazem de cavalheiros e falam "senhorita".
Eu: Talvez...
Mariam: Você quer mesmo passar tempo com ele?
Eu: Quero. Ele é legal.
Mariam: Acho que você deve isso a si mesme. Fazer amigos é difícil, mas ter alguém da sua idade pode ajudar. Mesmo que ele não saiba exatamente pelo que você está passando, ambos conhecem esse sentimento. Nunca conheci um único adolescente que já tivesse sacado tudo em relação à vida.
Mariam: E por mais que eu ame meu título de ser sue melhor amigue, o que posso fazer é limitado quando estamos de lados opostos do país.
Eu: Como foi que você ficou tão inteligente, Mariam?
Mariam: Não me formei em Berkeley com louvor pra nada.
Eu: Obrigade.

Rolo para o lado e pego o celular da mesinha lateral. Nathan o roubou durante o almoço ontem, então agora tem uma selfie da gente como papel de parede. Na verdade, tenho certeza de que minha galeria de fotos agora está com uns 60% de fotos de referência e 40% de selfies do Nathan.

Nós ainda não confirmamos nada em relação à tutoria, e nem tenho certeza de que ele se lembra do que combinamos. Ai, meu Deus, e se ele não se lembrar, e eu só mandar uma mensagem repentina e ele não tiver ideia do que estou falando?

E se ele não quiser mais que eu dê aulas para ele? Não sei o que seria pior.

Eu: Amanhã ainda tá de pé?

Aperto em enviar antes que possa apagar a mensagem, e volto a assistir a um tutorial de pinceladas e como controlá-las melhor no YouTube. O notebook e meu celular apitam com segundos de diferença, fazendo o breve *ding* me avisando de que Nathan me respondeu.

Nathan: Ben?

Sou ume imbecil. Essa é a primeira vez que nós trocamos mensagens, então ele não tem meu número, o que significa que ele acabou de receber uma mensagem aleatória de um número desconhecido.

Nathan: Bennnnnnnn, é vccccccccc?
Eu: Desculpa, esqueci que você não tem meu número.
Nathan: Tranquilo. É o Ben De Backer, né? Não uma coincidência esquisita em que por acaso chamei a atenção de dois Bens diferentes?
Eu: Isso parece estatisticamente improvável.
Mas, sim, é Ben De Backer.

Nathan: E aí, o que está de pé pra amanhã?

Eu: Tutoria, se você ainda estiver interessado.

Nathan: Ah, sim! É, eu preciso. A srta. Sever passou uma prova prática. Você quer vir até minha casa?

Releio as mensagens de Mariam no notebook antes de responder. Não sei bem como me explicar para ele. *Ei, será que podemos nos encontrar em algum local que não seja nenhuma das nossas casas?* Como se eu já não fosse esquisite o suficiente.

Eu: Tudo bem por mim.

Aperto em enviar antes que possa apagar.

Nathan: Blz.

Volto a mandar mensagens para Mariam no notebook, verificando duas vezes o nome e o número só para não acabar falando do Nathan *para* o Nathan.

Eu: Desculpa. Mandei mensagem para o Nathan.
Ele quer que a gente se encontre na casa dele...

Mariam: Você vai?

Eu: Já aceitei.

Mariam: Isso aí!!! Estou tão orgulhose de você,
Benji!!!!

Mariam: Viu o que acontece quando você escuta as
pessoas mais experientes?

Eu: Desculpa, esqueci que você é da terceira idade.

Mariam: E não se esqueça nunca mais!

Mas não sinto que deveria estar comemorando agora. Meu celular vibra de novo e tem uma notificação no topo da tela. Outra mensagem de Nathan.

Mariam: Ok, tenho que ir. Fim de semana cheio.
Eu: Tá, obrigade pela ajuda.
Mariam: Tô aqui pra isso ;)

Fecho o notebook e o deixo na beirada da cama.

Nathan: E aí, o que você tá fazendo?

Meu coração dá um solavanco. Achei que a conversa tinha acabado, mas pelo jeito não. Talvez falar por mensagem seja mais fácil.

Eu: Nada, tô na cama.

Não acrescento que no momento estou ingerindo mais farelo de Doritos sabor Cool Ranch do que qualquer pessoa provavelmente deveria.

Nathan: E aí, você tá vestindo o quê? ;)

Engulo com força demais e é quase como se eu estivesse engolindo facas em vez de um punhado de Doritos.

Nathan: Zueira, zueira, tô brincandooooo!!!

Ele envia essa mensagem alguns segundos depois. Eu me pergunto se ele é capaz de notar que quase me fez infartar.

DESEJO A VOCÊ AS COISAS MAIS BELAS **129**

Eu: Não faça isso. Por favor.

Nathan: Ok, prometo. Promessa de dedinho.

Eu: Desculpa... Promessa de dedinho.

Nathan: É culpa minha, meus dedos são quase tão maldosos quanto minha boca haha.

Nathan: Acabei de perceber como isso soou. De novo, foi mal.

Respondo um "haha" rápido, mesmo sem rir.

Não é nem porque o que ele está dizendo é nojento ou algo do tipo. Não odeio a ideia de beijar alguém, ou até mesmo transar com alguém. Mas é que existem coisas sobre meu corpo... coisas que ainda não aprendi bem a lidar. É difícil descrever.

Nathan: Ainda tá aí?

Eu: Sim, desculpa, me distraí.

Nathan: Tranquilo haha, sei como é.

Eu: Pois é. Mas e aí, o que você tá fazendo?

Nathan: Tentando estudar pelo menos um pouco antes da próxima semana.

Eu: Eu também devia fazer isso...

Tenho um teste de Cálculo e um de Inglês, além de uma redação sobre Chaucer e uma aula de Química para me preparar. Tudo em uma semana. É como se Thomas, a sra. Williams e a sra. Kurtz tivessem se juntado para ver quem me levaria ao colapso nervoso mais rápido. Mas quem riu por último fui eu porque já sei que não vai ser preciso muito para me fazer surtar.

Nathan: Pelo menos você só tem três matérias.
Eu daria tudo só pra ter Arte de novo.
Eu: Verdade, acho.

Arte não é moleza, mas definitivamente é mais fácil comparada a algumas outras matérias.

Eu: Ei, seus pais vão estar em casa amanhã?

Provavelmente o modo mais esquisito de fazer essa pergunta, mas quero estar preparade. Apesar de não saber muito bem para o quê.

Nathan: Não, eles vão ver meu primo em uma
feira de ciências. Aparentemente é um evento que
dura o dia todo.
Eu: Ah.
Nathan: Por quê? Você quer conhecer eles?
Eu: Não, não.

Merda. Eu poderia tirar minha cabeça do lugar logo. Seria mais fácil do que isso.

Eu: Desculpa, eu quis dizer...
Eu: Eu quis dizer que não preciso conhecer eles.
Eu: Não que eu não queira conhecer eles.
Eu: Vou calar a boca agora.
Nathan: HAHAHA tô morrendo.

Ele acrescenta alguns emojis. Os que estão chorando de tanto rir.

DESEJO A VOCÊ AS COISAS MAIS BELAS **131**

Eu: Argh, desculpa. Vou ali me enfiar num buraco.

Nathan: Ah, que isso?! Vai não!

Nathan: Não me prive desse seu rostinho. É minha única alegria naquele lugar miserável.

Agarro o celular, tentando muito não pensar sobre o que isso significa. Mas parte de mim não consegue resistir a imaginar o que isso deveria significar.

Nathan: Ei, qual é seu endereço? Vou te buscar amanhã.

Ótimo, vou ficar sozinhe no carro com ele. Perfeito. Digito o endereço e aperto em enviar.

Nathan: Ok, você não vai acreditar nisso...

Nathan: Mas nós somos vizinhos.

Eu: Sério?

Nathan: Você tá no nº 337 da Sycamore, né? Eu tô no 341.

Ando até minha janela, abrindo as cortinas. Não consigo ver direito a casa dele, mas acho que é a de tijolos que Thomas e eu passamos em frente quando vamos para a escola.

Nathan: Mundo pequeno.

É. Mundo pequeno.

Eu: Legal. Vou dormir agora. A gente se encontra meio-dia amanhã?

Nathan: Aham. Quer que eu vá te buscar?

Eu: Não precisa, não vai levar nem três minutos.

Nathan: Não me importo...

Eu: Tá falando sério? É, tipo, a duas casas daqui.

Nathan: Tá bom, mas que nunca digam que não sou um cavalheiro!

Eu: Anotado. Você vai liderar o grupo de buscas se eu sumir?

Nathan: Tá de brincadeira? Vou espalhar panfletos com esse rostinho lindo pela cidade inteira!

Quase consigo ver o sorriso dele.

Eu: Bom saber. Vou pra cama agora.

Nathan: Boa noite!

Antes de plugar o celular na tomada, rolo a tela pelo histórico da nossa conversa. Nathan me acha atraente? Não, melhor não pensar nisso. Ele provavelmente só estava brincando ou algo assim. Suspiro e estendo a mão até o piso em busca do carregador, depois deslizo para debaixo das cobertas e tento não me sentir nervose com o fato de que vou dar aulas de reforço para Nathan Allan amanhã.

Capítulo 10

Passei pela casa de Nathan quase todos os dias desde que cheguei na casa de Hannah. E não fazia a menor ideia.

— Lugar legal — disse para mim mesmo, subindo lentamente os degraus até a porta de entrada, me perguntando se *realmente* é tarde demais para correr de volta para casa e evitar tudo isso.

Não. Eu consigo fazer isso.

Bato na porta cor de vinho algumas vezes, e ouço um latido alto vindo de algum lugar dentro da casa, e então o som de passos. Nathan abre a porta devagar, deixando-a aberta apenas o suficiente para que eu veja um de seus olhos e parte da boca.

— E aí!

— Devo perguntar o motivo disso?

— Tá bom, só pra avisar, meu cachorro, Ryder, está aqui dentro. Ele não morde, mas ele *ama* companhia e vai tentar abraçar você.

— Tudo bem. Eu gosto de cachorros. Qual é a raça dele?

— Pra trás, Ryder! — Posso ouvir Nathan se digladiando com Ryder atrás da porta. — Golden retriever. — Nathan abre a porta para mim. — Entre, ele vai se comportar.

Eu o sigo para dentro da casa, e não se passa nem um segundo antes que Ryder dispare na minha direção, cheirando minhas calças jeans e erguendo-se nas patas traseiras para me derrubar com as patas dianteiras. Antes que eu perceba, caio de bunda no piso de madeira e Ryder começa a lamber meu rosto.

— Ryder, não!

— Tudo bem. — Faço carinho atrás das orelhas dele. Ryder tem enormes olhos castanhos que fazem com que seja impossível ficar com raiva dele. — Gosto de beijos. — Imediatamente percebo o que acabei de dizer, e o sangue corre para minhas bochechas. — Quer dizer, de cachorros.

Eu poderia ser mais desajeitade?

— Ele é um completo sem-vergonha. Você já deveria se comportar a essa altura, não é mesmo, garoto? — pergunta Nathan a ele.

Ryder olha para Nathan antes de soltar um bafo quente e nojento bem na minha cara.

— Ei, você quer ir lá pra fora? — A voz de Nathan muda do tom sério para aquela falsa animação que usamos para falar com cachorros e bebês.

Ryder pula sobre as patas, saltitando para cima e para baixo o caminho inteiro até a porta, esperando impacientemente para que Nathan finalmente abra a porta de vidro, deslizando-a. No momento em que a abertura é grande o suficiente, Ryder dispara.

— Amo aquele cachorro, juro, mas ele é um bobão na maior parte do tempo. — Nathan volta correndo para me ajudar a levantar do chão.

DESEJO A VOCÊ AS COISAS MAIS BELAS **135**

— Todos os Golden retrievers que eu conheço são assim. Nós andamos até a porta.

— Eu não o trocaria por nada. — Nathan assovia, interrompendo a importantíssima tarefa de Ryder de rolar na grama. — Ryder, bola! — Nathan usa a voz animada de novo.

As orelhas de Ryder se eriçam. Ele espera por uma fração de segundo antes de começar a correr pelo quintal em um grande círculo, pegando alguma coisa sem parar e trazendo-a de volta para Nathan.

Nathan pega a bola coberta de baba de cachorro e a arremessa para o canto mais afastado do quintal. Ryder disparou no momento em que Nathan ergueu o braço, pronto para capturar a bola antes mesmo dela atingir o chão.

Eu me sento e observo eles repetirem isso algumas vezes, Ryder nunca falhando em pular e pegar a bola com a boca.

— Ele é bom nisso — digo.

— A gente praticou muito. — Nathan joga a bola preguiçosamente mais uma vez, enxugando a baba na calça jeans. — Você está pronto para dar uma estudadinha? — pergunta ele com o pior sotaque quase caipira que já ouvi.

— Aham.

Sigo Nathan para dentro da casa e pelas escadas, tentando não ficar nervose com o fato de que provavelmente estou a caminho do quarto dele. Tento me distrair com as fotos que decoram as paredes. A versão mais nova de Nathan é fofa. Quer dizer, o Nathan adolescente também é fofo, mas ele não tem mais as bochechas que dão vontade de apertar.

E por que estou pensando nisso?

Pensa em outra coisa. Pensa em outra coisa.

Os pais dele parecem muito felizes também. É incrivelmente óbvio que ele herdou o sorriso da mãe. Na verdade, parece que ele compartilha a maioria dos seus traços com a mãe, pelo menos olhando de relance. Eles têm os mesmos olhos, o mesmo nariz, o mesmo sorriso.

— Você se parece com ela... com sua mãe — digo, parando em frente a uma foto dos dois durante o que imagino ser a Páscoa. A grande cesta roxa de vime e a camisa polo clara que Nathan estava vestindo denunciam.

— Ouço muito isso.

Ele sorri.

— Esse é seu pai?

Aponto para a foto de um homem bem mais velho e Nathan atrás do timão de um barco.

— Padrasto. Minha mãe se casou com ele quando eu tinha uns doze anos.

— Ah.

Isso explica por que ele não está em nenhuma foto com o Nathan bebê.

— Pois é. — Ele se balança sobre os calcanhares. — Vem, meu quarto é aqui em cima.

Ele me guia pelo restante das escadas e pelo corredor até o quarto.

É uma bagunça. Não é nada absurdo, mas há roupas por cima de tudo, pôsteres de várias bandas e rappers que nunca ouvi pendurados nas paredes. E há uma prateleira no canto abarrotada de livros. O que ele não conseguiu enfiar naquela prateleira ou nas que estão acima da mesa, ele arrumou sobre a mesinha de cabeceira ou sobre a cômoda. Por mais estranho que pareça, sua cama está completamente arrumada.

— Foi mal, eu devia ter pensado em dar uma limpada.

Ele tira os sapatos com os pés.

— Tudo bem — digo, me perguntando onde posso sentar. A cadeira na escrivaninha está cheia de roupas, e Nathan apenas se joga na cama, pegando a mochila.

— Tá. E aí, o que você quer fazer primeiro? — As molas rangem debaixo dele.

— Álgebra provavelmente é o mais fácil.

— Certo, "mais fácil" — diz ele, fazendo as aspas com os dedos. — Vem, não seja tímido. — Nathan dá um tapinha no espaço vazio ao lado dele na cama. — É aqui que a magia acontece.

— Você é do tipo que tira um coelho da cartola ou é mais de fazer truques com cartas? — pergunto.

— Ah, garoto engraçadinho.

Nathan estende a mão para pegar o livro de Álgebra.

— É, engraçado.

Tento forçar uma risada, mas nem mesmo eu acredito nela. Cada "garoto" ou "ele" tem sido um soco no estômago. E por algum motivo dói mais ainda quando vem dele. Chega a ser pior do que quando meus pais me chamavam de "filho" ou "garoto".

— Tá. Então, a sra. Sever disse que o teste seria sobre esses dois capítulos.

Nathan me mostra no seu livro didático.

— Então, quanto você precisa revisar?

— Tudo.

— Ah, beleza. Uau. Bem, vamos começar.

Nathan não é um completo caso perdido, e não sei ao certo por que ele pensa que é. Algumas vezes ele erra uma equação, ou não lembra da ordem correta de algo específico, mas ele não é uma causa perdida. Tento me recobrar de todas as vezes em que me lembrei de dezenas de fórmulas, rimas, canções ou acrônimos ao longo dos anos.

— Como você se lembra de tudo isso? — pergunta ele.

— Não sei. — Sempre me dei bem em matemática. — É meio fácil. — Folheio mais uma vez o material que ele deve revisar. — Aqui diz que tem um teste on-line que você pode fazer e ganhar dez pontos extras no questionário.

Nathan pega o notebook e digita o site.

— Matemática deveria ser ilegal.

— Não é tão ruim assim.

— Só se for pra você. — Quando perguntado qual é sua escola, ele escolhe "Escola North Wake", digita o número de matrícula, e clica no grande botão azul embaixo. — Merda — sussurra ele depois de ler a primeira questão.

— Olha. — Pego o caderno dele e viro a página até uma folha em branco. — Aqui, é só resolver. — Eu o observo copiar o problema, cuidadosamente buscando a solução. — Lembra de mudar isso pra lá — acrescento.

— Aqui? — Ele me mostra o que fez.

— Digita, vê se está certo — digo, mesmo sabendo que ele acertou.

O site oferece uma mensagem de "Parabéns!" antes de seguir para a próxima questão.

— Meu Deus, qual é o tamanho desse questionário?

Estendo a mão para pegar a mochila ao pé da cama.

— Você só fez uma questão, para de choramingar. — Encontro meu sketchbook e o abro. Faz só algumas semanas que o ganhei, mas já estou perto de precisar de um novo. As páginas estão se soltando, anotações e rascunhos escapando pelas beiradas, e só tenho um punhado de folhas em branco restante. — Continue.

DESEJO A VOCÊ AS COISAS MAIS BELAS **139**

— Tá, mãe. — Ele solta um grunhido, puxando o notebook para perto. — O que você está desenhando?

— Ainda não sei. Vou deixar você ver quando acabar aí. — Eu me viro para poder esconder o sketchbook do campo de visão dele. — Agora vai estudar. Aqueles dez pontos serão úteis.

— Tá bom, tá bom. — Ele volta a se concentrar no teste.

— Ei, e isso aqui? — Nathan me entrega o caderno e eu verifico o que ele fez. — As respostas não estão batendo.

Leio as equações rapidamente.

— Por pouco. Você errou a raiz aqui. — Não é em uma parte tão avançada da solução, então ele não vai ter que refazer muita coisa. — Tenta isso de novo e vai funcionar. — Devolvo o caderno.

Ele solta um longo suspiro e apaga parte da resposta.

— Isso é tortura.

— Eu sei, mas você está quase acabando — digo, tentando me concentrar de novo no desenho.

Mas não consigo pensar em nada para desenhar. Minha mente ficou totalmente em branco, e não consigo imaginar nada. Droga, não consigo nem pensar por onde devo começar. Só uma linha, e então outra linha.

Bufo e inclino a cabeça para trás.

— Empacou? — pergunta Nathan, sem olhar para mim.

— Mais ou menos.

— Eu também empaco às vezes. Quando estou escrevendo.

— Ah, é? Tem alguma dica de como sair dessa?

— Não sou eu o artista aqui. — Ele sorri. — Que tal desenhar alguma coisa ao seu redor?

— Tipo?

— Isso, meu Padawan, só depende de você. — Ele aponta para mim com a borracha do lápis.

— Já te falei o quanto você é prestativo? — pergunto.

— Não.

— Que bom, porque você não é.

Não me ocorre o quanto isso poderia soar cruel até eu já ter dito, mas Nathan apenas ri.

— Você que perguntou — diz ele, cantarolando um pouco.

Talvez ele esteja certo, mas não há nada neste quarto que eu conheça. Bem, tem uma coisa. Mas será que desenhar Nathan seria esquisito demais? Ele está sentado, imóvel o suficiente, e há luz o bastante.

Quer saber? Que se dane.

É estranho ver um Nathan que não está se mexendo ou falando pelos cotovelos. Ele está absorto na tarefa, as engrenagens girando na cabeça. Ele está até mesmo com a pontinha da língua para fora, e odeio admitir que isso é realmente adorável.

Na verdade, acho que não há uma imperfeição sequer nele. Nem mesmo as marcas no queixo, o pequeno corte na bochecha que imagino ser por se barbear, ou as leves olheiras. Tudo parece de propósito. Não acho que Nathan Allan tenha qualquer coisa a ver com acidentes. Ele não parece ser esse tipo de pessoa.

Começo pela pose dele, um esqueleto. É fácil, as costas contra a parede, ambos os joelhos encolhidos para que ele possa equilibrar o caderno. Nathan está onde pertence, em seu próprio lugar. Eu me pergunto qual deve ser a sensação.

A ponta do nariz até a boca talvez seja minha parte favorita, as linhas retas de repente se curvando até a boca. Mas então ele começa a mordiscar a ponta da caneta, e tenho que bufar e revirar os olhos. Volto para essa parte depois. São os pequenos detalhes dele que serão mais difíceis de retratar. As

DESEJO A VOCÊ AS COISAS MAIS BELAS **141**

sardas no nariz, o formato das sobrancelhas, o modo como os cantos dos olhos se inclinam só um pouquinho para baixo.

— Ei. — A voz dele me dá um susto. Acho que eu estava compenetrade demais. — Não entendi essa. — Ele me entrega o caderno.

Meu Deus, por quanto tempo fiquei fora do ar daquele jeito?

— Você só precisa encontrar o B.

Dou uma olhada na questão. É complicada. Na verdade, não sei ao certo se isso precisa estar no teste de Álgebra porque parece avançado demais.

— Entendi essa parte, Einstein, mas isso realmente não está ajudando.

— Einstein era mais da física, mas você não está muito longe. — Eu me aproximo dele. — Aqui, reescreve a equação com os termos do logaritmo ao lado.

— Aí eu reescrevo a substituição, certo?

— Sim. E agora você pode resolver como faria normalmente — digo, apontando para a nova equação que se formou.

— Tá bom, acho que entendi.

Ele sorri, exibindo aquelas covinhas de novo. Eu o observo resolver rapidamente o resto do problema até que ele finalmente chega à resposta, mostrando-a para mim em busca de aprovação.

— Sim. É isso.

— Ah, nossa, cara… Eu podia te beijar.

Meu coração dá um solavanco.

— É…

Ele digita a resposta, e eu volto para meu lugar, pegando o sketchbook antes de me sentar sobre ele.

— Tá bom, vamos ver isso aí.

Nathan estende a mão.

— Hã?

Ele vira o notebook para que eu possa ver a tela. Há uma enorme mensagem de "Parabéns" e um "Clique ENVIAR para ganhar pontos extras" embaixo.

— Terminei o questionário, e você disse que ia me mostrar o que estava desenhando quando eu terminasse.

— Ah, não é nada de mais.

Não posso mostrar isso a ele. Meu Deus, e se ele pensar que eu sou ume pervertide esquisite?

— Aham. Eu te chamei duas vezes para me ajudar e você estava tão concentrado nessa coisa que nem me escutou. Então eu realmente duvido que não seja nada de mais.

Eu não havia nem percebido que ele tinha me chamado.

— Ah, merda, me desculpa.

— Tranquilo. Pelo menos agora eu sei que consigo resolver equações logarítmicas por conta própria. — Ele fecha o notebook e se mexe para se sentar ao meu lado. — Agora, me mostra.

— Você vai achar que eu sou esquisito.

Viro as páginas até o desenho.

— Bem, você meio que já é, mas…

Ele para quando vê o que fiz. Era exatamente disso que eu tinha medo. Nathan odiou, ou se sentiu desconfortável com o desenho. Eu me pergunto se ele vai só gritar comigo ou se vai fazer algo pior. Acho que não sou capaz de lidar com o ódio de Nathan.

— Sinto mui… — começo a dizer, mas ele me interrompe.

— Ben.

— O quê?

DESEJO A VOCÊ AS COISAS MAIS BELAS **143**

Ele pega o caderno das minhas mãos, encarando o desenho de perto.

— Você me desenhou — diz Nathan, estendendo a mão como se quisesse tocar o desenho, mas parando no último instante. Acho que ele pensa que vai borrar ou algo assim.

— Não está tão bom. — Minha voz não é mais do que um murmúrio. Neste momento, minha mente está bem ocupada tentando não me fazer sorrir como ume idiota. — Não está nem perto de ser finalizado.

Não há detalhes nas roupas ou nas mãos. Até mesmo o cenário está quase vazio, linhas simples para formar os cartazes e as fotos nas paredes.

— Você precisa se dar mais crédito. — Ele começa a contornar a mão sobre o próprio nariz. — Você fez até minhas sardas.

— Está razoável — digo, dando de ombros.

— Você já pensou em exibir sua arte?

— Onde é que eu faria isso?

— Não sei. Mas as pessoas precisam ver o que você faz. É incrível.

Ele volta a olhar para o caderno de desenhos, encarando-o em silêncio. E sinto meu coração martelando.

Capítulo 11

Estou andando pelos corredores vazios da escola. É um pouco assustador estar aqui quando tudo está tão silencioso. Mas Thomas precisa ficar depois da aula hoje para alguma reunião sobre provas, formatura e férias de primavera. Realmente não consigo acreditar que já é março.

Até iria para a sala de arte, mas é estranho ficar lá depois da hora. Além do mais, da última vez que fiz isso, o zelador me encontrou lá dentro, e não tem nada mais desconfortável do que só ficar sentade quando alguém está limpando tudo, enquanto você se esforça ao máximo para não ficar no caminho.

Queria que Nathan estivesse aqui para passar o tempo comigo. Mandei mensagem para ele, mas ele ainda não me respondeu. Deve estar estudando ou algo assim. A prova de Álgebra era hoje e quero saber como ele se saiu.

Nathan se esforçou para me ensinar alguns truques em relação à redação que preciso entregar até o fim da semana, mas não tenho jeito. Tem alguma coisa errada no processo de

DESEJO A VOCÊ AS COISAS MAIS BELAS **145**

passar as palavras da minha cabeça para o computador. Só não está funcionando. Isso e Chaucer é chato *demais*.

Minha mente está a um milhão de quilômetros de distância no momento e não estou vendo para onde estou indo, então quando a porta de uma sala de aula se abre de supetão, dou um encontrão em alguém, o que nos faz cair de bunda. Não posso culpar ninguém a não ser eu mesme.

— Ah, meu Deus, me desculpa!

Os papéis que ela estava carregando saem voando para todos os lados, e só depois que estão todos no chão é que percebo que esbarrei em Meleika.

— Ben? — Ela já está de joelhos, se apressando para recolher tudo.

— Desculpa, foi minha culpa.

Começo a pegar os papéis, ignorando a ardência no meu cóccix. Alguns deles chamam minha atenção. São todos com design diferente, mas é evidente para o que são.

— O Baile do Lance de Primavera!

— Foi mal — diz Meleika. — Estou com muita pressa. — Ela embaralha os cartazes para tentar formar um montinho uniforme. — Eu devia ter espalhado isso na semana passada, mas ainda estamos tentando organizar tudo para o baile.

— A formatura não é daqui a dois meses? — pergunto. — Por que se preocupar em organizar outro baile?

— É tradição — responde Meleika com tanto entusiasmo quanto eu esperava. — O que você está fazendo aqui a essa hora?

— Esperando pelo Thomas.

Ela ergue uma sobrancelha.

— Thomas?

— O sr. Waller. Ele é meu cunhado. E minha carona para casa. — Eu me certifico de escolher as palavras com cuidado. — O que você está fazendo?

— Tenho que pendurar esses cartazes pela escola.

Nós nos levantamos devagar, mas ela ainda está com uma expressão de pânico.

— Olha, odeio pedir isso, mas você pode me ajudar? A Stephanie vai acabar comigo se eles não estiverem espalhados até amanhã de manhã.

— Sim, óbvio. O que preciso fazer?

Acho que qualquer coisa é melhor do que só ficar perambulando pela escola.

— Aqui. — Meleika me entrega um enorme rolo de fita. — Eu seguro, você cola. — Ela segura um dos cartazes na parede a nossa frente. Rapidamente corto quatro pedaços de fita e colo cada ponta. — Você é rápido. Que bom.

— Treinei por sete anos para me tornar especialista em rasgar fita. Ainda bem que as aulas valeram o investimento.

Isso a faz rir, e nós seguimos pelo corredor, garantindo que não penduramos o mesmo estilo de cartaz do último.

— E aí, você vai para o baile? — pergunta Meleika, posicionando mais um cartaz.

— Não estava nos meus planos.

— O quê? Por que não?

— Bailes não são muito minha praia.

Começo a rasgar mais pedaços de fita, deixando-os colados na ponta dos dedos.

— Tem um jogo também.

— Esportes *e* bailes não são muito minha praia.

DESEJO A VOCÊ AS COISAS MAIS BELAS 147

Meleika ri, afastando os cabelos do rosto. Durante o fim de semana ela tirou as tranças e voltou para a escola com cachos longos e enormes.

— Pra ser honesta, não posso te julgar. Eu não iria se não fosse obrigada.

— Você precisa mesmo ir?

— Todo mundo do conselho estudantil precisa comparecer em todos os nossos eventos, senão não recebemos as horas de atividade extracurricular.

— Que droga.

— Eu que o diga! Estou perdendo minhas séries para ficar vendo uns machões batendo em uma bola pra lá e pra cá com um taco? — Então ela para. — Mas acho que as bundinhas dos jogadores não são tão ruins.

Mantenho a boca fechada, mas definitivamente não discordaria dela.

— Meleika? — Uma voz muito familiar ecoa pelo corredor. Nathan, óbvio. — E Ben! — Ele sorri quando me vê. — O que vocês estão fazendo aqui?

— Ele está ocupado — diz Meleika, preparando outro cartaz.

— Thomas teve que ficar depois da aula para uma reunião — explico.

— Ah. — O sorriso de Nathan se desfaz. — Então por que você está ajudando a Mel? — pergunta ele.

— Porque ele é um ser humano decente que ajuda as pessoas quando elas pedem, diferente de você. — Meleika pega um pedaço de fita dos meus dedos e cola um cartaz na testa de Nathan.

— Tive que ajudar a pintar o cenário! — protesta Nathan, tirando o papel do rosto. Pelo visto ele subestimou a força da fita, porque logo em seguida ele está dobrado sobre si mesmo, sibilando e esfregando o ponto na testa. — Tente dizer não para a Stephanie! — diz ele entredentes.

— Não importa. — Meleika cruza os braços. — Enfim, o que você está fazendo aqui? Você vai pintar, lembra?

— O sr. Madison disse que você tem a chave extra da sala de arte. A sra. Liu tinha que nos dar mais tinta, mas acho que está trancada na sala dela.

Meleika o encara.

— Não tenho a chave.

— Você tá de brincadeira.

Ela balança a cabeça.

— Não.

— Mas nós precisamos da tinta e ninguém mais tem a chave! — Nathan esfrega a nuca. — A Stephanie vai surtar.

— Essa Stephanie parece ser uma dor de cabeça — digo.

— Estou honestamente surpreso que ela ainda não exigiu que nós a chamemos de Vossa Alteza — resmunga Nathan.

— Pegue a chave com a sra. Liu. — Meleika segura outro cartaz e eu colo as pontas na parede.

— Ela está no auditório com os outros professores, e a porta está trancada — explica Nathan, esfregando as mãos pelo rosto.

O grunhido de Meleika ecoa pelo corredor.

— O que nós vamos fazer, então? Não temos nenhum outro horário essa semana para resolver isso.

— Eu tenho uma chave — revelo.

Os dois apenas olham para mim como se eu fosse um bicho de sete cabeças.

— Por que você tem uma chave? — pergunta Nathan.

— A sra. Liu me deu para eu poder usar a sala de arte durante o almoço.

— Ótimo. — Meleika olha para Nathan. — Pega a chave do Ben e vai buscar a tinta.

— Bem, óbvio que eu empresto. — Pego o molho de chaves na mochila. — Mas eu vou com você.

— Maravilha.

— Ah, você não vai me largar! — Meleika me encara, boquiaberta. — Ben!

— Vou voltar, prometo.

— Você não confia em mim? — Nathan já está com o braço no meu, me guiando pelo corredor.

— Não vou arriscar.

Duvido que a sra. Liu ficaria brava comigo. Quer dizer, é só o Nathan. Mas nunca se sabe, e não quero arriscar perder meus privilégios.

Nós corremos para o prédio de arte e verificamos duas vezes cada uma das portas. E como esperado, todas as três estão trancadas. Espio através da pequena janela de vidro, e quatro latas gigantes de tinta estão dispostas bem ali sobre a bancada.

Destranco a porta e entro na frente de Nathan, pegando duas latas de tinta e entregando as outras duas para ele.

— Vamos, preciso terminar de ajudar a Mel.

— Qual delas é a sua? — pergunta Nathan.

Levo um minuto para perceber que ele está falando das pinturas que a sra. Liu pendurou na parede.

Quero dizer a ele que não temos tempo, o que faz eu me sentir mal, porque ele tem apoiado minha arte esse tempo todo, mas até agora ele só viu meus desenhos. Nunca minhas pinturas; não pessoalmente, pelo menos.

— Aquela. — Aponto para a pintura de gotejamentos.

— E aquela. — A do cardeal está pendurada do outro lado da sala.

— Ah. — Nathan se espanta, andando em direção à pintura de gotejamentos. — Hummm…

— O quê? — pergunto.

Por um brevíssimo segundo, queria poder ler mentes. Quer dizer, isso desencadearia uma série de outros problemas para mim. Mas agora *realmente* quero saber o que Nathan está pensando.

— É só… inesperado.

Inesperado?

Nathan ainda parece fascinado.

— E essa? — Ele atravessa a sala em poucos passos, encarando a pintura do cardeal.

Parte de mim quer se esconder, porque acho de verdade que ela não se compara à do estilo de gotejamentos.

— É. O que você acha? — Quase tenho medo de perguntar. Ele gostou de tudo que já fiz antes, mas nunca o vi reagir dessa maneira.

— Elas são ótimas! — exclama ele, mas algo no modo como ele fala não soa como ele mesmo.

— Elas são legais. Mas não é nada de mais — digo. — Provavelmente eu deveria ter trabalhado um pouco mais nelas.

— Aham. — Ele dá uma risada zombeteira. — Tá bom, só não se esqueça de mim quando suas pinturas forem parar no Louvre ou algo assim.

Solto uma risada um pouco mais alta do que o planejado.

— Até porque isso com certeza vai acontecer.

— Nunca diga nunca, De Backer.

Nathan começa a andar em minha direção, seu olhar dançando entre minhas duas pinturas.

— Vamos. A Mel vai matar a gente.

— Você vai para o jogo? — pergunta Nathan.

— Engraçado, a Mel me perguntou a mesma coisa.

— E?

Dou de ombros.

— Beisebol e bailes? Não é muito minha praia.

— Sabe, o baile de formatura é daqui a uns meses — diz ele de repente.

— Ah, é? — É uma coisa difícil de ignorar. O conselho estudantil já está pegando as pessoas desprevenidas na cantina para votar no tema. — Vocês descansam em algum momento? — pergunto.

Não estou dizendo que dois bailes em três meses parece coisa demais, porém...

— Tradição é tradição — afirma Nathan.

— É só pra isso que serve o conselho estudantil? — provoco. — Planejar bailes?

— Ei! — Ele parece bravo, mas seu sorriso diz o contrário. — Nós planejamos outras coisas também. Fizemos uma barraca de bolos beneficente no outubro passado.

— Teve um baile?

— Não — responde Nathan, não parecendo nem um pouco convincente. — Tecnicamente.

— Como é que se dança em uma barraca de bolos?

— A Stephanie conseguiu encontrar um jeito. Mas e aí, você vai?

— Para o quê? — pergunto, sabendo muito bem do que ele está falando.

— Para o baile de formatura.

— Acho que não.

— Sério? — O sorriso dele se esvanece. Ele está decepcionado mesmo?

— Bailes — digo.

— Mesmo na formatura?

— Mesmo na formatura — afirmo. — Não fui no ano passado também.

Nós andamos pela escola até o ginásio, onde há vários dos meus colegas de classe correndo de um lado para o outro, se esforçando ao máximo para seguir as ordens de uma garota em pé no centro com um megafone.

— Imagino que aquela é a Stephanie — digo baixinho.

— Nathan! Aí está você. — Ela corre na nossa direção antes que Nathan possa responder, olhando para as latas. — Isso é a tinta?

— Bem, Steph, pudim de chocolate que não é.

— Engraçado — diz ela, agressivamente sem rir. — Tá bom, comecem a pintar as peças cenográficas, nós precisamos delas primeiro.

—Ah, eu não faço parte do... — começo a dizer, mas ela me silencia com um gesto da mão.

— Não perguntei. Eu te nomeio um membro honorário do conselho estudantil. Nós te arranjaremos carga horária, se precisar. Agora vai trabalhar. — Stephanie aponta para os grandes painéis de madeira apoiados no palco. — Agora! — Ela grita no megafone quando não corremos imediatamente para o palco. Stephanie quase ganha uma lata de tinta esvaziada sobre o precioso piso do ginásio por isso.

— Desculpa, ela pode ser um pouco... — Nathan considera as palavras com cuidado. — "Abrasiva" é a palavra mais agradável que me vem à mente.

— Meleika vai me matar.

Subo a escada curta que leva ao palco.

— Quando ela descobrir que a Stephanie arrastou você para isso, ela vai te perdoar, não se preocupe.

DESEJO A VOCÊ AS COISAS MAIS BELAS **153**

— Por que vocês estão esperando até a semana do evento?

Pego a chave de fenda da caixa de ferramentas no palco e abro a lata de tinta, estendendo a mão para pegar o pedaço de madeira para misturar.

— Nós estávamos mais atrasados do que havíamos imaginado e agora temos que correr. — Nathan olha para os painéis a nossa frente. — Pelo menos não vamos precisar dessas peças até sexta.

— Você vai se fantasiar pelo resto da semana? — pergunto, enquanto raspo o excesso de tinta na beirada da lata e derramo com cuidado na bandeja.

O tema de hoje era simples: orgulho escolar. Por todo lugar que eu olhasse, havia pessoas vestidas de azul real e dourado. O suéter de Nathan é mais índigo do que azul real, com a barra dourada embaixo, mas eu não acho que alguém vai confrontá-lo por causa do tom específico.

— Sim, e onde está seu azul e dourado, meu amigo? — pergunta ele.

— Não tenho nada dessas cores — respondo.

Provavelmente deveria ter me arrumado. Tenho a sensação de que vou precisar dos pontos em Inglês.

— Você não quer se arrumar? A Quinta Brega vai ser divertida.

— Quinta Brega? — questiono, encarando-o.

— Todo mundo se veste com as roupas mais bregas que tem!

— Óbvio! — exclamo, tentando imitar o entusiasmo dele.

— Cadê seu espírito escolar?

Nathan abre a tampa da própria lata.

— Não tenho nenhum. — Rolo o pincel pelo azul profundo. — Nós vamos só pintar essa coisa toda? — pergunto.

— É, de cima a baixo, e aí pintamos as estrelas douradas.

— Divertido. — Deixo o pincel rolar na madeira. — E aí, como foi o teste?

Ele ri.

— Qual deles?

— Você teve dois hoje?

— Sim.

— Ah, coitadinho — digo. — Como foi o de Álgebra?

Stephanie grita alguma coisa no megafone de novo. Felizmente não é direcionado a nós, mas é o suficiente para nos fazer dar um pulo. Nathan só revira os olhos e balança a cabeça.

O sorriso dele entrega a resposta.

— Eu passei. Pelo menos acho que sim.

— Legal — digo.

— O teste foi mais fácil do que eu imaginei. Também conferi tudo três vezes e a resposta foi a mesma quase a prova inteira!

— Eu te falei que você ia conseguir.

— Garotos! Vocês não estão pintando! — A voz de Stephanie ecoa pelo megafone de novo.

— Tá, tá. — Nathan balança as mãos para ela.

— Então parem de flertar e pintem! — grita Stephanie.

Sinto meu rosto ficar quente e me viro para a frente, me concentrando em onde está meu pincel. Já deixei passar alguns pontos.

— Sobre seu teste: isso é ótimo — comemoro.

— Eu te devo uma, De Backer.

— Ah, você não… sério… — gaguejo.

— Qual é?! Deixa eu te retribuir. Vamos sair esse fim de semana, fazer qualquer coisa que você quiser.

— Já tenho planos, desculpa.

Hannah havia mencionado sair e fazer umas comprinhas. Eu não estava planejando ir com ela, mas pode ser divertido.

— Pense nisso, porque eu te devo uma. Das grandes.

— Tá bom — digo.

Tento voltar à pintura, mas de vez em quando meus olhos se perdem, desviando-se para baixo, e lá está ele, na minha visão periférica. Não quero sorrir, mas não consigo evitar. E quando Nathan nota, ergue o olhar e também sorri.

— Então, como foi sua semana?

É a primeira coisa que a dra. Taylor me pergunta quando me sento no consultório dela. Finquei as unhas nas mãos a viagem de carro inteira até aqui. Ainda posso contar as oito marcas em meia lua que ficaram nas minhas palmas. As sessões têm ficado mais fáceis a cada consulta, mas ainda me sinto enjoade quando me lembro de que tem uma sessão se aproximando.

— Ben?

Finalmente levanto o olhar, perdide no padrão em ziguezague da blusa preta e branca da dra. Taylor.

— Oi? Desculpa. Foi tranquila.

— Aconteceu alguma coisa em particular?

— Nada de mais. — Tiveram os dias temáticos, e o *pep rally*, no qual todo mundo é forçado a ir. — Foi a *Spirit Week* na escola.

— Ah, isso costuma ser divertido. A North Wake faz os dias de fantasias?

— Sim, mas não participei de nenhum. Não é minha praia.

— Compreensível. Minha turma costumava aproveitar ao máximo esses eventos. — A dra. Taylor ri. — Eu mesma nunca entendi a graça, mas todo mundo parecia se divertir.

— Hummm.

Não sei mais o que dizer.

— Como vão as coisas com Hannah e Thomas?

Dou de ombros.

— Bem. Não posso reclamar.

— Eles estão melhorando em relação ao uso dos pronomes?

Faço que sim com a cabeça. Não consigo me lembrar da última vez em que tive que corrigi-los.

— Quero te perguntar — ela cruza as pernas —, como você se sentiu quando a Hannah foi embora?

Realmente não quero responder. Quero seguir em frente para uma pergunta diferente, talvez ignorar o que ela acabou de me perguntar. Eu sei a resposta. Sei há dez anos, mas agora isso só faz eu me sentir culpade. Tenho mesmo o direito de ficar com raiva de Hannah, de *ainda* ficar com raiva pelo que ela fez, depois de tudo?

— Eu…

— Ben?

A dra. Taylor me observa.

— Eu estava com muita raiva dela — digo.

— Por ter deixado você?

Não consigo não sentir que isso vai, de alguma forma, chegar até Hannah. Como se existisse uma escuta nas minhas roupas ou algo assim e Hannah pudesse ouvir cada palavra que eu digo, sentada na sala de espera. A apenas alguns metros de distância.

— Foi basicamente isso que ela fez, não é?

DESEJO A VOCÊ AS COISAS MAIS BELAS **157**

— Bem... — A dra. Taylor balança a cabeça de um jeito indecifrável. — Foi isso que você sentiu que aconteceu?

— Talvez você deva perguntar a Hannah sobre isso tudo. Não queria soar rude, mas realmente não quero falar disso.

— Ben, posso garantir a você que não discuto com ela nada do que acontece neste consultório.

— Desculpa. — Aperto as unhas nas palmas de novo, tentando encaixá-las nos mesmos lugares de antes. — Eu... Eu entendo por que ela fez aquilo — digo, a culpa me inundando. — E entendo que ela não podia me levar com ela. Mas ainda machuca, sabe?

— É lógico. — A dra. Taylor anota alguma coisa. — Talvez seja imprudente uma estudante universitária assumir a responsabilidade de adotar ume irmane mais nove, mas isso não invalida a dor que foi causada. Como você se sente em relação a ela atualmente?

— Ela está tentando. — Encaro minhas mãos. — E não é isso que importa?

— Isso importa para você?

Assinto.

— Você pode me contar um momento bom que compartilhou com seus pais? — indaga a dra. Taylor, do nada.

— Por quê? — pergunto.

— Bem, muitas das nossas discussões sobre eles têm focado nas coisas negativas, com razão, óbvio. Mas certamente você deve ter passado bons momentos com eles ao longo dos anos.

— Quer dizer... sim, mais ou menos.

Esfrego as palmas nos joelhos. É óbvio que tivemos bons momentos. Na verdade, existiram vários deles. Momentos em que eu podia me esquecer do quanto eles poderiam ser ruins. Quando nós podíamos rir de algo na TV, ou brincar uns com os outros, ou passar o dia fora, passeando e aproveitando a companhia uns dos outros.

Tempos em que pensei de verdade que eles pudessem me amar por quem eu sou.

— Conte-me um bom momento que vocês tiveram — pede ela. — Não precisa ser algo importante nem nada. Apenas uma coisa agradável da qual você se lembra. — Ela sorri.

— Bem, não é só uma memória específica — digo. — Mas minha mãe trabalha em um hospital e, durante muitas das minhas férias, eu tive que acompanhar ela até o trabalho. Acho que ela não confiava em me deixar a sós com Hannah.

— Com medo da influência de Hannah, imagino.

Solto uma risada.

— Provavelmente. Mas minha mãe me deixava ajudar. Ela cuidava mais da burocracia, então ela me ensinou para onde iam as coisas e como garantir que elas estivessem no lugar certo. — Sinto um sorriso se formar no meu rosto. — Ela até me deixou picotar alguns papéis. Essa era minha parte favorita.

E então tudo meio que paralisa e, por uma fração de segundo, me sinto entorpecide.

— Ben?

A dra. Taylor me encara.

— Não é nada.

Mas sinto meu coração se apertar.

As noites de sexta-feira em que saíamos para jantar, meu pai assistindo aos seus velhos filmes terríveis de faroeste com o volume alto demais, ou se esquecendo do que ele estava falando no meio da frase e minha mãe e eu rindo disso. Os dias em que eu e minha mãe trabalhávamos no jardim dela, voltando para dentro com queimaduras de sol. Dias inteiros que passávamos a sós, minha mãe comprando alguma coisa e eu seguindo-a, fazendo piadas.

— Desculpa — digo, enxugando os olhos.

— Tudo bem. — A dra. Taylor empurra o pacote de lenços na minha direção, mas não pego um. Não posso chorar, não por isso. — Você quer falar sobre isso? — pergunta ela.

— Não.

— É natural sentir falta deles, Ben. Afinal, eles são seus pais.

— É só que... depois do que eles fizeram... — Quando achei que podia confiar neles. — Pensei... pensei que ser filhe deles seria o suficiente para que eles me aceitassem.

— Eu sei, eu sei. Mas você morou com eles durante dezoito anos, eles criaram você, e parecia que eles amavam você. — Então a dra. Taylor se inclina para a frente. — Você os amava, Ben?

Quero responder que não, e quero ser capaz de dizer isso com confiança. Eu não os amo, e não os amava. Não depois do que eles fizeram. Mas eles são meus pais. Eu deveria amá-los, não importa o que aconteça, certo?

— Você acha que eles sentem sua falta?

Não faço a menor ideia.

— Será que conseguem sentir? Tipo, eles me expulsaram de casa.

— Isso não significa que eles não sentem sua falta. Se realmente eram eles do lado de fora da casa de Hannah naquela noite... — A dra. Taylor não termina a frase, mas é a primeira vez que ela menciona aquela noite desde que contei a ela. — Você está se sentindo bem? Fisicamente?

— Não tenho dormido muito.

Essa manhã acordei às duas e meia, e na noite anterior foi por volta das três horas. Está ficando cada vez mais difícil manter os olhos abertos durante o dia agora. Pensei até em fingir que estou doente por um dia só para tentar me recuperar.

— Está chegando mais perto do fim do ano letivo. As coisas podem ficar bem difíceis.

— Pois é.

— Você já tentou usar algum medicamento sem prescrição médica?

— Tomei um NyQuil, mas só funciona por algumas horas.

Essa era a única coisa que Hannah e Thomas tinham no armário de remédios. Além disso, aquilo tem gosto de morte, e não quero transformar isso em um hábito diário.

— Não é muito agradável, né? — Ela ri. — Essa é a primeira vez que você passa por algo desse tipo?

— Mais ou menos. No ano passado, fiz o simulado do vestibular e as provas finais da escola um depois do outro. — Esfrego a nuca. Meus cabelos ficaram mais compridos, mais do que meu pai teria permitido que eu deixasse crescer. — Geralmente só assisto à TV ou fico desenhando até que seja hora de levantar.

— Você gostaria de tentar um medicamento? — pergunta ela.

— Você pode fazer isso?

A dra. Taylor assente.

— Não sei.

Não havia pensado muito nisso. Pessoalmente, não gosto muito da ideia. Só não parece a coisa certa para mim.

— Bem, se a situação está ruim assim, talvez nós devêssemos levar isso em consideração.

— Você sabe o que está causando isso? — pergunto.

— Tenho algo em mente.

— E?

Meu Deus, por que ainda pergunto?

Ela expira lentamente e parece quase relutante em me contar.

— Acho que você está lidando com uma depressão, mas, para mim, a ansiedade parece ser o maior problema.

— Ah.

— E não tem nada de errado com isso. Todo mundo tem ansiedade, Ben, é só que...

Termino por ela:

— Algumas pessoas não sabem lidar com isso?

— Às vezes é demais para aguentar. Você ainda está crescendo, ainda está descobrindo as coisas, e essa é uma fonte extra de problemas. É comum para alguém da sua idade lidar com esse tipo de coisa. E sua situação certamente não ajudou.

Não sei o que dizer em seguida, então solto a primeira coisa que me vem à mente.

— É assustador, dra. Taylor.

— Eu sei, Ben. Eu sei. — Ela suspira. — Mas o medicamento pode ser uma saída que vale a pena explorar, você não acha?

— Você acredita que isso vai ajudar? — pergunto.

— Acredito de verdade. Para pacientes que lidam com depressão e ansiedade, o medicamento pode ser uma benção. Nós podemos fazer um teste para ver como funciona para você, que tal?

Balanço a cabeça enquanto ela fala.

— Tá bom, podemos tentar.

Capítulo 12

Arranco o papel do meu sketchbook, amassando-o e jogando-o na lixeira quase do outro lado da sala. Não acerto.

Óbvio.

— Você precisa treinar seus lances livres. — A sra. Liu observa as bolinhas de papel ao redor da lata de lixo.

— Vou pegar elas em um segundo — digo.

— Empacou?

Ela anda até a pequena mesa de trabalho que montei para mim mesme no canto da sala dos fundos.

— Não consigo fazer nada — respondo.

As ideias estão lá, flutuando ao meu redor, mas não consigo colocá-las no papel, muito menos na porra de uma tela. E o medicamento que a dra. Taylor me receitou para eu testar está me deixando sonolente, o que não seria tão ruim à noite, mas nos últimos dias isso tem me atingido bem no meio da tarde.

— O que você está tentando fazer? — pergunta a sra. Liu.

— A essa altura, qualquer coisa.

DESEJO A VOCÊ AS COISAS MAIS BELAS **163**

— Honestamente, acho que você pode parar agora, só não faça qualquer coisa. Eu provavelmente ainda passaria você. — Ela ri. — Já tentou pintar alguma coisa real?

— É isso que estou fazendo.

— Tá bom, mas, tipo, alguma coisa que você conhece. Faça uso da sua vida, Ben.

— Como assim?

— Quando estou empacada, pego uma foto do meu celular, uma que eu mesma tirei, e só começo a desenhar aquilo. Isso costuma fazer minha energia criativa fluir. Às vezes, a arte precisa de um livreto de instruções.

— Às vezes, eu queria que a vida viesse com um — murmuro.

— Ei! — A sra. Liu grita para um dos calouros na outra sala de aula. — Coloca isso de volta! Bárbaros. — Ela murmura a última parte. — Enfim, só experimenta. Não uma foto que você achou na internet, mas alguma coisa que você *realmente* conheça.

Talvez essa não seja uma má ideia. Pego meu celular e vasculho as centenas de fotos de referência que guardei. Seria bom apagar algumas delas em breve. Não tem a menor chance de que eu vá precisar delas. Mas e se eu precisar?

Então chego a uma série de selfies do Nathan, fotos que ele tirou, mais selfies dele, e fotos aleatórias de novo. É esse estranho vaivém porque, a cada duas semanas, o garoto sente vontade de pegar meu celular e tirar inúmeras fotos e selfies. A maioria delas é de mim e dele, eu tentando pegar o aparelho de volta. Também tem algumas dele e da Meleika, ou dele e da Sophie, ou fotos minhas tiradas secretamente, com a cabeça dele mal aparecendo enquanto ele me fotografa.

Mas a maioria é só dele. Dou zoom na foto e encaro-a. Ele seria um bom modelo.

Ele não precisa saber, certo? Já o desenhei uma vez antes.

Tracejo o formato do rosto dele, o ângulo das bochechas e do queixo, o formato dos olhos, o modo como a boca está curvada para cima. Meio que preciso combinar as fotos para conseguir o ângulo certo, mas posso fazer funcionar. Porém nem sei por onde começar com a pintura. Quero fazer algo diferente.

Meu olhar é atraído pela pintura de gotejamentos na parede, aquela lambança controlada, todas as cores se misturando. Ainda quero que Nathan seja parte disso, mas não quero que seja uma recriação hiper-realista. Posso tentar uma técnica monocromática que vi na internet.

Quando penso no Nathan, penso em calor. Vermelhos e laranja. Mas, acima de tudo, penso em amarelo. É uma cor muito parecida com o estilo de Nathan. Felicidade, alegria, o otimismo dele, aquele sorriso.

Faço um rascunho simples de maneira proposital, destacando as linhas duras do rosto de Nathan. Isso não leva mais do que alguns minutos. Esse é o contorno, o esqueleto. Os detalhes vêm depois. Faço algumas tentativas para encontrar o amarelo que quero usar na maior parte do rosto dele, mas por fim acho.

E encontro um ritmo, dando largas pinceladas, alternando pincéis de diferentes tamanhos de cerdas para fazer todos os detalhes. Há uma quantidade limitada de coisas que posso enfiar nos 45 minutos que tenho de sobra, mas quando o sinal toca, parece que aquela lista só ficou maior.

— Merda.

Olho ao redor, procurando pela sra. Liu. Não posso parar agora.

— Encontrou sua musa?

Ela vem até a sala dos fundos, segurando uma pilha de paletas decoradas com tinta aquarela.

— Humm. — É tudo que consigo dizer. Estou distraíde demais.

—Ah, uau, Ben.

Não sei se ela está se referindo à bagunça ou à pintura.

— Desculpa, me empolguei. Vou limpar isso tudo.

— Não, não, não. — Ela apoia a mão no meu ombro. — Continue. Estou amando.

— Sério?

— É fantástico. Vou ligar para o Thomas, avisá-lo que você está pintando.

— Você não se importa se eu ficar?

— Pff, tenho trabalhos para corrigir mesmo, então continuarei aqui por um tempo.

— Você não acha que é… tipo… — gaguejo — … esquisito pintar ele, acha?

Ela solta uma gargalhada.

— Não acho que o ego do Nathan é tão frágil. Mas eu com certeza o avisaria. — Ela faz uma pausa. — Mas quero perguntar… Por que ele?

Dou de ombros.

— Ele pegou meu celular e tirou um monte de selfies.

Mostro a tela para ela.

— Uma forma incomum de retribuição, se é que já vi alguma assim, mas é isso aí. Você é que sabe, jovem. —A sra. Liu me dá um tapinha no ombro. — Queria falar com você sobre uma coisa.

— Hum.

— Então, todo ano faço uma exibição de arte dos estudantes aqui na escola. Estava me perguntando se você gostaria de participar.

Paro um instante e deixo meu pincel de lado.

— Por que eu?

A sra. Liu ri como se fosse uma piada.

— Está brincando, né? — Então ela começa a olhar para as paredes. — Você é um dos meus melhores estudantes.

Olho para minhas pinturas, mas tudo que enxergo é como elas não se comparam às que estão ao redor. Além de alguns dos calouros da turma ao lado, não conheço nenhum dos outros alunos da sra. Liu.

Mas sei com certeza que eles são artistas melhores do que eu. Os retratos e cenários, os conceitos abstratos, as esculturas. Duvido que eu conseguiria fazer essas coisas tão bem do jeito que eles fazem.

— Só vai acontecer em maio, mas gosto de planejar com antecedência. Só pensa nisso, tá bom?

Assinto.

— Obrigada. Vou deixar você voltar a pintar.

E eu volto. Fico tão absorte a cada pincelada. Preciso garantir que os amarelos não vão se misturar em uma bagunça de cores, então me movimento de uma ponta da tela a outra, deixando as coisas secarem um pouco antes de trabalhar nos detalhes menores.

— Ben?

Vejo Thomas pela minha visão periférica, andando pelo curto corredor entre as salas.

— Aqui.

Aceno sem olhar para ele.

DESEJO A VOCÊ AS COISAS MAIS BELAS **167**

— Está terminando?

— Quase. — Olho para o celular. Puta merda. Já passou das cinco. — Desculpa, não percebi que estava tão tarde.

— Não, tudo bem. Eu estava preparando o teste da semana que vem. — Thomas anda até um ponto atrás de mim, olhando a pintura em toda a sua glória amarela. — Ah!

Thomas fica parado no mesmo lugar, e observo seu rosto.

— É o Nathan. — Ele aponta para a tela.

— Aham. — Encaro a pintura quase finalizada, buscando os pontos que deixei passar, ou onde acho que usei o tom errado. — Ainda não terminei, mas posso parar por hoje.

— Hannah quer que a gente vá pra casa logo. Aparentemente ela está fazendo o jantar hoje.

Pego minhas tintas e pincéis e começo a lavá-los na pia. Com sorte, amanhã vou conseguir encontrar alguma coisa mais próxima do tom certo. Quando olho por cima do ombro, Thomas ainda está encarando a pintura.

— Tem alguma coisa errada? — pergunto.

— Não, só estou olhando — responde Thomas com um sorriso. — Gosto dos amarelos. Por algum motivo… — começa a dizer, mas então para. — Não sei, é a cara do Nathan.

— Era mais ou menos essa a ideia.

Coloco os pincéis na grade de secagem e lavo as mãos.

— Pronte para ir? — Thomas pega a mochila para mim.

— Sim — concordo, dando uma última olhada para a pintura antes de apagar as luzes.

— Vocês ficaram sabendo da festa que a Steph vai dar na sexta? — pergunta Sophie.

Estamos de volta na cantina, que já era selvagem o suficiente antes do jogo de primavera, mas com apenas alguns dias até as férias de primavera, as pessoas não estão ligando para mais nada. Até os professores não estão dando a mínima, o que levou a sra. Liu a me chamar para a sala dela durante outras aulas para "ajudá-la com um projeto".

O que é apenas um código para me deixar terminar minha pintura do Nathan. Ainda não sei exatamente como ou quando vou contar isso a ele. Experimentei diferentes maneiras na minha cabeça e nenhuma delas parece boa.

— Por que diabos nós iríamos para uma festa na casa da Steph? — Meleika apoia a cabeça nas mãos.

Nathan bebe alguma bebida esportiva de um vermelho vibrante.

— A garota andou tensa nas últimas semanas, ela merece um descanso.

— Tecnicamente é para as férias de primavera — informa Sophie. — Mas não é como se ela precisasse de um motivo pra dar uma festa.

— Tudo que ela tem é cerveja aguada e vodca. E não é nem vodca boa — diz Meleika.

Nathan ri.

— Aparentemente essa festa é do tipo "leve sua própria bebida". Talvez ela tenha escutado as reclamações.

— Ótimo, então só vamos conseguir beber uma coisa boa se a gente mesmo levar? — Meleika revira os olhos. — Não, obrigada.

— Eu soube que o Todd vai — diz Sophie.

— Ah, esquece, pode contar comigo. — Meleika ri consigo mesma. — Ele sempre leva alguma coisa boa. Tipo, uma bebida que derruba depois de três goles.

DESEJO A VOCÊ AS COISAS MAIS BELAS **169**

— Todd é um babaca — diz Nathan.

— É, mas um babaca com um pai que não fica de olho no armário de bebidas — cantarola Sophie.

Nathan me cutuca.

— Você quer ir?

— Aonde?

Ele ainda está sorrindo.

— Para a festa.

— Não me convidaram.

— Você é tão fofo, Ben. — Sophie digita alguma coisa no celular, e sinto meu rosto esquentar.

— Ah, vamos! Você não se fantasiou para a *Spirit Week* — argumenta Meleika. — Você não foi para o jogo nem para o baile. Você devia pelo menos ir para a festa. Se soltar um pouco, se permitir relaxar.

— Você não precisa ser convidado, é só aparecer — acrescenta Nathan.

Coloco as mãos debaixo da mesa.

— Não conheço nenhuma dessas pessoas.

— Bem, Todd é um imbecil, então considere-se sortudo. E você já teve o prazer de conhecer a Stephanie. — Meleika ri um pouco alto demais. — Anda, vai ser divertido.

— É só uma noite — insiste Sophie.

— Só vem com a gente. Podemos ficar meia hora lá, e então, se você quiser, vamos embora, pode ser? — Nathan se esforça para me tranquilizar.

— Nunca fui a uma festa antes — revelo.

— Basicamente é um jeito fácil e barato de ficarmos bêbados e rirmos de pessoas brancas que acham que sabem dançar. — Meleika ri.

Nathan revira os olhos antes de falar:

— Mas ela está certa. É o tipo de vergonha alheia que você só sente ao observar as pessoas se esfregando umas nas outras bêbadas.

— Lembra quando a Megan e o Adam começaram a dançar e ele vomitou em cima dela? — Sophie começa a rir tanto que mal compreendo o final da frase.

— Meu Deus, sim! — Meleika tapa a boca. — Ben, você *precisa* ir, pelo menos para ver que tipo de merda vergonhosa vai rolar.

— Vamos! — Nathan me cutuca. — Meia hora, só isso.

— Tá — concordo, sabendo que não vou me livrar dessa mesmo.

Terei que mentir para Hannah, eu acho. Duvido que ela vai querer que eu vá a uma festa em que um monte de gente menor de idade vai beber.

— Excelente. — Meleika esfrega as mãos uma na outra. — Nós ainda vamos corromper você.

Capítulo 13

Parte de mim meio que tem esperanças de que, até sexta, Nathan, Sophie e Meleika terão se esquecido de que concordei em ir à festa, pois eles passaram a última semana discutindo os planos para as férias de primavera.

Sophie na verdade parece que vai se divertir mais do que todo mundo. Ela e os pais vão visitar os avós em Busan, na Coréia do Sul. Meleika vai subir as montanhas com a família, e Nathan, aparentemente, não vai fazer nada.

Mas eles não se esquecem da festa, óbvio. Não tenho essa sorte toda. Felizmente é um dia de meio período na escola, então tenho bastante tempo para me transformar em uma bolinha de ansiedade. E não tenho a menor ideia do que vestir.

Quer dizer, a camisa é fácil, mas todas as minhas calças jeans parecem largas demais e meus sapatos, sujos demais. A verdade é que não faço a menor ideia do que é apropriado para uma festa desse tipo. O que Nathan usaria? Provavelmente calça apertada e uma camisa de botão ou algo assim.

Não há muitas roupas que não caiam bem nele, óbvio. Ele é uma dessas pessoas que poderiam vestir a coisa mais horrenda do mundo e fazer disso algo estiloso.

Realmente preciso falar com Hannah sobre roupas novas. Por enquanto, terei que me contentar com o de sempre. Pelo menos ainda tenho algumas camisas sem manchas de tinta.

— Você precisa do meu cartão de débito? — pergunta Hannah.

Quase revelo meu disfarce, mas lembro que falei para ela que vou sair com Nathan essa noite. Então não é totalmente mentira.

— Não, nós só vamos ficar na casa dele.

Coço o nariz, me abaixando para pegar os sapatos.

— Tá bom. — Hannah se recosta no batente da porta. — Para onde você está indo de verdade?

— O quê?

Não tem como ela saber que estou mentindo.

— Ah, por favor, sou sua irmã! Agora, para onde você está realmente indo?

— Já falei…

— Tá, tá, tá… Confia em mim, menti o suficiente para os nossos pais para saber quando alguém está mentindo. — Ela se senta ao meu lado na cama. — Então desembucha.

— Tem uma festa…

— Com bebidas alcoólicas? Não minta pra mim.

— Sim.

Encaro o chão.

— Ben.

— Desculpa. Não fica com raiva de mim.

Hannah solta uma risada baixa, o que parece estranho para ela.

— Que isso, não estou com raiva. Sou sua irmã. Fiz coisas muito piores quando tinha sua idade.

Eu me impeço de dizer *eu sei*.

— Você vai beber alguma coisa? — pergunta ela.

— Não sei. Não estava nos meus planos.

— E o Nathan?

— Acho que não, ele ficou de levar a gente de carro.

Hannah me olha da cabeça aos pés.

— Ah, queride. Não vou deixar você ir a uma festa vestide assim. Vem. — Ela segura minha mão e me guia pelo corredor até o quarto dela. — Sei que você é mais alte do que eu, mas minhas calças devem servir melhor em você do que isso aí. — Ela aponta para minhas calças jeans.

— Você que comprou — retruco.

— Bem, se eu soubesse que você estaria indo para festas, nós teríamos feito compras antes. Você precisa arrasar essa noite! — Hannah me deixa ali ao pé da cama e abre as portas deslizantes do guarda-roupas. — Eu me lembro da minha primeira festa.

— Como você sabe que essa é minha primeira? — questiono.

Então Hannah me lança um olhar. A sobrancelha erguida, o sorriso meio de lado. E não consigo evitar me sentir insultade. Não me entenda mal, essa é minha primeira festa. Mas a falta de crença dela parece quase um tapa na cara.

— A camisa é bonita, mas precisa mudar a calça. — Ela gira sobre os calcanhares e vasculha no guarda-roupas por alguns segundos. — Não uso isso há anos. — Ela joga um jeans preto sobre a cama. — Ou isso. — Outra calça surge sobre a cama.

Quando ela termina de procurar, há cinco calças para eu experimentar.

— Não sei, não, Hannah.

Ela arremessa a pilha nas minhas mãos e me empurra em direção ao banheiro.

— Anda, não dá pra ser pior do que a que você está vestindo.

Até discutiria, mas suspeito de que ela tem razão. Escolho a calça preta primeiro, porque essa parece ser a mais elegante e "apropriada para festas". Tento não pensar no fato de que estou quase do mesmo tamanho da minha irmã, ou que as calças jeans velhas dela aparentemente cabem muito bem em mim, mesmo que eu sinta a peça escorregando um pouquinho pelo quadril. Eu me observo no espelho, me concentrando no modo como a peça envolve minhas pernas. Me viro, tentando ver como a parte de trás se ajusta ao corpo.

— Hannah — chamo.

Ela abre a porta devagar, os olhos cobertos.

— Você não tá pelade, né?

— Não.

Ela abre a boca.

— Puta merda, Ben, você tem um bundão. Quando isso rolou?

Eu me viro para tentar me olhar no espelho, mas não consigo achar o ângulo certo. Nunca pensei que minha irmã me diria que tenho uma bunda bonita.

— Sério, cara... — O rosto dela congela. — Desculpa. Sinto muito.

Eu a encaro. Pelo menos ela sabe que errou, não é?

— Tudo bem.

— Não, não está tudo bem. Sinto muito.

DESEJO A VOCÊ AS COISAS MAIS BELAS **175**

Dou de ombros. Agora não é hora para ficar com raiva dela.

— Você acha que essa ficou boa?

— Sim, combinou com a camisa. Tá legal. Só confere se seu celular cabe no bolso. Não lembro se essa é a calça com o bolso falso ou não. — Ela se curva e pega a pilha de calças dobradas. — Viu as maravilhas que uma calça decente pode fazer?

— Obrigade.

— Por nada. E, Ben, estou implorando que você não beba essa noite, tá bom? A medicação é nova e não quero que você corra nenhum risco.

— Prometo.

Não estava planejando beber mesmo. Tinha lido o minúsculo frasco laranja do remédio provavelmente umas cem vezes e pesquisado o significado de diferentes coisas. De acordo com a maioria das fontes, não é o fim do mundo beber uma cerveja no tipo de dose que estou tomando, mas ainda assim prefiro não arriscar.

Especialmente se isso pode fazer eu me sentir pior do que já me sinto.

— Bem, só quero que você fique segure.

Assinto.

— Ficaremos.

— Tá bom. — Ela me puxa para um abraço, o que parece um gesto esquisito e meio sem jeito por conta do amontoado de roupas entre nós, mas eu a abraço de volta da melhor forma que consigo. — Agora vai se divertir. E use camisinha — provoca ela.

— Isso é bem nojento.

Ela bagunça meus cabelos com a mão.

— Que seja, maninhe.

Volto para meu quarto para garantir que estou com minha carteira e meu celular. Quando saio pela porta da frente, Nathan já está me esperando na entrada da garagem, bem ali com seu carro reluzente.

— Nossa, cara. — Ele abaixa o vidro da janela do motorista. Sinto vontade de me encolher.

— Estou bem?

— Sim! Bem gato, não vou mentir. As garotas vão ficar todas em cima de você essa noite. — Ele dá uma piscadela para mim, e resisto a parte do meu cérebro me dizendo para voltar correndo para dentro e me trancar no quarto pelo resto da noite. — Você está pronto para ir?

— Sim.

Entro e me sento no banco do passageiro, tentando não imaginar o pior.

Nathan dirige o carro por uma longa estrada de terra, passando por cima de todos os buracos no caminho.

— Você sabe que deveria desviar deles, né? — questiono depois que ele passa por mais um.

Estamos na estrada há tanto tempo que estamos convencidos de que Sophie mandou o endereço errado para Nathan.

— Você não viu nenhuma saída nem nada do tipo, viu? — pergunta Nathan, ignorando meu comentário.

— Não me lembro de nenhuma — respondo.

Nathan pega o celular logo antes de eu avistar algumas luzes a distância.

— Vou ligar pra Mel.

— Espera. Talvez ali?

— Vale a pena tentar.

Nathan continua dirigindo. A estrada faz uma curva antes de finalmente se abrir. O jardim já está cheio de carros, as luzes brilhando através das janelas do primeiro andar da casa.

— Isso parece o lugar em que um grupo de adolescentes é assassinado — digo, observando pelo para-brisa.

Nathan solta uma risada enquanto entra com o carro em direção ao final da longa fileira de carros.

— Meia hora? — Olho para ele.

Mesmo daqui posso ver a multidão se reunindo na varanda. As pessoas já parecem estar completamente bêbadas, e ainda são oito e meia.

— Meia hora. — Nathan olha de relance para o relógio no painel. — Se você não estiver curtindo até às nove horas, podemos ir embora.

— Tá bom — concordo.

E ele abre um sorriso de orelha a orelha.

— Nathan! — grita Meleika do outro lado do jardim. Ela vem correndo na nossa direção com alguma coisa vagamente parecida com uma garrafa enfiada debaixo do braço. — Vocês chegaram.

— Sim, minha querida. — Nathan ri. — Nós também estávamos preocupados. Pensamos que havíamos perdido uma curva ou algo assim.

— É, esse lugar é a cara de uma cena de assassinato — diz ela.

— Foi isso que o Ben falou. — Nathan olha para mim por cima do ombro, ainda sorrindo.

Sigo os dois de perto, subindo os degraus da entrada com o máximo de entusiasmo que consigo reunir, o que não é muita coisa. Já posso sentir meu estômago se revirando com as batidas graves da música, o piso vibrando tanto que estou chocade que os porta-retratos nas paredes não estão despencando.

Se a varanda lá fora está cheia, então o interior da casa definitivamente atingiu lotação máxima. Sério, acho que nenhum bombeiro permitiria uma coisa dessas, mesmo se fosse subornado.

— Você sabe se a Sophie já chegou? — pergunta Nathan, a voz quase inaudível em meio à música.

Meleika precisa gritar.

— Ela já deveria ter chegado!

— Nathan! Mel! — Um cara branco gigantesco acena, abrindo caminho pela multidão ao vir em nossa direção.

— Meu Deus. Todd já está bêbado. — Meleika se vira para mim. E então percebo que *conheço* o Todd. Bem, vagamente, pelo menos. Ele está na minha turma de Inglês, mas praticamente só vejo a nuca dele. — Vou procurar a Sophie, boa sorte.

— Espera, não vai. — Tento segurá-la, mas Meleika já se foi.

— E aí, Todd. — Nathan dá um passo e fica na minha frente, provavelmente para acobertar a fuga de Meleika.

— E aí, Nate. — Todd olha direto para mim. — E quem é esse?

Ou ele não presta atenção durante a chamada na aula, ou realmente está bêbado.

— Ben — responde Nathan por mim.

— Ei, espera! Eu conheço esse cara! Estamos na mesma turma da sra. William. — Ele estende o punho para mim.

Acho que devo cumprimentá-lo com um toca-aqui, mas só fico ali parade, sem jeito, porque minhas mãos se recusam a se mexer. E tudo que falo é:

— Sim.

— Você vai beber essa noite? — pergunta ele a Nathan, não dando a mínima para minha rejeição.

— Não, estou dirigindo.

— E você? — Todd olha para mim.

Meu Deus. Nunca havia percebido como esse cara era um gigante.

— Ah, eu não... — começo a dizer, mas é inútil. Todd não consegue me ouvir em meio à música.

— Ei, Megs! — Ele acena para a mesa na sala de jantar e aponta para mim. Uma garota, aparentemente Megs, me entrega um copo vermelho cheio de alguma coisa que parece xixi. — Guardamos as coisas mais fortes na cozinha.

Todd dá um tapa nas minhas costas, quase me fazendo derrubar o copo inteiro.

— Então você vai beber? — pergunta Nathan.

— Acho que sim...?

Encaro o copo, cheio de um líquido *muito* parecido com xixi. Eu não deveria beber, e sei disso. Em primeiro lugar, eu nem quero, segundo, há todos os avisos em relação a minha medicação. Mas Todd está me encarando, e há um desejo borbulhando dentro de mim, quase como se eu *precisasse* impressioná-lo. E então vejo Nathan, e não quero que ele pense que não sou capaz de aguentar essas coisas.

Bebo seja lá o que for que está no copo, e é preciso toda a minha força para não cuspir.

— Eca! O que é isso?

— Não é bom? — Nathan tenta e não consegue esconder o riso.

— Não! — grito.

Nathan ainda está se esforçando para não rir.

— É cerveja. Experimenta de novo, o primeiro gole é sempre terrível.

Tomo outro, mas continua tão ruim quanto antes.

— Talvez você não seja um cara da cerveja! — exclama Todd e pega meu copo, deixando-o sobre alguma mesa. — Quer ficar bêbado?

— Na real, não.

— Vamos lá.

Acho que ele ainda não consegue me ouvir, ou só está escolhendo não ouvir. De qualquer jeito, o aperto dele no meu ombro é firme *demais*. Todd me guia pela casa, nos espremendo pela multidão densa até que finalmente encontramos o que ele estava procurando.

A cozinha está menos lotada do que o resto da festa, talvez porque a música não esteja tão alta ali. Tem um casal se pegando em um canto, mas, do jeito que eles estão se devorando, parece que gostam mais de voyeurismo do que de qualquer outra coisa. As outras pessoas estão agrupadas ao redor da ilha no centro do cômodo, jogando conversa fora. Reconheço Stephanie, e algumas outras pessoas da cantina e da aula de Cálculo, mas só isso.

— Pessoal, esse é o Ben! — anuncia Todd, e todos celebram e erguem seus copos. Ou, em alguns casos, suas garrafas. Mas assim que isso termina, eles voltam para suas conversas, como se eu nem estivesse ali.

— Seja gentil — diz Nathan a Todd. Tem alguma coisa estranha em sua expressão, como se ele estivesse preocupado.

— Ah, virgem de festa, hein? — pergunta Todd.

Ele diz "virgem" como se fosse uma coisa ruim.

— Acho que sim.

DESEJO A VOCÊ AS COISAS MAIS BELAS **181**

Todd me leva até a área da ilha que está coberta por pelo menos três dúzias de garrafas diferentes, todas abertas. Que tipo de animais são meus colegas de classe?

— Bem, não podemos deixar que as coisas continuem assim, temos que batizar você. Qual é seu veneno? — pergunta ele.

Batizar?

— Estou bem, juro. Eu não…

Mas Todd não me deixa terminar.

— Qual é, posso ver que você é um homem de gosto mais refinado. Aqui, experimenta isso. — Ele me oferece um pequeno copo de shot com um líquido rosa quase no tom de Pepto Bismol.

— O que é isso? — pergunto, balançando o líquido dentro do copo.

— Tequila de morango — responde Todd.

Alguém da multidão na ilha grita:

— Todd, acho que isso pode ser um pouco forte demais!

— Só experimenta. — Todd dá outro tapa nas minhas costas. Ele realmente precisa encontrar outras maneiras de demonstrar afeto. — Aqui, vou virar um com você. — Ele serve um copo para si próprio.

Todas as pesquisas que fiz me disseram que misturar uma cerveja com uma dosagem baixa dos meus remédios não seria nada de mais, mas sei que tequila é mais forte do que cerveja. *Muito* mais forte. Porém, todo mundo está me encarando agora, esperando que eu beba o shot. Não preciso fazer isso. Por que me importaria com o que essas pessoas pensam de mim? Mas lá está a vergonha de novo, o desejo de impressionar essas pessoas. Bebo o shot e, puta merda, isso queima, e seja lá o que quisessem dizer com "morango", o sabor passava muito longe disso. Mas isso faz Todd e o resto da multidão celebrar, então acho que fiz alguma coisa certa.

— Quer mais um? — pergunta Todd, já segurando mais dois copinhos.

— Acho que não. — Mas outro já está na minha mão.

— Qual é, só mais um. — Todd desliza o braço sobre meu ombro, e acho que nunca me senti tão desconfortável com alguém da minha idade tão rápido assim.

— Sério, estou bem. — Acho que isso é o suficiente para fazer Todd parar de insistir. Ou talvez ele apenas acabe esquecendo.

— Gostei dele, Nathan. É um cara legal. — Todd se aproxima, e juro que poderia ficar bêbado só com o bafo dele. Meu Deus, esse cara precisa de uma balinha de menta, tipo, pra ontem.

— Valeu? — digo meio em tom de pergunta.

Nathan senta num ponto limpo da bancada.

— Você tá bem?

— Acho que sim.

Minha cabeça já está meio zonza e há uma queimação esquisita no meu estômago. Depois de apenas um shot! As pessoas realmente pagam para se sentir assim?

— Então, Benny, está se divertindo? — A pegada de Todd ao redor do meu pescoço se intensifica, as palavras se arrastando. Ele não espera pela minha resposta antes de gritar para todo mundo: — Essa é a primeira festa do Benny, pessoal!

Há alguns gritos de falso entusiasmo, que soam mais como pena.

— Parece que você está se divertindo. — Todd olha para mim. — Mas acho que você nunca esteve tão arrumadinho assim — grita Todd de novo, e recebo mais uma baforada de

DESEJO A VOCÊ AS COISAS MAIS BELAS **183**

álcool na cara. — Tem que mostrar o material para as garotas, né? Sei como é. — Então ele dá um tapa na minha bunda.

Preciso sair daqui. Já se passou meia hora?

— Foi mal, ele tá bêbado. — Stephanie se desculpa por ele. Ela parece mais legal quando não está berrando comigo através de um megafone.

— Pode crer! — grita Todd para ninguém em particular.

— Acho que nunca te vi pela escola, Ben — diz um cara.

Ele deve ser um dos amigos do Todd. Eles têm a mesma aparência, caras altos com cabelos castanhos curtos e maxilar estranhamente forte. Ele também deve ser o menos bêbado do grupo. Sem contar comigo e Nathan.

— Me mudei pra cá em janeiro — explico.

— É... Você está na minha turma de Cálculo — diz uma garota, e ela parece vagamente familiar, mas não faço a mínima ideia se estamos na mesma turma ou não. — Ele é bem inteligente.

— Ah, valeu. — Meu rosto está esquentando.

— Sério, acho que ele tem as notas mais altas da turma — acrescenta ela.

— Ah, nossa, Em! — Todd começa a rir. — Vai em frente e chupa logo ele, vamos dar um pouco de privacidade pra vocês.

— Falando nisso, vamos dar a você e a sua mão esquerda um pouco de privacidade também. — Em revira os olhos e o cômodo se enche de "uuuuhs".

Mas Todd parece não ter se ofendido. Ele só pega mais uma bebida da bancada e joga o braço por cima dos meus ombros.

— Qual é, o nosso Benny aqui é bem atraente. — Todd pisca para mim e então olha para Em. — E você ficou solteira recentemente.

— Hã, hum... — Dou um tapinha no bíceps de Todd, na esperança de que ele me solte. Mas tenho certeza de que o aperto dele só fica mais forte. — Todd, não consigo...

Respirar. Não consigo respirar.

— Deixa ele em paz, Todd — diz alguém.

— Ah, que isso. Ben, você não gostaria de levar a adorável Emily Rodgers para sair no próximo fim de semana?

— Eu... — gaguejo. — Não consigo... — Na verdade, parece impossível respirar. E não sei se é por causa da pegada de Todd, das palavras dele, de todos os olhos me encarando agora, do álcool ou alguma combinação disso tudo.

— Por favor, não me diga que você curte garotos, Ben. Gosto de você e tal, e sou de boa com os gays, mas não acho que...

Preciso ir embora. Agora.

— Ei, Ben, quer ir dançar? — Nathan desce da bancada em um pulo e, antes que eu possa responder, o braço dele se entrelaça no meu.

Não me importo, porque isso finalmente faz Todd se afastar de mim. Nathan me puxa para perto, me levando para fora da cozinha e seguindo pelo corredor.

— Nathan, espera. — Mas ele continua me arrastando. — Nathan. — Puxo o braço, mas ele não me solta. — Para! — Meu Deus, ele tem a pegada forte. Pelo menos nós paramos de andar. — Não quero dançar — digo por fim, preocupade que ele não vá me ouvir.

— Ah. — Ele sorri. — Eu não estava falando sério. Só parecia que você estava querendo sair de lá.

Eu me recosto na parede.

— Ah. Bem, valeu.

DESEJO A VOCÊ AS COISAS MAIS BELAS **185**

— Desculpa. Se eu soubesse que o Todd estava bêbado daquele jeito, não teria deixado ele te arrastar. Quando ele bebe, os limites desaparecem por completo.

— É, deu pra perceber — digo, esfregando o pescoço. Tenho certeza de que minha pele está vermelha.

— Você quer ir embora?

— Já se passou meia hora?

Nathan pega o celular.

— Você sabe que não precisa realmente ficar, né? Nós ainda temos mais dez minutos, mas podemos ir embora, se quiser. Não quero que você se sinta desconfortável.

— Podemos só procurar a Sophie ou a Mel? — Esfrego os cotovelos.

A maioria das pessoas foi para a sala de estar, onde a música é mais alta, mas o corredor e a sala de jantar ainda estão bem cheios.

— Sim, podemos. — Nathan olha ao redor. — Elas provavelmente estão dançando. — Ele segura minha mão. Se eu soltar, a probabilidade de que eu vá me perder nesse lugar é muito alta.

Nós abrimos caminho pela multidão na sala de estar. Aparentemente, essa é a pista de dança. Mas nem Meleika nem Sophie parecem estar aqui. Porém Nathan está certo, tem alguma coisa em observar outras pessoas brancas que acham que o que estão fazendo pode sequer ser chamado de dança.

Depois disso, vamos para a sala de jantar, e nada ainda, mas então as vejo perto das escadas. Meleika está logo acima de Sophie, ambas curvadas sobre o corrimão, parecendo mortas de tédio.

— Vocês dois estão com cara de que tiveram uma noite difícil. — Sophie se inclina para a frente, apoiando a cabeça nos braços.

— E ainda nem são nove horas. — Meleika ri, tomando um gole de sua bebida. — Fracotes.

— Nós nos encontramos com o Todd — diz Nathan, antes de disparar um olhar para Meleika. — Teria sido mais rápido se *alguém* não tivesse nos deixado lá.

Meleika ri de novo e então me pergunta:

— Babaca do ano ou babaca do ano?

Tento rir, mas aquele gosto azedo na minha boca desceu para o estômago. Tem alguma coisa na multidão que está me deixando nervoso, o modo como todos estão colados uns nos outros. É impressão minha ou está ficando mais quente aqui dentro?

Olho de relance para Nathan, observando-o enquanto ele vê as pessoas dançando, a cabeça balançando no ritmo da batida. Ele diz algo para Sophie, mas a música encobre as palavras. Todo mundo está se divertindo demais e parece que ele está perdendo isso, como se ele preferisse estar lá dançando com alguém, se divertindo de verdade.

E eu arruinei tudo.

— Eu só, hum… Vou esperar no carro. Vai se divertir — digo a ele.

— Ben. Você está bem? — pergunta Meleika. Ela e Sophie me observam com atenção.

— Estou bem. Eu só… Eu não devia ter vindo, desculpa. Vou só ficar lá fora, Nathan, esperando quando você quiser ir.

Finalmente chamo a atenção dele.

— Ben!

Posso ver a irritação no rosto dele, o leve arquear dos lábios. Não deveria ter vindo para a festa. Ele só queria se divertir com os amigos, e vou fazê-lo ir embora cedo.

— Desculpa, desculpa. — Abro caminho pela multidão que dança coladinha, murmurando pedidos de desculpa pelo caminho. Espero conseguir encontrar a saída.

— Ben, espera.

Nathan segura minha mão de novo, mas eu a puxo de volta.

— Escuta, você pode ir se divertir, tá bom? Vou esperar no carro.

— Ben! — exclama ele de novo, exasperado.

Disparo pelo corredor, empurrando as pessoas.

— Ei! — grita alguém.

— Desculpa, desculpa — digo, tentando chegar até a porta.

Meu Deus, está calor pra caralho aqui dentro. O corredor parece estar se fechando ao meu redor. Só preciso ir lá para fora. Quando eu sair daqui, vai ficar tudo bem.

— Ben! — grita Nathan, parecendo estar a quilômetros de distância.

Minhas mãos finalmente encontram uma maçaneta e eu avanço, quase desmaiando no ar frio da noite. Me seguro no parapeito da varanda. Mais pessoas me encaram quando passo por elas. Ainda não consigo dizer se estou na frente da casa ou nos fundos, mas não importa.

Não estou mais lá dentro, isso é o mais importante.

— Você tá passando mal, cara? — pergunta alguém. — Se tiver que vomitar, pelo menos faz isso nos arbustos.

— Não sou um cara — sussurro, virando a lateral.

O outro lado da varanda está deserto, ainda bem. Faço esforço para vomitar, me curvando sobre o parapeito. Não há nada no meu estômago além daquela tequila nojenta, mas algo ameaça subir mesmo assim. Nem foi tanto, ou foi? Mas não é isso.

Não, parece ser outra coisa, como na noite em que vi o carro *deles*. Merda.

Não agora.

A dra. Taylor confirmou que foi um ataque de pânico e tentou me ensinar maneiras de lidar com isso. Se puder, vá para um lugar silencioso, feche os olhos e tente respirar. Me esforço para lembrar do conselho da dra. Taylor, mas tudo está tão tumultuado e nebuloso.

Apenas respire.

— Apenas respire — digo em voz alta. — Respire. — Inspiro o ar da noite pelo nariz e seguro por dez segundos antes de expirar pela boca. — Vamos lá, Ben, não surta, por favor. Não agora — digo para mim mesme.

— Ben, você tá bem? — É o Nathan.

— Por favor, só... — Nem sei o que estou tentando pedir a ele. Passo a mão pelos cabelos, as palmas suadas. Meu Deus, provavelmente estou parecendo um defunto.

— Ben? — Ele apoia a mão nas minhas costas e, juro, quase vomito bem ali.

— Por favor, não me toca agora, tá bom? — Isso sai mais como um grunhido do que eu gostaria.

Nathan retira a mão, andando até o espaço vazio ao meu lado no parapeito.

— Desculpa — digo. — Eu só... — Não consigo transmitir um pensamento completo da cabeça até a boca.

— Foi aquilo que você bebeu? Você precisa de um pouco de água?

Balanço a cabeça rápido demais.

— Não foram as bebidas. — Meu peito se eleva por um segundo. Estou lutando uma batalha perdida.

— Tem certeza? Consegue se mexer?

— Só me dá um minuto, por favor?

— Sim, claro. — Ele se afasta.

Respira, porra, só respira. Fecho os olhos, pressionando as mãos na testa. Não chora, não chora. Sinto aquela quentura familiar por trás dos olhos e a sensação dolorida na mandíbula.

Finalmente consigo botar alguma coisa para fora.

— Desculpa.

— Tudo bem, só leva o tempo que precisar.

— Podemos ir embora?

— Sim, óbvio. — Ele estende a mão para mim de novo, mas então para. — Posso te tocar?

Assinto.

— Desculpa, eu só…

— Não, tudo bem. Vem.

A mão apoiada nas minhas costas não me faz mais querer vomitar. Na verdade, tenho certeza de que Nathan está fazendo a maior parte do trabalho enquanto me acompanha de volta para o carro dele, até mesmo abrindo a porta para mim.

— Valeu — digo, torcendo para que ele não tente prender o cinto de segurança para mim. Consigo aguentar uma quantidade limitada de humilhação por uma noite.

Ele entra pelo lado do motorista e se senta no banco, em completo silêncio, o carro rugindo quando ele liga a ignição e engata a marcha ré.

— Mel e Sophie? — pergunto.

— Elas vão ficar mais um tempinho. Falei que ia levar você para casa. — Ele apoia a mão na parte de trás do meu encosto de cabeça para conseguir enxergar atrás de nós.

— Ah. — Droga. Estraguei tudo. De verdade.

Nathan acelera pela estrada de terra em silêncio, sem nem mesmo o rádio para preencher o silêncio do carro. Ume de nós precisa falar, alguém tem que dizer *alguma coisa*, e sei que não serei eu.

Não tenho essa coragem agora.

Fico olhando para ele pelo canto do olho. Ele não parece bravo, mas ele é o sr. Positivo, então nem sei se ele é capaz de ficar mais do que um pouco frustrado.

— Se você tirar uma foto, vai durar mais tempo. — Ele sorri, sem tirar o olhar da estrada.

— Desculpa. — Fecho os olhos, abrindo-os de novo apenas para observar as árvores pelas quais passamos em meio à escuridão.

— Tipo, sei que sou gato e tal, mas sério, se você preferir tirar uma foto, tudo bem também.

Mexo na calça jeans que cobre meus joelhos, o tecido apertado que agora parece mais sufocante do que qualquer outra coisa.

— Desculpa.

— Você pede desculpas demais — diz ele.

— Des… — Paro minha resposta automática a tempo.

— Ben, cara, você tá bem? Tipo, sei que não dá pra ficar bem depois de tudo aquilo, mas estou preocupado, cara.

— Não fique — digo. Me sinto tão próxime daquele abismo, e dói o fato de que Nathan é quem está me empurrando mais para perto.

— Por quê? Sou seu amigo. Tenho o direito de me preocupar, não acha?

— Ninguém falou que você precisava se preocupar.

Nathan faz um ruído de escárnio, e não parece muito feliz.

DESEJO A VOCÊ AS COISAS MAIS BELAS 191

— Isso é uma coisa que amigos fazem.

Foi ele que quis ser meu amigo. Continuo cutucando o mesmo lugar, pensando que talvez eu consiga esgarçar o tecido até minha pele e depois continuar. Não. Afasto os pensamentos da minha mente e me sento sobre as mãos.

— Quer que eu te leve pra casa?

— Sim, por favor. — É minha primeira resposta, mas então penso em Hannah e na reação dela. Imagino que assim que ela me ver ela vai saber tudo que precisa saber, e vai me levar correndo para o hospital ou ligar para a dra. Taylor. — Na verdade, não.

— Não? — Nathan me olha de relance por uma fração de segundo, antes de se concentrar na estrada de novo.

— Não. Minha irmã está lá.

— Por que ela se importaria?

— Só não posso ir pra lá agora.

Ir para lá traria perguntas demais. Tipo, por que moro com minha irmã e o marido dela, ou por que não há nenhuma foto dos nossos pais nas paredes. E então aquela culpa familiar se acomoda no meu estômago.

Eu deveria contar a ele.

— Tá bom, pra onde você quer ir?

— Eu… eu não sei.

— Meus pais não estão em casa, só vão chegar mais tarde. A gente pode ir pra lá.

Em qualquer outro dia, a ideia teria me deixado aterrorizade. Mas em vez disso eu concordo, sabendo que, agora, a casa de Nathan Allan é o único lugar para qual posso ir.

Capítulo 14

— **Posso te mostrar uma coisa?** — pergunta Nathan.

Estamos em seu quintal, jogando uma bolinha para Ryder. Ele fica alternando entre nós, levando a bola de volta para Nathan, então trazendo-a para mim.

É simples. Fácil. Exatamente o que preciso agora.

— Com certeza. — Arremesso a bola de novo.

Nathan não espera por Ryder. Ele volta para dentro atravessando as portas de vidro, deixando-as completamente abertas para que eu o siga. Nós subimos para o quarto dele. Está mais limpo dessa vez. A maioria das roupas foi guardada, mas ainda há pilhas de livros por toda parte, como se ele não soubesse o que fazer com todos eles.

Espero que ele se jogue na cama, mas Nathan não faz isso. Em vez disso, ele anda até a janela, abrindo-a só o suficiente para passar por ela.

— Pela janela? — pergunto.

— Sim. — Ele sorri para mim antes de desaparecer na noite. — Eu disse que tinha uma coisa pra te mostrar.

— E está no telhado?

— Tecnicamente. — A voz dele alcança o quarto. — O telhado tem a melhor visão.

Estico a cabeça para fora, incerte de como fazer isso. Tento imitar os movimentos dele, botando um pé para fora primeiro e então me apoiando para botar o outro. Mas essa calça está tão apertada que fico com medo de ter rasgado-a na virilha por um segundo. E quando finalmente estou do lado de fora, dou um passo em falso e meu pé acaba pendurado na janela. Merda, é assim que vai acabar, não é? Caindo de cara, a nove metros de altura no quintal de Nathan. Que jeito de morrer, hein.

— Calma aí, campeão. — Nathan me segura pela mão, me puxando para perto. — Por favor, não caia do meu telhado. Isso seria muito complicado de explicar para meus pais.

— Não é como se eu tivesse planejado isso. — Meu coração precisa de um segundo para se acostumar com tudo que está acontecendo ao meu redor, e então percebo o *quanto* estamos próximos. — Tá bom, acho que já vi o suficiente. — Fecho os olhos. — Podemos voltar pra dentro agora?

— Não mesmo. — Ele me equilibra. — Você está bem?

Tento me acostumar a ficar em pé sobre uma superfície inclinada enquanto ignoro a morte certa abaixo de mim.

— Talvez seja o álcool.

— Que isso, você bebeu um shot há, tipo, uma hora. Você não está bêbado.

Sinto as mãos dele se afastarem antes de uma delas encostar na minha, os longos dedos se envolvendo como se pertencessem ali. Olho para baixo e então de volta para ele.

— O que você…

— Por aqui.

Ele me guia até o ponto entre duas das janelas que se destacam no telhado. Por sorte, essa parte é bem plana, então não é difícil de se orientar, mesmo no escuro. Nathan se senta como se tivesse feito isso centenas de vezes antes, e não duvido que tenha. Ele abre as pernas e descansa a cabeça na parte em que o ângulo mais íngreme do telhado termina.

— Vem. — Ele dá um tapinha no espaço vazio ao seu lado.

Faço o que ele diz, com cuidado para ver onde estou pisando. Duvido que Nathan consiga reagir a tempo para me salvar de novo.

— Era isso que você queria me mostrar?

— Você me mostrou seu lugar de calmaria.

— Meu lugar de calmaria? — Me recosto do mesmo jeito que ele, com as costas de encontro ao telhado, mas encolho as pernas.

— O pátio.

— Ah, aquilo não é realmente… — Quer dizer, acho que é, mesmo que nem sempre eu esteja sozinhe quando estou lá.

— Esse é o meu — diz ele. — Quando tudo fica barulhento demais ou me sobrecarrega, é pra cá que eu venho.

Ele levanta a cabeça e olha para o céu. A poluição luminosa dos arranha-céus vizinhos esconde boa parte das estrelas, mas as que conseguem se sobressair são tão brilhantes que não nos importamos.

— É legal — falo, me ajeitando para que uma telha pare de me cutucar nas costas.

— Minha mãe quase teve um treco quando me viu aqui em cima pela primeira vez.

— Você tem que admitir que o pátio é muito mais seguro.

— Não há argumentos. — Ele dobra os braços e os apoia atrás da cabeça. — Sinto muito por hoje à noite.

DESEJO A VOCÊ AS COISAS MAIS BELAS **195**

— Está tudo bem, não foi culpa sua.

— Achei que seria divertido.

Dou de ombros.

— Você quer falar sobre isso?

Na verdade não, mas o que mais há para discutir?

— Minha psiquiatra disse que tenho ataques de pânico. Eu... — Aqui vamos nós, a verdade. Tento pensar em uma mentira. Algum trauma de infância que seja a causa, mas não quero mentir para Nathan, não sobre isso, pelo menos. — Meus pais me expulsaram de casa...

Parece a noite em que me assumi para meus pais. Quando a verdade estava na ponta da língua há dias, até mesmo semanas, só esperando sair até eu ficar morrendo de preocupação por causa disso. E eu sabia que precisava falar. Porque tudo deveria ficar bem.

Nós ficamos sentades ali. Sei que não deveria ter contado a ele, mas acho que parte de mim está cansada de mentir para Nathan. Pelo menos sobre isso. Parece que o tempo para por um segundo, como se eu estivesse congelade nesse lugar para sempre, incapaz de escapar. Silenciosamente imploro para que Nathan diga alguma coisa, qualquer coisa. Só quebre esse silêncio, por favor.

— Ah — diz ele por fim, depois do que parece ser um século. — Mas que merda.

— É. — Dentre tudo que eu esperava, isso não estava na lista.

— Isso é terrível.

Observo o pomo de Adão dele se mexer, o peito subir e descer.

Respiro fundo.

— Moro com minha irmã agora. Ela é casada com Thomas, o sr. Waller. Ele me ajudou a entrar na Wake.

— O que aconteceu?

— Fiz uma coisa que não deveria ter feito, cometi um grande erro. — E paguei o preço por isso.

— Grande o suficiente para ser expulso de casa?

— Aparentemente, sim.

— Você ainda os ama? — pergunta Nathan. — Seus pais?

A pergunta na verdade me pega desprevenide.

— Eu... Eu não sei — respondo.

Não sei. Não sei mesmo. Queria que a resposta fosse fácil, mas não é. Como é possível não amar seus pais? Mesmo depois de tudo que eles fizeram, tenho um problema em dizer isso em voz alta. Talvez eu não os ame, talvez eles não mereçam mais esse amor.

Acho que os amo.

E acho que os odeio também.

Uma coisa que eu sei é que sinto falta deles. Não sei por quê, mas sinto.

Odeio sentir isso.

Nathan dá um pequeno aceno de cabeça e solta um longo suspiro.

Posso ouvir ele se mexer, observo a mão deslizar de trás da cabeça e abaixar rapidamente até se apoiar sobre a minha, e nossos dedos se entrelaçarem. Não tento resistir, porque, pelo menos uma vez, outra pessoa me tocando desse jeito não me deixa com o estômago embrulhado.

— Ninguém deveria passar por isso — diz ele, como se fosse uma reflexão tardia, mas, na verdade, só o fato de ele estar aqui é o suficiente nesse momento.

— Podemos falar sobre outra coisa? — pergunto. — Por favor.

— Qualquer coisa?

Apenas assinto.

— Tenho uma redação de Inglês pra começar.

— Nós não deveríamos estar de férias?

Isso o faz rir.

— Fique feliz por você nunca ter pegado o Cooper. Mas pode ir se preparando.

— Qual é o tema?

— As Bruxas de Salém.

— Bruxas, apedrejamento e afogamento. Que divertido.

— O sr. Cooper está deixando a gente escolher nossos próprios tópicos, e eu não tinha nada em mente. Pelo menos o prazo é só para depois das férias.

— Tão procrastinador — provoco.

— Seria mais fácil se ao menos estivesse subentendido que tem gays no meio.

Solto uma risada nasalada que faz parecer que estou zombando dele.

— Acho melhor nem perguntar.

— No nono ano, nós lemos um livro sobre uma gangue de garotos e dois deles estavam obviamente apaixonados um pelo outro, mas meu professor recusou minha ideia para uma redação sobre o relacionamento deles.

— Sempre sufocando a criatividade.

Dois garotos, hein? Bem, pelo menos ele se sente confortável com meninos *queer*.

— Não dá pra falar em "subentendido" sem "sub" de "sub*meter*" nem *entendido*. — Ele está rindo tanto que mal consegue dizer as palavras, e isso me faz rir.

Depois de alguns segundos, estamos com dificuldade para recobrar o fôlego. Enquanto isso, nossas mãos nunca se desenlaçam.

— Você sabe alguma coisa de astronomia? — pergunta ele quando ficamos totalmente em silêncio.

— Não muito. Por quê? Ah, me diz que você é um completo nerd de astronomia, por favor.

— Vamos ver. — Nathan aponta em direção ao céu e começa a desenhar uma linha invisível. — Está vendo aquilo ali? É Orion. E se você seguir o cinturão ali, ele vai te levar até Leão.

Eu me esforço para seguir o padrão, mas é quase impossível com toda a poluição luminosa.

— E aquela é Sirius. — Ele contorna alguma outra coisa que não consigo distinguir.

— Como você consegue diferenciar? — pergunto.

— Tenho um método secreto.

— E qual é?

Ele se aproxima e sussurra:

— Estou inventando tudo isso.

— Seu babaca.

Quero dar um empurrão nele, mas isso exigiria que eu soltasse a mão que ele está segurando no momento, e não há a menor chance de eu interromper o toque. Não agora.

— Acho que não consigo nem encontrar aquela tal de Estrela do Norte que todos falam — diz Nathan conforme nos acomodamos de novo. — Meu pai tentou me ensinar, mas a essa altura estou plenamente convencido de que isso é uma conspiração.

— É, me falaram isso no terceiro ano. Mantenha a Estrela do Norte em segredo total do Nathan Allan. É pra ficar

DESEJO A VOCÊ AS COISAS MAIS BELAS **199**

de boca fechada, sabe? — Não consigo me impedir de dar uma risadinha.

— Bem, mistério resolvido. Isso significa que finalmente posso seguir em frente. — Ele solta um longo suspiro e então olha para mim.

O silêncio nos rodeia mais uma vez, mas definitivamente não é do tipo ruim. Não sei como descrever, mas a sensação é confortável. Como se não tivéssemos que dizer nada agora.

Somos o suficiente ume para outre. Pelo menos nesse instante.

— Valeu. — Deslizo o polegar sobre a pele da mão dele. Quase posso sentir seu coração bater agora, acelerado. Ele realmente está nervoso? Isso não parece nada característico do Nathan. — Valeu mesmo por isso tudo — digo. — Por compartilhar isso comigo.

Ele abre a boca, mostrando aquele sorriso.

— Sem problema.

Acordo cedo na manhã seguinte, óbvio. Não consigo dormir até mais tarde nem durante as férias de primavera. Dormir tem sido mais fácil, mas a dra. Taylor disse que poderia levar algumas semanas para vermos se a medicação está funcionando, então talvez eu só tenha me enganado pensando que o problema estava desaparecendo.

Mas, na noite passada, não pareceu que foi a ansiedade que estava me mantendo acordade. Nathan e eu ficamos sentades no telhado dele pelo que pareceram décadas, até o celular dele começar a tocar, sua mãe avisando-o que estavam a caminho de casa.

Ele ofereceu me apresentar a eles, mas recusei. Não sei, há alguma coisa sobre conhecer os pais dele, o modo como eles provavelmente olhariam para mim como ume complete estranhe que esteve sozinhe em casa com o filho deles por sabe-se lá quanto tempo. Também já estive na casa deles duas vezes sem que eles soubessem, então sei que terei que conhecê-los em breve. Talvez um dia eu consiga reunir coragem.

Ainda está bem frio lá fora, mesmo sendo quase abril, então visto um moletom com capuz e calça de moletom, e me sento na área fechada da varanda de Hannah e Thomas, as janelas de tela deixando passar ar frio o suficiente.

Meus dedos contornam a palma, no exato lugar em que Nathan segurou minha mão. Aquele momento no telhado... É como se ele soubesse — o que, exatamente, não faço ideia. Nem sei o que isso significa, se é que deveria significar alguma coisa. Ele só estava me fazendo companhia? Sou mais do que ume amigue? Ele pensa em mim dessa maneira, ou ele é apenas afetivo e carinhoso demais? Ou será que estou pensando demais nisso?

Tenho a sensação de que a última opção provavelmente é a resposta correta.

Mas também sei que gostei muito do que rolou, e que pode não ser uma coisa ruim se isso acontecer de novo.

Não, as coisas com o Nathan ficariam muito complicadas. Se não posso nem me assumir para ele, como posso esperar que ele seja meu namorado? Tem muita coisa acontecendo agora, muito a resolver. Além disso, vamos nos formar daqui a dois meses, e ele provavelmente vai para a faculdade, enquanto vou ficar aqui, morando com Hannah, até um dia encontrar um emprego em tempo integral e tentar guardar dinheiro

DESEJO A VOCÊ AS COISAS MAIS BELAS **201**

o suficiente para um apartamento próprio. Sem nunca sair desse estado ou, céus, sem nunca sair de Raleigh.

Mas posso sonhar, não é?

Recolho minha mão quando ouço a porta deslizar e se abrir.

— Você acordou cedo — diz Hannah, sentando-se diante de mim.

— Não consegui dormir.

Percorro os dedos sobre a palma vazia de novo. Há um cachorro latindo ao longe. Me pergunto se é o Ryder.

— E aí, como foi sua noite? — pergunta ela, uma xícara de café em mãos.

— Legal. — Coço a nuca. Não posso contar a verdade a ela, mas essa é uma mentira fácil.

— Você chegou tarde. Não se acabou muito na festa, né?

— Tomei uma bebida e alguma coisa muito nojenta.

— É, você se acostuma.

Considerei a noite inteira se devia contar a ela sobre o ataque de pânico, mas, no fim das contas, sei que isso só vai causar mais preocupação. Isso é algo para contar à dra. Taylor, não Hannah.

— Acho que a vida de festeiro não é pra mim — digo, tentando fazer uma piada.

Hannah solta uma risadinha cansada, encarando as árvores que separam o quintal dela do barulho da cidade próxima.

Gostaria de poder dizer que ela não mudou nos dez anos em que estivemos separades. Continua sendo um pouco mandona sem querer, e continua sendo cabeça dura. Ela é essas coisas, mas, além disso, não sei muito sobre ela. A diferença de idade significa que não fomos verdadeiramente parte da vida ume de outre. Quer dizer, que adolescente quer passar tempo com sue irmane criança? Ela tinha a própria vida, os próprios amigos, os próprios hobbies. Ela passava fins de semana fora de casa e noites trancada no quarto.

Sou acometide pelo pensamento de que, por mais que ela tenha salvado minha vida, eu não conheço de verdade minha própria irmã.

— E aí, quais são seus planos pra hoje? — pergunta ela por fim.

— Nada. — Dou de ombros. Acho que tenho uma semana inteira pela frente. Uma semana sem a sala de arte, meu retrato de Nathan abandonado. Uma semana sem Sophie ou Meleika. — E você?

— Thomas finalmente está colocando o sono em dia. Mas preciso ir ao mercado. Quer vir comigo? É bem do lado de um shopping. Talvez possamos encontrar algumas roupas novas pra você enquanto estivermos fora.

— Podemos — concordo.

Talvez essa seja a chance pela qual estávamos esperando. Estamos mais velhes e, sem nossos pais por perto, pode ser mais fácil. Além disso, prefiro não ter que pegar roupas do guarda-roupa dela na próxima vez que tiver que sair. Não que eu esteja planejando ir a outra festa, mas nunca se sabe quando se pode precisar de algo mais ou menos decente.

— Quer tomar café da manhã? Estou faminta — diz ela depois de um minuto inteiro de silêncio na varanda.

— Não estou com fome.

— Tá bom.

Ela se levanta e volta para dentro. Espero até ouvir o clique da porta antes de pegar meu celular. Passei quase uma semana sem falar com Mariam. Não ignorando totalmente, mas as conversas têm sido mais unilaterais. Só não estava sentindo muita vontade de conversar.

DESEJO A VOCÊ AS COISAS MAIS BELAS **203**

Eu: Bom dia!

Mando mensagem, torcendo para que elu esteja acordade. Só leva alguns segundos para elu responder. Mariam deve estar trabalhando em alguma coisa para estar de pé tão cedo.

Mariam: Olá! Como você está?
Eu: Bem. Você acordou cedo...
Mariam: Reuniões, planejamento, edição, artigos pra escrever...
Mariam: Tô só o bagaço, Benji.
Eu: Eita...
Mariam: E você? Alguma novidade???
Eu: Nada de mais. A escola tá acabando comigo, e estou lidando com mais algumas coisas.

Não é uma boa desculpa, mas com sorte elu vai entender meu silêncio.

Mariam: Boa! Estou sempre disposte para uma crise existencial.
Eu: Sempre uma diversão.
Mariam: E aí, qual é a boa de hoje?
Eu: Hannah quer sair, passar no mercado, ver umas roupas.
Mariam: Legal, legal!

Esfrego o rosto enquanto considero os prós e contras de contar para Mariam sobre ontem à noite, minhas mãos coçando os pelos da barba por fazer que estão despontando no meu maxilar. Afasto minha mão rapidamente e tento me esquecer disso, mas sei que não me sentirei bem até raspar tudo, o que provavelmente não conseguirei fazer até essa noite.

Algumas das mensagens de fóruns on-line que li falavam como o crescimento de pelos no rosto contribui para a dismorfia corporal ou de gênero. Então isso foi interessante de aprender. Não me lembro exatamente quando descobri que isso me deixava desconfortável. Foi só uma dessas coisas graduais, como meus cabelos ou meu nariz.

> **Mariam:** Ahhh! Quase me esqueci! Você ainda não conheceu a nova garota!
> **Eu:** Nova garota?

Mariam me envia uma selfie delu com uma garota em um café ou restaurante ou algum lugar do tipo. São duas pessoas muito bonitas, Mariam como sempre, com o batom de um tom escuro de roxo combinando com o hijab. A garota está beijando Mariam na bochecha, os cabelos tingidos de um roxo parecido, uma sombra escura nos olhos. Ela parece meio bruxa, e eu amei isso.

> **Eu:** Ela é tão bonita!!!
> **Mariam:** MDDC, ela é incrível. O nome dela é Shauna. A gente saiu, tipo, todo dia essa semana. Fomos ao cinema na noite passada e ela segurou minha mão o tempo inteiro e foi PERFEITO! Tipo, acho que morri e estou no céu agora, sério.
> **Eu:** Parece ótimo!

Encaro as mensagens delu enquanto tento imaginar Mariam caminhando pela rua, podendo andar de mãos da-

DESEJO A VOCÊ AS COISAS MAIS BELAS **205**

das com sua nova namorada. Não sei muito sobre os pais de Mariam, mas eles nunca tiveram nenhum problema com elu ser não binárie ou pansexual, então Mariam nunca teve que se preocupar em esconder dos pais sua sexualidade ou como elu se identifica.

Espero que Mariam saiba o quanto tem sorte. É óbvio que elu também teve mais do que sua cota de problemas. Quando sua família morava no Bahrain, as coisas não eram perfeitas. A família de Mariam é xiita, não sunita, o que dificultou as coisas para elus.

Mas depois que elus se mudaram para os Estados Unidos, as coisas só pioraram. Mariam me contou várias vezes sobre as pessoas arrancarem o hijab delu ou da mãe delu em público ou andando na frente delus enquanto rezavam. E a Califórnia não é uma parada do orgulho 24 horas por dia. Mariam me disse uma vez que elu não sai para lugar nenhum sem duas latinhas de spray de pimenta, então não tenho direito de chamar elu de sortude, eu acho.

Além disso, tem toda a questão do YouTube. A seção de comentários pode ficar tenebrosa.

Mariam: Você tá bem???

Encaro a mensagem delu, pensando em como poderia contar para elu.

Eu: Acho que gosto muito de um garoto...

Mas antes de eu apertar em enviar, Hannah desliza a porta de vidro, abrindo-a, e estica a cabeça para fora.

— Ei, vou tomar banho e sair. Você quer vir comigo ou ficar aqui?

Olho para o celular, pressionando o botão de excluir, e observo a mensagem desaparecer antes de olhar de volta para Hannah. O cachorro que pode ser o Ryder ainda está latindo.

— Sim, vou me arrumar.

Capítulo 15

— **Essa vai ficar boa.** — Hannah pega a camisa da arara e a segura na minha frente. — E combina com seus olhos — acrescenta ela.

— É, talvez.

Pego a peça, adicionando à pilha que estou tentando equilibrar nos braços. Até agora, ela me entregou algumas camisas de botão, três calças jeans e um cardigã. Logo vai ficar quente demais para usar suéteres, mas ainda assim é bem bonito. Barato também.

— Quer experimentar essas?

— Sim.

Olho ao redor em busca dos provadores, um evidentemente marcado como "masculino" e o outro como "feminino".

— Sinto muito, maninhe — diz Hannah, percebendo isso pela primeira vez.

— Não importa.

Marcho em direção ao lado "masculino" e escolho uma das cabines vazias. Odeio experimentar roupas. Além de raramente ter provadores de gênero neutro, eu fico tode calorente e suade, e mudar de roupa seis ou sete vezes costuma ficar chato bem rápido.

Encaro as peças que Hannah escolheu. Tem uma que pegamos com a qual estou realmente animade, uma camisa de manga curta e colarinho, com estampa floral vibrante sobre um fundo preto. Sempre amei esse tipo de camisa.

As outras são de cores bem básicas. Vinho, verde-oliva e roxo. Não é que eu não aprecie o que Hannah está fazendo por mim, mas no segundo em que entramos, ela assumiu o comando, andando direto para a seção "masculina" sem pensar duas vezes.

Quer dizer, eu deveria esperar esse tipo de coisa a essa altura. Toda loja faz basicamente a mesma coisa. Seções masculina, feminina e infantil. Mesmo as que têm provadores de gênero neutro não escapam de como as coisas são divididas por gênero.

E é só isso que cabe direito em mim, eu acho, com o formato do meu corpo e tal, mas ainda assim. Às vezes, quando saía com minha mãe, eu a seguia até a seção "feminina" da loja, analisando todas as opções. Os suéteres largos tão legais, as regatas, e os vestidos finos e floridos. Era difícil não sentir inveja, mas eu sabia que não importava para onde fosse, nunca poderia sair vestide da maneira que eu queria.

Garotos não devem usar vestidos. Mesmo que eu não seja um garoto, mesmo que as roupas não devessem ser generificadas. Sempre que alguém olhar para mim, isso é tudo que verão. Suspiro, terminando de abotoar a camisa e dobrando as mangas porque já está ficando quente aqui dentro, as luzes fortes demais penduradas no teto liso. Me viro em frente ao espelho, vendo a etiqueta no meu braço voar de um lado para o outro. Ficou legal. Talvez eu possa guardar essa para ocasiões mais especiais. Não que eu tenha muitas.

Mas quanto mais encaro meu corpo, mais o odeio. São os mesmos sentimentos que tive antes de me perceber uma pessoa não binária. As coisas simplesmente não estão onde deveriam estar e, de uma só vez, sinto que sou maior e menor do que eu mesme. Como se nada se encaixasse.

— Você está bem aí dentro? — pergunta Hannah.

— Sim. — Destranco a porta e saio.

Ela está aguardando em um banco do lado de fora, e abre o maior sorriso quando me vê.

— Nossa, maninhe. Você tá demais!

Não consigo evitar dar um sorriso.

— Você acha?

— Sim.

Não quero experimentar as outras roupas, mas Hannah me obriga.

— Qual é o sentido de comprar as peças se elas não couberem em você?

Não discuto, e quando terminamos, ela caminha até a outra seção da loja e sinto meu estômago revirar. Tem uns suéteres muito bonitos, os que são do tipo *oversized*, e vão até as coxas e engolem as mãos. Eles são finos, mas robustos, então não me deixariam com muito calor.

— Você devia escolher aquele — digo.

— Bonito. — Hannah pega um, observando-o antes de colocá-lo de volta na arara. — Mas acho que não é minha cara.

Gostaria que ela entendesse o que estou dizendo, mas ela nunca foi boa nisso. Talvez eu possa escondê-lo debaixo das minhas roupas, para que Hannah não perceba. Mas não tem como surrupiar isso sem que ela saiba, especialmente se ela está bancando tudo.

— O que você acha? — Ela pega um vestido branco reluzente de bolinhas vermelhas. Eu nunca ficaria bem em uma peça dessas, mas gosto da ideia de poder usar só para saber como seria a sensação do tecido nas minhas pernas.

— É bonito — elogio.

— Parece que você está pensando em alguma coisa — diz ela.

— Hã?

— Como se seu cérebro estivesse ocupado. — Ela ri. — Thomas disse que eu tenho uma expressão dessas também. Talvez seja coisa de família.

— Talvez.

Ela me cutuca de leve.

— Então, está pensando no quê?

— A sra. Liu vai fazer uma exibição de arte na escola — digo, a desculpa vindo fácil. Não chega a ser uma mentira; tenho pensado muito na exibição. Só não acho que Hannah entenderia de verdade como estou me sentindo em relação a todo o resto.

— Ah, ela pediu para você inscrever uma das suas pinturas?

— Sim.

— Você vai inscrever?

Dou de ombros.

— Ainda não sei.

Hannah ri.

— Que isso, sua arte é incrível. Por que você não se inscreveria?

— Não sei. Acho que só estou nervose.

Não sei por quê. É só uma exibição de estudantes. Mas ainda me sinto uma pilha de nervos quando penso em exibir minha arte para tantas pessoas.

Só estou pensando demais. Sei que estou. Inferno, é só uma exibição de *estudantes*. Duvido que apareçam muitas pessoas lá. Mas ainda assim.

— Tenho certeza de que vai ficar tudo bem, Benji. Você devia inscrever alguma coisa. — Hannah observa o vestido novamente antes de colocá-lo de volta na arara, e tudo que quero fazer é estender a mão e agarrá-lo. Ela se aproxima das pilhas de calças jeans em seguida. — Então, você está animade por não estar na escola? Deve ser legal poder relaxar por uns dias.

— Aham.

Ela pega uma calça jeans preta na base da pilha, confere o tamanho e então mostra para mim em busca de aprovação. Faço que sim com a cabeça, e ela joga a peça nos meus braços.

— É, talvez.

— Você gosta da dra. Taylor, né? — A pergunta me pega desprevenide.

— Ela é legal. — Parece um questionamento esquisito já que tenho visto a dra. Taylor há quase três meses. — Por quê?

— Só estou pensando nisso mesmo. Eu estava falando com uma amiga, a que me passou a indicação. Ela disse que às vezes pode ser difícil encontrar um psiquiatra em quem confiar, especialmente na primeira tentativa. A dra. Taylor foi a quarta opção dela.

— Não sabia que dava pra mudar assim.

Hannah me olha.

— Você quer mudar?

— Não, não. Ela é ótima.

Além disso, acho que não aguentaria lidar com um novo médico. Começar de novo, me assumir mais uma vez, falar sobre meus pais, e Hannah, e coisas que já desabafei para o mundo. Mesmo que esse mundo consista em apenas duas pessoas.

— E a medicação? — pergunta ela.

Dou de ombros.

— Acho que está funcionando. Mas não tenho certeza.

— Você já pensou melhor sobre aquele grupo de apoio?

Eu congelo.

— Como você sabe disso?

— Tinha um panfleto na sua cômoda. Juro que não estava bisbilhotando, só guardando algumas roupas e... bem...

— Ah. Na verdade, não.

Por favor, me diz que ela não estava revirando minhas coisas. Que ela só estava guardando as meias ou camisas que ela havia lavado, e só abriu a gaveta por engano.

— Posso te fazer uma pergunta? — Ela deixa de lado a calça jeans que estava vendo.

— Pensei que era isso que você estava fazendo. — Tento rir, mas posso sentir meu rosto esquentando.

— Ah, ha-ha. — Ela ri sarcasticamente. — Mas falando sério, tipo, por que você não quer ir? Você não acha que isso ajudaria?

— Não sei.

— Você já olhou o site deles ou algo assim?

— Não. — Olho ao redor, estamos basicamente sozinhes nessa seção da loja. — Só não quero me assumir para um monte de gente desconhecida.

Isso é parte da questão, mas também é um grupo local, e acho que eu não aguentaria entrar lá e ver alguém da escola.

— Que tal ir só uma vez? O panfleto diz que não precisa se assumir nem nada. Você não precisa falar o motivo de estar lá.

— Só não quero ir.

Mesmo que eu não faça a coisa toda de me assumir de novo, vai ter uma sala cheia de pessoas me encarando, se perguntando por que estou ali. E será que tenho mesmo o direito de comparecer às reuniões privadas deles se não vou compartilhar nada?

— Eu só acho que pode ajudar.

— Bem, eu acho que não. Podemos esquecer isso, por favor?

— Tá bom — diz ela na defensiva, e sinto um aperto no coração. Hannah se parece tanto com nosso pai agora. — Você acha que vai se assumir para qualquer outra pessoa algum dia?

— Como assim?

— Tipo, você só se assumiu para quem? Eu, Thomas, a dra. Taylor, nossa mãe e nosso pai. Você acha que vai se assumir para alguma outra pessoa algum dia?

— Por que isso importa?

Não quero ficar com raiva, mas também não gosto do modo como Hannah está perguntando isso. Por que isso é tão importante para ela?

— Foi só uma pergunta — responde ela.

— Bem, isso é uma decisão minha, ok?

— Ben. — Hannah suspira. — Escuta, me desculpa, não tive a intenção… Isso não foi legal da minha parte.

Dou um suspiro. Ótimo.

— Tudo bem. — Abaixo a cabeça e finjo olhar alguns suéteres.

— Não, não está tudo bem. — Ela pega as roupas dos meus braços. — Você quer sair daqui?

Como se não houvesse amanhã.

— Só se você estiver pronta.

— Estou, sim. Você se importa se a gente passar no mercado?

— Sem problemas. — Sigo Hannah até a fila do caixa.

— Então, quando vou conhecer esse rapaz, o Nathan?

— O quê?

Meu Deus, acabe com essas conversas, por favor.

— Ele foi te buscar na noite passada, né?

— Somos apenas amigues.

— Bem, não sugeri outra coisa. — Hannah me dá um sorriso malicioso. Droga. — Mas se você diz…

— Eu digo sim — protesto, mesmo que parte de mim queira perguntar a ela o que fazer em relação ao Nathan. Como me livrar de seja lá o que sejam esses sentimentos, ou como eu possa fazer ele, possivelmente, gostar de mim? Porque pensar nisso é aterrorizante.

Não.

Preciso me distrair, pois *não posso* lidar com isso agora. Encaro as besteiras que decoram as prateleiras ao longo da fila do caixa. Garrafas de água, brilho labial, produtos "como os da TV", e outras coisas que ninguém realmente precisa ou quer até perceber que não tem aquilo.

Meus olhos pousam em um mostrador de esmaltes, todos naqueles adoráveis tons de cores pastel. Não consigo evitar lembrar das unhas de Sophie e Meleika, sempre perfeitas. E das centenas de designs que vi na internet, os infinitos tutoriais a que assisti.

É algo que sempre quis fazer. Mais uma coisa para adicionar à lista de "Eu Nunca Serei Capaz de Sair em Público Desse Jeito". Me pergunto o que Hannah diria se eu só pe-

DESEJO A VOCÊ AS COISAS MAIS BELAS **215**

gasse um esmalte e comprasse. Ela provavelmente ficaria mais interessada em saber onde consegui o dinheiro para comprar em primeiro lugar.

Será que ela brigaria comigo por isso? Ou me diria para tirar antes das aulas voltarem? Como se eu já não soubesse disso. Mas se pelo menos eu as fizesse hoje à noite, isso me daria alguns dias, certo? Não posso usar as roupas que quero usar, ou as que acho bonitas, mas eu não deveria pelo menos ser capaz de pintar a droga das minhas próprias unhas?

— Ah, eles são fofos — diz Hannah. Ela deve ter percebido que eu estava olhando.

— Hã? — Saio do meu transe. — Ah, sim, são legais.

— Quer experimentar um? — pergunta Hannah.

— Hã?

— Você ficou encarando os esmaltes por, tipo, cinco minutos. Quer escolher uma cor?

— Eu, hum…

Então ela dá uma risadinha.

— Vá em frente, eles custam só cinco dólares.

Minha expressão foi tão óbvia assim?

— Não, eu… — Perco a linha de pensamento olhando para todos eles de novo.

— Escuta, se você não escolher um, eu vou escolher, e vou te amarrar enquanto pinto suas unhas. — A mulher a nossa frente nos dirige um olhar por cima do ombro. Dou a ela o que provavelmente é meu sorriso mais sem jeito até que ela se vira para a frente. — Anda, escolhe uma cor.

Pego o rosa-claro e giro o frasco na minha mão. Parece barato, definitivamente não é da marca mais cara que a maioria das pessoas escolheria, mas gosto mais desse.

— Sério? Rosa? O azul combinaria melhor com seus olhos.

Estou sorrindo mesmo sem querer.

— Gosto de rosa.

— Você que sabe, maninhe. Vou ter que te ensinar um pouco sobre como escolher cores.

Hannah não perde um segundo quando chegamos em casa. Ela me entrega as sacolas, pegando o esmalte, e vai direto para o pequeno banheiro do corredor para buscar uma toalha, deixando Thomas trazer todo o resto do carro.

— O que estamos fazendo? — Ele perambula meio perdido e sonolento.

— Vou pintar as unhas de Ben — explica ela, então aponta para mim. — Sala de estar, cinco minutos.

— Hum, tá bom. — Subo as escadas e largo as sacolas na cama.

Na sala de estar, Hannah já está me esperando, é óbvio, sentada no chão à frente da mesinha de centro. Ela pegou mais algumas coisas, como uma longa lixa de unha, um frasco grande de um líquido transparente e dois frascos menores que imagino serem a base e a camada de cima.

— Senta. — Ela aponta para o outro lado da mesinha de centro. — E me dá suas mãos.

Eu me ajoelho no carpete e estendo as mãos.

— O que você vai fazer?

— Queride maninhe, vou lixar essas suas garras. — Ela gesticula para meus dedos, o que parece um exagero, mas não discuto. Elas não são *tão* longas assim. — E então vou te ajudar a pintá-las.

— Não deve ser tão difícil assim.

Hannah ri.

DESEJO A VOCÊ AS COISAS MAIS BELAS **217**

— Tá bom, vou só ficar sentada e assistir. Tenho certeza de que vai dar tudo certo. — Ela segura minha mão direita primeiro. — Abra os dedos.

— Ok.

Hannah só revira os olhos e começa a lixar.

— Então, você quer conversar sobre o quê? Garotos bonitos? Você gosta de homens?

Bem... foi divertido enquanto durou.

— Juro por Deus, Hannah...

— Só estou brincando. — Então ela espera um instante, talvez decidindo se a unha no meu dedo indicador está ou não uniforme. — Mas também falando sério. Você gosta do que, afinal? Você gosta de alguém?

— Bem, eu gosto de pessoas.

— Pessoas? Tipo, quais pessoas?

— Pessoas, só pessoas.

— Tipo garotos, garotas, outras pessoas não binárias?

— Aí fica um pouco complicado.

— Sério? — Ela assopra um pouco da poeira, o que não parece muito higiênico. Quer dizer, é a minha unha que está basicamente sendo lixada até virar pó. Nojento.

— Bem, eu não sou, tipo, ume líder da associação não binária nem nada.

Hannah bufa.

— Bem, eu sei disso.

— Não somos nem um comitê. Tá mais pra uma seita. — Rio da minha própria piada.

— É pra lá que você vai toda noite?

— Você me pegou.

Nós rimos e eu me percebo sorrindo, mas então Hannah abre a boca de novo.

— Mas, tipo, sério, não pode ser tão complicado assim. Pode? — Ela assopra de novo, averiguando seu trabalho manual antes de decidir começar com minha outra mão.

— Bem... Sim, mais ou menos.

— Por quê?

Não sei dizer quantas vezes já tive essa conversa comigo mesme, tentando destrinchar tudo na minha cabeça, para nunca chegar a uma conclusão de verdade.

— Porque, ok, então... — Respiro fundo. — Por um tempo eu achei que fosse gay. — Olhava outros caras e me sentia muito atraíde pela maioria deles. Mas eu ainda sentia que faltava alguma coisa. Algo em mim.

Tipo, por quem você se atrai e quem você é como pessoa são duas coisas totalmente diferentes. É difícil explicar como é não se sentir confiante em seu próprio corpo. É como se tivesse alguma coisa errada, mas só você parece saber como e por que se sente assim.

— Mas isso ainda não parecia ser a resposta — continuo. Porque não era. E não foi até eu encontrar os vídeos de Mariam, que foi quando realmente senti que havia encontrado alguém que entendia o que estava acontecendo.

— Mas e a questão da sexualidade? — pergunta Hannah.

— Honestamente, ainda estou no processo de compreender isso.

Porque ainda me atraio por pessoas com uma expressão de gênero mais masculina, mas a não binariedade não é uma coisa que se pode identificar imediatamente, então o garoto na cafeteria que eu acho bonito na verdade pode ser não binário. Mas ainda me atraio por ele. E, além disso, não tenho exatamente um gênero, e ser gay implica se interessar pelo mesmo gênero.

Como eu disse, é complicado.

DESEJO A VOCÊ AS COISAS MAIS BELAS **219**

— Então você não é mais gay?

— Essa é a pergunta de um milhão de dólares.

Penso em mim mesme como bissexual. Sou interessade por homens e pessoas com expressão de gênero mais masculina. Mas então há pessoas que insistem que a bissexualidade se refere apenas a dois gêneros, e que esses dois gêneros têm que ser homens e mulheres. Já escutei esse argumento muitas vezes, então aprendi a só ficar na minha.

— Para simplificar, apenas digo que sou *queer*, que tenho um tipo.

E definitivamente é muito mais fácil do que explicar que sou bissexual. E há menos *gatekeeping*, ou policiamento, envolvido também.

— E que tipo seria esse?

— Pessoas gostosas? — devolvo, sabendo onde ela está querendo chegar.

— Não acredito que você seja tão superficial assim — provoca ela.

— Cala a boca.

— Você já pensou que "hétero" e "gay" vão se tornar termos obsoletos um dia?

Tento conter uma risada.

— O objetivo de toda pessoa *queer* é o extermínio das pessoas cis, hétero e alossexuais.

— Então *essa* é agenda gay? — Hannah ri. — Mas, sério, com todas essas coisas evoluindo, sexualidades e identidades, a binariedade sendo desafiada cada vez mais, você não sente que rótulos são meio inúteis?

— Na verdade, não. Rótulos podem ajudar as pessoas a encontrarem um terreno em comum, podem ajudá-las a se conectarem, com elas mesmas e com outras pessoas.

— Você sabe muito sobre essas coisas.

— É a internet. — E Mariam.

— Não acredite em tudo que você lê. Mas, falando sério, você é ume jovem inteligente, Benji. — Ela me dá um sorriso suave. — Tá bom, pronto. Agora, porque você acredita ser ume grande mestre da arte — ela desliza o frasco na mesinha de madeira —, você pode tentar primeiro. Por conta própria.

— Você confia em mim? — Giro a tampa e retiro o excesso antes de começar.

— Vamos falar menos e agir mais. — Hannah está com um sorriso largo.

— Então, posso te perguntar uma coisa? É meio pessoal.

— Manda ver. Já me intrometi demais para um dia só.

— O que aconteceu depois que você saiu de casa? — pergunto.

A mão esquerda é fácil e surpreendentemente relaxante. Não sei quanto exatamente eu deveria estar aplicando em cada unha, mas Hannah ainda não me parou, então acho que é o suficiente.

— Me inscrevi em alguns processos seletivos para bolsas de estudo sem nunca contar isso aos nossos pais. Não a bolsa integral, mas o suficiente para me ajudar. Me mudei para o dormitório e me matei de trabalhar para juntar o suficiente para o resto do curso. Fiz o básico e consegui um diploma de negócios, mas é útil.

— Foi lá que você conheceu o Thomas? — Mudo de um dedo para o outro lentamente.

— Nós não começamos a namorar até uns dois anos depois de formados, mas na verdade nos conhecemos no segundo ano de faculdade, o que é meio esquisito porque nós dois estávamos namorando pessoas diferentes.

DESEJO A VOCÊ AS COISAS MAIS BELAS   **221**

— Sério?

— Escutei meu nome? — Thomas bisbilhota do canto, ainda de pijamas. Não posso culpar o coitado.

— Só estou contado a Benji como nos conhecemos.

—Ah, você contou a elu sobre a lagosta...

Hannah estende a mão para o sofá, pega uma das almofadas e a arremessa em Thomas com força.

— Thomas David Waller! — grita Hannah.

Thomas se abaixa atrás da parede bem na hora, as risadinhas dele ecoando pelo corredor.

Estou rindo tanto que preciso deixar o aplicador de esmalte de lado.

— O que foi isso?

Ela bufa, endireitando a blusa.

— Nós não falamos de lagosta nessa casa.

— Tá bom — digo, ainda rindo. — Então, vocês começaram a namorar depois da faculdade? — Quase não consigo terminar a pergunta.

— Sim. Ele acabou voltando para onde morava antes. Nós mantivemos contato, e um dia ele me diz que está se mudando pra cá pois iria trabalhar como professor, então nós passamos cada vez mais tempo juntos e, bem... — Ela dá de ombros. — Isso meio que só aconteceu.

— Uhum. — Olho minha mão.

— Tá bom, agora eu *preciso* ver você tentar a mão direita.

Ela se inclina para a frente ansiosamente, sobre os cotovelos, e percebo meu erro no segundo em que seguro o aplicador. Pareço tão desajeitade. Foi assim que segurei da outra vez? Parece tão não natural. Tento a unha do polegar primeiro, por ser a maior, mas de algum jeito consigo borrar quase instantaneamente.

— Tá, aqui. — Limpo a camada antes que seque e entrego o aplicador para Hannah.

— Eu te falei — diz ela quase cantarolando.

Eu devia só ter entregue a ela em primeiro lugar. Ela é tão metódica no modo como faz isso, as mãos mais firmes do que eu jamais poderia ter sonhado. Ela leva apenas segundos para cobrir as unhas.

— Ok. Hora de pintar. Sua outra mão deve estar seca o suficiente. — Ela abre o frasco de esmalte e começa a aplicá-lo.

— Você acha que a faculdade valeu a pena? — pergunto.

— Bem… — Ela dá de ombros. — É muita dívida, mas gosto do meu trabalho.

Então me dou conta de que nem sei a profissão da minha irmã. Quatro meses morando aqui e não tenho a menor ideia do que ela faz o dia inteiro.

— O que você faz?

Isso provoca uma risada.

— Sou corretora de imóveis. É muita papelada, mas é mais divertido do que dá pra imaginar. — Ela começa em outro dedo. — Por que você está perguntando sobre a faculdade?

— Só estive pensando nisso — respondo. — Não sei se é mesmo pra mim.

— Conheço esse sentimento. No primeiro ano, meio que tive que me perguntar se tudo valia a pena. Mas eu sabia que não poderia voltar para aquela casa.

Nem mesmo por mim, aparentemente.

Não quero pensar nisso, mas o pensamento ergue a cabeça como uma espinha feia. Tenho que me impedir de dizer alguma coisa da qual sei que vou me arrepender, e posso sentir que estou ficando tense. De primeira, acho que Hannah não percebe, mas então ela afasta o aplicador.

DESEJO A VOCÊ AS COISAS MAIS BELAS **223**

— Você está bem, maninhe?

— Sim. — Assinto. — Só estou pensando.

Acho que Hannah acredita em mim, porque ela mergulha o pincel no esmalte de novo e volta ao que estava fazendo.

— Vou tirar um ano de folga. Depois da formatura — digo, tentando me afastar de tudo que tem a ver com a casa de nossos pais. Já faz algum tempo que estou pensando nisso, imaginando o que Hannah poderia achar. Ela pode ser como nossos pais e exigir que eu obtenha algum tipo de educação superior. Mas quanto mais penso na ideia de mais quatro anos de estudos, mais odeio. — Talvez eu possa pensar nisso depois.

— Isso provavelmente é uma boa ideia. Anos sabáticos podem ser bons. Você já se inscreveu para alguma universidade?

— Algumas. — Mas não importa no que me inscrevi, aceitações ou rejeições serão enviadas para o endereço de nossos pais.

— Quando você estiver preparade, Thomas e eu podemos ajudar com os empréstimos e a pagar pelas coisas. — Ela mantém o olhar na minha mão, a língua com a pontinha para fora da boca.

— Vocês não precisam fazer isso. A coisa toda de pagar, quer dizer.

— Não tem problema.

— Vou… Vou pagar vocês de volta quando puder. De algum jeito. Por tudo isso.

— Você não precisa fazer isso. — Ela finalmente ergue o olhar. — Só considere isso uma retribuição por todos os aniversários e Natais que eu perdi.

Lá vamos nós de novo. Sinto a culpa subir como bile.

— Hannah.

— Na-na-ni-na-não. — Ela enfia o aplicador na frente da minha cara. — Sem discussão, se preocupe apenas em se formar agora, tá bom?

— Eu…

— Benjamin De Backer. — Ela me olha. — Não me faça te mandar para o quarto.

— Tá bom, tá bom — digo. — Desculpa.

— Você só não precisa se preocupar agora, ok? As coisas estão bem. Thomas e eu ganhamos o bastante e também temos nossa poupança. Você não é um fardo nem nada do tipo. Quero que saiba disso. Tá bom?

Faço que sim e enxugo as mãos nos joelhos, mas então paro. Não sei se isso vai borrar as unhas ou algo assim. Só *realmente* não quero continuar falando disso.

Hannah começa a pintar a última unha, sem prestar atenção em mim.

— E está pronto! — Ela faz um último gesto com o pincel e admira seu trabalho manual. — Nada mal, se é que posso dizer.

Encaro a cor, meus dedos tremendo um pouco.

— Obrigade.

— Por nada. — Então ela faz uma pausa. — Você vai deixar assim pra escola?

Parte de mim quer apenas dizer "foda-se", mas escolas de ensino médio raramente são um dos lugares mais progressistas da Terra, e a ridicularização provavelmente não teria fim.

— Não.

— Ok, quando estiver pronte pra tirar, use isso. — Ela me entrega o removedor de esmalte. — Só use alguns pedaços de algodão e deve sair sem problemas.

— Obrigade.

DESEJO A VOCÊ AS COISAS MAIS BELAS **225**

— Não esquenta, maninhe. — Ela bagunça meus cabelos e pega a toalha. Só fico ali sentade por um tempo, encarando minhas mãos. — Agora vamos passar o top coat. Não quero que todo o meu trabalho seja desperdiçado.

— Então, você acha que sabe qual foi o gatilho? — pergunta a dra. Taylor em sua pose de sempre: pernas cruzadas, a cabeça apoiada na mão e o caderno no colo.

— Não sei ao certo, tinha muito barulho e muita gente. E esse cara, Todd, estava bêbado, falando comigo, e me prendeu num mata-leão por um instante.

— Você costuma ter problemas com as pessoas tocando em você, Ben?

— Não o tempo todo, mas em alguns dias só não consigo suportar. — Lembro de algumas vezes em que familiares que eu não havia visto há dez anos me puxaram para abraços, ou quando completos estranhos tentaram apertar minha mão. Mesmo com meus pais, havia dias em que eles me abraçavam, ou se sentavam próximos a mim no sofá, e eu me sentia mal. — Até com as pessoas com quem tenho intimidade.

— Hummm — murmura a dra. Taylor, ajeitando os óculos.

— A sensação é pior durante os ataques de pânico.

— A aversão ao toque pode ser comum em pessoas que lidam com ataques de pânico ou pessoas que lidam com ansiedade. Na verdade, há pessoas que simplesmente nascem ou se desenvolvem assim, como pessoas assexuais ou arromânticas.

— Ah — murmuro.

Nunca havia pensado em mim como ace ou aro. Quer dizer, sexo não é algo pelo qual eu tenha um desejo intenso, mas pode ser algo para o qual eu esteja aberte. E já tive sentimentos meio românticos por pessoas antes. Acho que *atualmente* também tenho esses sentimentos.

— Você consegue se lembrar de algum outro caso em que alguém te tocando assim fez você ter um ataque de pânico?

— Na real, não. Mas tenho pensado numa coisa. Tipo, talvez não tenha sido o toque. Ele estava com os braços me envolvendo e não me largava. E tinha muitas pessoas.

— Isso foi em uma festa, certo? — Ela escreve alguma coisa.

Assinto.

— Você bebeu alguma coisa?

— Não — minto, porque não tenho certeza do que ela vai ou não relatar para a polícia, ou se ela sequer vai fazer algo do tipo.

— Não vou dedurar você, Ben — diz ela como se tivesse lido minha mente, o que provavelmente seria muito mais fácil do que toda essa conversa. — Deus sabe que eu também já tive dezoito anos.

— Me deram um shot, e um gole de cerveja. Não queria realmente fazer isso, mas todo mundo estava me encarando e senti que precisava beber.

— Imagino que você tenha lido os avisos sobre misturar álcool com sua medicação.

Assinto, sem olhar a dra. Taylor nos olhos, como se isso fosse me ajudar a evitar a vergonha que estou sentindo agora.

— Desculpa.

— Você é jovem, Ben, e entendo o desejo de se encaixar com aqueles ao seu redor. Mas o álcool costuma inibir o pensamento. Você cometeu um erro, só tente ser mais cuidadose no futuro.

DESEJO A VOCÊ AS COISAS MAIS BELAS **227**

— Serei. — Já havia percebido mesmo que beber não era para mim.

— Você acha que sua dose atual está fazendo efeito?

— Se for pra ser totalmente honeste, não. Parece que não mudou muita coisa por aqui. — Aponto para a cabeça.

— Bem, a medicação não é uma solução permanente, Ben, por mais que gostássemos que fosse. Ela existe para ajudar a equilibrar você, mas não anula a ansiedade.

— Eu sei, só estou preocupade pensando se estou tomando isso pra nada.

A dra. Taylor escreve alguma coisa.

— Vamos tentar um aumento temporário na dose, para ver como funciona. Parece uma boa?

Assinto.

— Sim.

— O ataque de pânico... Você acha que pode ter sido algum tipo de sobrecarga sensorial?

— Não sei ao certo — respondo. Não é ela quem deveria ter todas as respostas? — Talvez.

— E você se lembra do que te tirou dessa situação?

— Meu amigo estava lá, o Nathan.

— Ele tirou você disso?

— Não exatamente, mas eu saí da festa e ele me seguiu. Acho que só de ter ele por perto pode ter ajudado.

— Então foi um esforço coletivo? — Ela sorri. — Isso é interessante.

— Acho que sim.

— Você se sente confortável com o Nathan?

— Sim, na maior parte do tempo, pelo menos.

— Na maior parte do tempo?

— Às vezes fico muito nervose perto dele.

— Algum motivo em particular para isso?

— Nada que eu consiga pensar.

Mas talvez seja porque eu gosto dele? E talvez goste da ideia de segurar a mão dele, de estar perto dele. E talvez eu queira ir além disso. E talvez esteja apavorade com o que pode acontecer se formos além.

— Fico feliz em ouvir que você tem alguém em quem confia — diz ela, e seu olhar desce até minhas mãos. Duvido que seja a primeira vez que ela tenha notado minhas unhas, mas ela não disse nada até então. — Essa é uma cor bonita. — Ela balança a cabeça afirmativamente. — Você mesmo pintou?

— Ah. — Eu as encaro, resistindo à vontade de escondê-las. Batalhei um pouco comigo mesmo antes de decidir sair em público com as unhas ainda pintadas. Não que uma visita ao consultório da dra. Taylor realmente seja "público", mas é fora de casa. — Hannah pintou pra mim.

— Como vocês estão? — pergunta a dra. Taylor.

— Numa boa, eu acho. — Esfrego as mãos uma na outra, tentando me sentir menos consciente do esmalte.

— Vocês estão bem? Melhor? Discutindo? — Ela continua já que não respondo.

— Estamos *bem*. — Dou ênfase no "bem". — Por que a pergunta?

— Só estava curiosa — responde ela.

— Com o quê?

— Estava curiosa principalmente se você guarda algum ressentimento da Hannah.

Odeio que minha resposta venha tão fácil.

— Um pouco, eu acho.

— Você acha que ela sabe disso?

— Bem, não é como se eu estivesse ansiose para dizer a minha irmã o quanto estou chateade. — Esfrego os olhos, a sensação de ardência aos poucos voltando. — Eu só... Ela tem tanta coisa, sabe?

A dra. Taylor assente.

— Ela conseguiu ir embora, ir para a faculdade, arranjar um emprego que ama, encontrar alguém que a ama.

— E você ficou para trás com seus pais?

— Sim. — Eu me recosto no sofá, as costas curvadas, sem olhar a dra. Taylor nos olhos. — É só que... Parece que quando ela foi embora, ela só se esqueceu de mim. Sabe?

— Sim.

— Entendo que ela não podia ligar, e que era impossível para ela voltar para casa.

— Bem, isso não faz com que seus sentimentos sejam nem um pouco menos válidos, Ben. Você ficou magoade pelo que ela fez, você não pode controlar isso. E naquela situação, ela também não podia. — A dra. Taylor deixa o caderno sobre a mesinha de centro e se inclina para a frente. — Você falou com ela sobre isso?

— Não. — Balanço a cabeça. — Como eu poderia fazer isso? Depois de tudo que ela fez por mim?

— Parece que ela está tentando recompensar você?

— Talvez. Não sei.

— Quem sabe falar com ela possa ser uma coisa boa? Ajudaria vocês a colocarem as cartas na mesa.

— Você acha? — pergunto.

— Acho, e nunca se sabe até tentar, não é?

Acho que a dra. Taylor pensa que suas palavras vão fazer eu me sentir melhor, mas não fazem. Ainda estou com uma sensação esquisita no estômago. Acho que Hannah não ficaria brava comigo por eu me sentir dessa maneira. Mas não sei. Sinto que se eu contasse tudo isso para ela...

As coisas nunca mais seriam as mesmas.

Capítulo 16

— **Preparade para voltar às aulas?** — É a primeira coisa que Mariam diz quando aceito a chamada por vídeo no FaceTime.

— Não nessa vida — respondo.

—Ah, qual é, são só mais dois meses.

— Dois meses e meio — corrijo.

Elu ri.

— Então, Shauna e eu saímos de novo.

— Shauna? — Vasculho minha mente, tentando lembrar quem é.

—A garota que atualmente gosto muito de beijar e andar de mãos dadas? Cabelos roxos, com uma cara de quem pode transformar você em um sapo se pisar na bola com ela.

Meu Deus, como pude esquecer?

— Certo, desculpa.

— Você está bem? — Elu se aproxima da câmera. — Você parece distraíde hoje.

— Só estou pensando em muitas coisas.

— Fale com sua mama não binária! — Elu ri. — Doutore Haidari está presente.

— É um cara.

— De novo? Olha só você! — Elu comemora. — Um cara diferente ou o mesmo cara?

— O mesmo. — Abro a boca antes de perceber o que estou fazendo. — Mariam, como faz pra alguém gostar da gente?

Elu solta um gritinho, e preciso colocar elu no mudo antes que Hannah ou Thomas pensem que tem alguma coisa errada.

— Desculpa, só estou esperando desde sempre por esse dia. — Elu finge enxugar uma lágrima.

— Amei o voto de confiança — digo.

— Como ele age com você?

— Do mesmo modo que ele age com todo mundo, basicamente.

— É aquele tipo de afabilidade confusa em que não dá pra saber se ele só está sendo legal ou se está flertando com você?

— Isso. — Dou um suspiro. — Nem sei se ele é *queer*. Ou como a coisa toda de ser não binárie funcionaria.

— Torça para que ele seja bi. — Mariam cruza os dedos.

Não consigo evitar uma risada.

— O que você gosta nele?

— Isso meio que é a grande questão. Não sei se só sou a fim dele, ou se gosto *mesmo* dele.

— Você já teve um crush antes, Ben?

— Não de verdade. Tipo, têm pessoas na TV que eu acho atraentes, mas ninguém por quem eu tenha realmente me *atraído*, se é que isso faz algum sentido — respondo.

— Nem mesmo o Chris Evans? — pergunta elu.

— Ele é lindo demais, isso não conta.

— Verdade. Como você se sente perto do Nathan?

DESEJO A VOCÊ AS COISAS MAIS BELAS **233**

Para ser honeste, é um sentimento tão estranho, nunca me senti assim perto de ninguém antes.

— Ele me deixa nervose, mas não de um jeito ruim. — Parece esquisito quando falo em voz alta, mas é exatamente essa a sensação.

— Como se seu estômago ficasse todo estranho e você sentisse que vai passar mal, mas nunca passa?

— Nojento, mas preciso — replico, porque é isso. Essa é a verdade.

— É, você tem um crush, minhe amigue. E é dos fortes.

— Ah.

É estranho que eu tenha precisado que minhe melhor amigue confirmasse isso para mim? Parece estranho. Mas pelo menos agora tenho certeza. Tenho um crush no Nathan Allan.

— Ele falou alguma coisa sobre a sexualidade dele ou algo assim?

— Não.

— Ele não sabe que você é não binárie, não é?

— Não me assumi pra ele. Acho que não posso.

— Ah, Benji. — Elu parece triste.

— Tudo bem, estou me acostumando a isso.

— Mas não deveria. Ele falou algo que fez você pensar que seria uma má ideia se assumir para ele? — pergunta elu.

— Não que eu lembre.

— Você só não quer?

— Estou preocupade. Ele não parece ser o tipo de pessoa que me tiraria do armário pra todo mundo ou me odiaria. Mas e se ele for?

Nunca poderia imaginar o Nathan sendo esse tipo de pessoa. Mas assim que digo essas palavras, não há como retirá-las. Agora não tem outra escola para a qual eu possa me transferir, nenhum outro lugar para o qual fugir. Passaria os próximos meses como ume pária.

— Ah, Ben… E se você fizesse ele falar do assunto? Tipo, mencionar alguma coisa sobre sexualidade ou identidade?

— Até porque isso é totalmente natural e não seria nem um pouco suspeito.

— Gostaria de saber o que te dizer. Sinto muito.

— Talvez eu supere isso — divago. Qual é o sentido de ficar desejando tanto alguém? Isso não vai me ajudar em nada. Nem vai ajudá-lo. Ele merece algo menos complicado, mais estável. — Ele provavelmente vai para a faculdade mesmo. — E eu vou ficar aqui.

— De qualquer modo, relacionamentos do ensino médio dificilmente duram depois da formatura, se isso ajuda.

— Não importa — digo, bem quando meu celular começa a vibrar sobre a cômoda.

Falando no demônio, ele manda mensagem. Talvez eu só tenha falado demais sobre ele, e o sentido-Nathan dele tenha sido ativado ou algo assim.

Nathan: Ei, tem planos pra esse fim de semana?

— É ele — conto para Mariam.

Nós não temos nos falado muito desde aquela noite no telhado. Aparentemente, os pais dele arrumaram uma viagem de última hora para visitar a avó dele em Maggie Valley. Além disso, houve um punhado de mensagens aqui e ali, mas nunca uma conversa que durasse mais do que alguns minutos.

Eu: Na verdade não, ou pelo menos acho que não. Por quê?

DESEJO A VOCÊ AS COISAS MAIS BELAS **235**

Eu: Você já voltou?

— O que ele está dizendo? — pergunta Mariam.

— Ele está falando desse fim de semana.

— Uhhh, vou deixar vocês sozinhes. Estou prestes a desmaiar de sono mesmo.

Sopro um beijo para a câmera.

— Boa noite.

Mariam me manda um beijo também.

— Pra você também, menine apaixonade.

Fecho o notebook, deixando-o onde está.

Nathan: Aham, voltei essa manhã. Queria ver se você tava a fim de sair ou fazer alguma coisa.

Eu: Ah, hum... Pode ser.

Nathan: Tem uma parada legal que vai rolar sábado na cidade. Quer ir?

Eu: O que é?

Nathan: É surpresa ;)

Nathan: Se você aceitar, óbvio.

Eu: Ok...

Nathan: Ótimo.

Nathan: Posso te pegar umas cinco horas? Não começa até às seis e meia, mas vamos querer chegar cedo lá.

Eu: Tudo bem.

Nathan: Quero garantir que chegaremos lá com tempo de sobra. Essas coisas podem ficar meio insanas.

Eu: Ok... Então, como foi na casa da sua avó?

Eu me recosto na cama e pego meu sketchbook para desanuviar a mente. Folheio as páginas de rascunhos. Bem no final, tem um do Nathan. O desenho dele na cama, ainda incompleto. E isso só me faz pensar no retrato dele na escola.

Se eu concordar em participar da exibição de arte, será que a sra. Liu vai querer aquele quadro? Ela pareceu gostar muito. Não sei como me sinto em relação aos meus colegas de classe vendo a pintura. Só parece pessoal demais.

Nathan: Foi legal, mas meio chato. Ela não tem Wi-Fi e o sinal lá é uma bosta. Basicamente o único momento em que eu podia te mandar mensagem era quando a gente ia no Walmart.

Ah. Então ele não estava me ignorando.

Eu: Que droga. Não consigo viver sem Wi-Fi.
Nathan: Também!!!!!!!
Nathan: Então, te vejo amanhã?
Eu: Aham.
Nathan: Ótimo. Boa noite, Benjamin!
Eu: Boa noite, Nathaniel!

Quanto mais penso sobre o que vou vestir essa noite, mais preocupade fico. Nathan ainda não me disse exatamente o que vamos fazer, apenas que é uma coisa no Parque Pullen. Ele também me proibiu de olhar a lista de eventos no site do parque. Não sei ao certo como ele espera garantir o cumprimento dessa proibição, mas mantenho minha promessa.

Por que estou tão nervoso assim? Não deveria estar me sentindo desse jeito.

Não é como se isso fosse um encontro. Somos apenas amigues. Amigues passando tempo juntes e não fazendo nada mais que isso. Olho para minhas mãos, as unhas agora sem cor.

— Ei, você precisa de dinheiro? — Hannah bate à porta enquanto me encaro no espelho.

Já troquei de camisa três vezes, finalmente me decidindo por uma das camisas de botão que ela comprou para mim. Não a florida. Ainda acho que aquela parece ser para uma ocasião mais especial. Talvez a exibição de arte, se eu decidir participar.

— Não sei.

— Tá bom, toma quarenta dólares, caso precise. — Ela me entrega duas notas de vinte dólares dobradas. — A não ser que isso seja *outra* festa sobre a qual você está mentindo para mim.

Considero recusar por meio segundo, mas se o evento, seja lá para o que Nathan está me levando essa noite, exigir algum tipo de taxa de entrada, eu estarei lise sem esse dinheiro.

— Obrigade. — Pego a grana e guardo na carteira. — E não é uma festa, juro.

— Sem problema. Que horas ele chega?

Confiro o celular.

— Ele vinha há uns cinco minutos.

Merda, já estou atrasade. Corro para o banheiro de Hannah e Thomas para surrupiar um pouco da colônia de Thomas, porque aparentemente estou me dedicando ao máximo essa noite. Até paro na frente do espelho para tentar fazer *algum* esforço em arrumar os cabelos, mas não tem mesmo como ajeitar essa bagunça. Talvez eu deva pedir a Hannah para cortar, mas meio que gosto assim. Antes de sair do banheiro, tomo minha segunda dose de Xanax do dia e me certifico de escrever a data e o horário no caderninho que a dra. Taylor me deu.

Depois de verificar três vezes que estou com tudo — celular, chaves e carteira —, me despeço de Hannah e Thomas com um aceno. Eles estão na sala de estar assistindo a um *reality show* e comendo o que pediram por *delivery*.

— Não se meta em encrenca, menine. — Thomas acena para mim.

— Não prometo nada — grito da porta. — Volto mais tarde.

— Meia-noite no máximo, por favor! — grita Hannah de volta.

Nathan está parando o carro na entrada da garagem quando fecho a porta atrás de mim.

— Foi mal, me atrasei. Minha mãe não me deixou sair antes de passear com o cachorro — diz ele depois que prendo o cinto.

— Tudo bem. E aí, nenhuma dica de para onde estamos indo?

— Na-na-ni-na-não. — Ele balança o dedo. — É uma surpresa, mas vou te dizer que envolve um dos melhores filmes de todos os tempos.

— Isso ainda soa vagamente malicioso. — Eu o observo engatar a marcha ré e sair da entrada da garagem. — Parque e um filme, hein?

Nathan me olha de soslaio, sorrindo como sempre.

O Parque Pullen é enorme. Tipo, enorme *mesmo*. Nunca tive o hábito de ir a parques, mesmo quando era criança. Uma vez vi uma agulha em um trepa-trepa e contei para minha mãe, e nós nunca mais fomos para aquele parque ou qualquer outro.

DESEJO A VOCÊ AS COISAS MAIS BELAS **239**

Não posso dizer que a culpo depois dela explicar o que poderia ter acontecido se eu tivesse pegado a agulha.

— Então, o que estamos fazendo aqui?

Nós só estávamos perambulando até agora. Aparentemente, não há vagas de estacionamento perto o suficiente de seja o que for esse evento, então tivemos que estacionar do lado oposto. O que significa muita caminhada.

— Já ouviu falar de um filminho chamado *Star Wars*?

— Não. Conte-me mais! — Olho torto para ele, que só começa a balançar a cabeça. — Isso não explica por que estamos em um parque. Ou por que você está andando por aí com uma cesta.

— É uma exibição. A cidade faz isso umas duas vezes por mês. Eles montam um palco e projetam um filme no telão para todo mundo assistir.

— Ah, então por que chegamos tão cedo?

— Para conseguir bons lugares. — Ele dá um tapinha na cesta em seus braços, e juro que é a cesta de vime mais estereotipada que eu já vi. — Essas coisas sempre são uma loucura. Se você não chegar cedo, vai ficar preso na parte da frente. Não é divertido.

— Então nós vamos sentar aqui e esperar por uma hora?

— Eles tocam música — protesta Nathan. — Além do mais — ele gira a cesta na minha direção —, preparei um piquenique.

— Um pequenino? — Tento pegá-la, mas ele a puxa de volta no último segundo.

— Mas a minha piada de *Titanic* era ruim, hein?

Nós finalmente chegamos a um portão enorme que leva a um local de espetáculos, que nada mais é que uma colina com um palco. Há seções de concreto perto da parte frontal para as cadeiras, mas a maior parte do local é de grama.

— Uau! — exclamo.

— É que nem um teatro. Você vai querer escolher um lugar no meio. — Nathan aponta para onde a multidão está começando a se reunir. Já deve ter umas trinta pessoas. — Viu, a maioria das pessoas que ir para a frente ou para o fundão, mas aí não dá pra ouvir o som crocante.

— Som crocante? — Tento não rir. — Quanto posso te pagar para você nunca mais falar "crocante"?

— *Muito* engraçado. — Ele exibe aquele sorriso largo. — Esse é um bom lugar.

Nathan enfia a mão na cesta e pega uma manta gigantesca, deixando a leve brisa desdobrá-la para ele antes de ajeitá-la no chão.

— Aqui. Pode se sentar, meu príncipe.

— Príncipe? — Eu me sinto encolher. Ele não sabe, ele não pode saber. Só para de encarar isso como uma grande coisa.

Ele pega a cesta e se ajoelha.

— O que tem de errado em ser um príncipe?

— Nada. — Tento enxotar esse sentimento estranho. — Nada. E aí, o que temos?

— Comprei alguns sanduíches. Mas não sabia do que você gosta. — Nathan abre a cesta e começa a organizar tudo. — Tem presunto e queijo, peru com alface e bacon. E caso você seja vegetariano, tem essa opção. Sem queijo, então é vegano também!

Observo as opções, pegando o de presunto e queijo.

— Clássico. Boa. — Nathan pega o de peru.

— O que a gente faz enquanto espera?

DESEJO A VOCÊ AS COISAS MAIS BELAS **241**

— Come, conversa, estreita um pouquinho os laços.

A música começa a ecoar dos alto-falantes na parte de trás do lugar.

— Parece divertido. — Desembrulho o sanduíche e dou uma mordida. — Então... — Engulo.

— Então... — repete ele, balançando-se um pouco para a frente e para trás.

— Você quer falar sobre o quê? — pergunto.

Ele morde o sanduíche de novo.

— Bem, por mais que eu fosse gostar de ficar sentado aqui e bater um papo desconfortável com você, acho que a gente precisa ter uma discussão séria.

— O quê?

Minha mente dispara com pelo menos mil possibilidades. Será que ele descobriu de algum jeito? Ou talvez a noite na casa da Stephanie realmente o tenha assustado, e ele queira saber o que exatamente tem de errado comigo. Quem sabe ele não queira mais ser meu amigo? Não, isso é besteira. Por que ele me convidaria para sair e prepararia um jantar para a gente, se quisesse parar de ser meu amigo?

Nathan sorri de orelha a orelha.

—Acho que a gente precisa se conhecer um pouco melhor.

— Ah. Hum... Tá bom?

— Qual é, eu te conheço há quase três meses e não sei quase nada sobre você. — Ele começa a enumerar: — Você gosta de desenhar, seu sobrenome é De Backer, você mora com sua irmã e você é meio estranho, mas gosto disso em você.

— Não sou, não — retruco.

— Cara, que isso. — Ele pega o sanduíche vegetariano. — Eu nem sabia se você era vegetariano ou não.

— Tanto faz — bufo. — E aí, o que você quer saber?

242 MASON DEAVER

Ele se reclina para trás sobre a manta, dobrando os braços sob a cabeça.

— Espera, tenho que pensar em uma coisa boa. — Ele reflete por um momento. — Tá bom. Qual é sua cor favorita?

— Gosto de verde, e rox...

— Na-na-ni-na-não. Eu disse *favorita*. Não as que você só gosta.

— Você vai rir de mim. — Deixo meu sanduíche sobre a manta, meu apetite de repente indo embora.

— Prometo que não vou rir. Promessa de dedinho. — Ele estica o dedo mindinho.

Envolvo o dedo dele com o meu.

— Rosa. Gosto de rosa.

— Rosa é uma cor perfeitamente aceitável. Por que eu riria?

Dou de ombros. Porque rosa é "feminino", pois por algum motivo até as cores foram designadas com um gênero. Porque eu deveria ser um garoto, e garotos não devem gostar de rosa.

— Tem algum tom específico de rosa que você mais gosta?

— Achei que fosse minha vez.

Isso o faz rir. E pela primeira vez percebo como sua risada é ofegante, o modo como seu peito se move, e como sua boca de algum jeito fica maior, mesmo que isso pareça impossível.

— *Touché*, De Backer. Então qual é sua pergunta para mim?

— Você disse que se mudou quando era mais novo. — Tem *uma coisa* que quero perguntar a ele, mas parece demais.

— Verdade, mas não é exatamente uma pergunta.

— Você gosta daqui?

— É legal. Fiz muitos amigos novos, apesar de às vezes sentir falta dos antigos. Mas não tive escolha. — Ele tenta rir para fazer pouco caso. — Minha mãe recebeu uma proposta melhor de emprego e não podíamos recusar.

DESEJO A VOCÊ AS COISAS MAIS BELAS **243**

— Ah, que droga.

Ele parece tão deprimido por um instante.

— E você? Está gostando daqui?

Mexo na grama sem prestar atenção.

— É legal — respondo, sem saber o que mais há para dizer. — Estou levando um tempo para me acostumar com essa coisa toda da cidade. Goldsboro é uma cidade pequena. Do tipo que basicamente todo mundo se conhece e, se você pesquisar o suficiente na árvore genealógica, vai descobrir que todos são parentes de algum grau.

— Argh. — Nathan ri de escárnio. — Odeio a roça.

— É quieto — acrescento.

— Às vezes um pouco de barulho não é tão ruim assim. — Nathan se senta para embrulhar o sanduíche e deixá-lo ao lado do meu. — Sua vez.

— Beleza. — Eu me balanço para a frente e para trás, tentando pensar no que posso perguntar. — E não posso passar a vez?

— Não!

— Tá bom. Já que você gosta de ler, qual é seu livro favorito?

Nathan se inclina para trás e solta um gemido longo e baixo.

— Como você pode me fazer escolher?

— Para de fugir, Allan. — Sorrio. — Respondi as suas perguntas difíceis.

— Mas essa é sobre livros! — Nathan se aproxima. — Dentre todos que já li, você espera que eu escolha só um como favorito?

Reviro os olhos.

— Tá bom, bebê chorão, vou facilitar pra você. Qual é seu tipo de livro favorito?

— Muito melhor — diz ele. — Ainda é difícil, mas acho que posso responder.

— Você planeja fazer isso em algum momento em breve? — pergunto.

— Espertinho. — Nathan solta uma risada baixa. — Gosto do tipo em que posso me perder, os que me deixam escapar por centenas de páginas por vez.

— Hum. — Eu o encaro por alguns segundos.

— Tá bom pra você? — Ele ainda está sorrindo.

Assinto.

— Por enquanto. Sua vez.

Nathan respira fundo, e observo seu peito subir e descer devagar.

— Ok, waffles ou panquecas?

— Sério? — Olho para ele.

— Responda à questão, De Backer.

— Waffles.

— A resposta correta. Evidentemente é a melhor coisa em um café da manhã.

— Isso é um problema? — pergunto.

— Quer dizer, escolher entre uma gosma empapada e uma guloseima deliciosa? Não, nem um pouco.

— E rabanadas ou crepes?

— Bem, são substitutos perfeitamente bons, mas o waffle tem tudo. É crocante…

Eu o interrompo.

— Olha essa palavra de novo.

Nathan revira os olhos e continua:

— É no formato perfeito, com pequenos buraquinhos que acumulam a calda, e pode ser de tantos sabores também.

DESEJO A VOCÊ AS COISAS MAIS BELAS **245**

— Uau, um verdadeiro Mestre do Waffle. — Estou tentando não rir.

— É um assunto sério, sr. De Backer. — Ele ainda está rindo. — Tá bom, agora você.

Acho que não é de fato minha vez, mas se ele insiste…

— Você quer ser escritor algum dia?

— Talvez, quem sabe? Não ligo para ficção, ou pelo menos não quero escrever esse tipo de coisa. Gosto de escrever artigos e coisas assim, pesquisar e tal. É divertido.

— Sério?

— Eu realmente gosto. Sempre aprendo alguma coisa nova quando tenho que escrever um artigo. — É tudo que ele diz a respeito. — O que você gosta de fazer? Quer dizer, além de desenhar.

Eu me viro para poder deitar ao lado dele.

— É basicamente isso.

— Você não tem nenhum outro hobby?

— Na real, não. — Faço uma pausa. — Meu pai e eu não fazíamos muitas coisas juntos. — Acho que essa deve ser a primeira vez que falo sobre meus pais com Nathan. — Minha mãe gosta de cozinhar e eu ajudava de vez em quando.

Espero que ele faça perguntas sobre meus pais, mas ele não faz. Nathan só continua olhando para a frente.

— Sua vez — diz ele baixinho.

— Você tem algum segredo?

Ele não responde de imediato, o que me assusta. Evidentemente essa não é a pergunta mais fácil de se responder, mas ela escapa antes que eu perceba.

— Isso parece ameaçador — diz ele por fim. — Posso te prometer que não sou um assassino da machadinha nem nada do tipo. — Nathan se vira de lado, usando o braço como um travesseiro.

— Não quis dizer algo assim. Tipo, nada de ruim.

— Então o que você *quis* dizer?

— Só, tipo… Existe algum segredo que você tem, que não deveria ser nada de mais? Que você deveria ser capaz de contar para as pessoas, mas não pode? Tipo, não é nem uma coisa ruim, mas parece que as pessoas vão pensar que é.

Espero que ele ria na minha cara, me chame de esquisite. Ou me interrogue e perturbe até eu contar a verdade a ele.

— É, sei exatamente o que você quer dizer. — Suas palavras me surpreendem. Ele fala lentamente, os olhos castanhos encarando os meus. — E é aterrorizante.

— Desculpa. — Tento rir. — Não tive a intenção de trazer à tona algo tão profundo.

— Não, tudo bem. Só foi meio inesperado. — Ele respira fundo e pesado, seu peito subindo e descendo. — Eu coloco o leite na tigela do cereal primeiro.

É tão aleatório que não consigo evitar rir dele.

— O quê?

— Quando eu como cereal, coloco o leite primeiro. O gosto sempre fica melhor desse jeito.

— Como pode ter um gosto diferente?

Ele dá de ombros.

— Só tem.

— Esse é seu grande segredo obscuro?

— Não chega nem perto, mas não posso revelar de vez todo o meu mistério. Preciso guardar *algumas* coisas. — Ele dá uma piscadela, e a temperatura ao meu redor definitivamente aumenta.

DESEJO A VOCÊ AS COISAS MAIS BELAS **247**

Tento pensar em alguma coisa que eu possa compartilhar, mas nada tão aleatório quanto colocar o leite na tigela antes do cereal me vem à mente.

— Eu coloco as meias e os sapatos um por vez.

— Como assim?

— Faço daquele jeito em que se bota uma meia, então o sapato. Então a outra meia e o outro sapato. Um por vez.

— Por quê?

— Por que você coloca o leite primeiro? — questiono.

— Agora você me pegou, De Backer. — Ele dá um longo suspiro e sorri.

Assistir a um filme em um parque é uma experiência totalmente diferente. Por exemplo, as pessoas entram com bebidas alcóolicas. Ninguém fica bêbado, mas a plateia fica mais agitada. E há aplausos para as falas famosas e quando a Estrela da Morte explode. Há algumas fungadas durante a mensagem da Leia em holograma, e pessoas se acabando de chorar na cerimônia de premiação, o que provavelmente tem mais a ver com o álcool do que com qualquer outra coisa.

Mas admito com alegria que é muito mais divertido assistir com outras pessoas. Definitivamente mais divertido com o Nathan. Em certo momento no meio do filme, eu o pego balbuciando as falas e encarando a tela com os olhos arregalados.

— Leia sempre foi minha personagem favorita — diz ele quando me pega olhando. — Chorei por duas semanas quando a Carrie Fisher morreu.

— Sempre gostei mais do Luke.

Ele não foi meu "despertar gay", como Mariam define tão graciosamente, mas passou perto. Na verdade, *Star Wars* é completamente injusto quando o assunto é protagonistas gostosos. Mark Hamill, Carrie Fisher *e* Harrison Ford? Totalmente desnecessário.

Ficamos até os créditos subirem, aguardando e observando todo mundo arrumar as coisas e ir embora. Nathan embola a manta e a joga na cesta vazia, descartando os sanduíches pela metade na lixeira perto da entrada.

— Você quer ir jantar ou algo assim? — pergunta ele. — Sei que os sanduíches não foram muita coisa.

Meu apetite já sumiu há muito tempo, o pão pesando no meu estômago mesmo que eu só tenha comido metade.

— Só se você quiser. Não estou com muita fome.

— Não, vamos em algum lugar outro dia.

Confiro meu celular.

— São só oito e meia. Parece cedo pra voltar pra casa.

— Quer dar um passeio?

— Aham.

— Vamos lá.

Nós caminhamos de volta para o carro e Nathan deixa a cesta no banco traseiro.

— Para onde?

— Quer ver o lago?

— Tem um lago?

— Bem, é mais uma lagoinha glorificada, mas eles penduraram uns cordões de luzes na ponte e é muito bonito à noite.

— Parece legal.

— Então vamos para a lagoa!

Não sei bem o quão longe é essa lagoa, mas definitivamente não estou vendo nenhuma ponte ou lagoa ao meu redor. Pelo menos está agradável aqui fora, e talvez seja disso que eu preciso.

— E aí, você gostou do filme? — pergunta ele enquanto descemos uma trilha.

— Não sei, as vinte outras vezes que assisti foram ótimas, mas essa última… Perdeu o encanto, sabe?

— Tá bom, sr. Sarcasmo, chega! — Ele esbarra com o ombro no meu.

Engulo o nó na garganta.

— Foi ótimo, valeu.

— No mês que vem é *Império*. A gente pode ir, se quiser.

— Isso seria legal — digo.

Sigo Nathan de perto. Pelo menos não está mais tão lotado. Acho que a maioria das pessoas estava pronta para ir para casa depois do filme.

— Ei. — Nathan para onde está e quase esbarro nele. — Você está bem?

— Hã? Sim — respondo rapidamente, tentando me lembrar de onde estou. — Com certeza.

— Você parecia estar no mundo da lua. Chamei seu nome, tipo, umas cinco vezes.

— Ah, desculpa. Fiquei perdido em pensamentos, eu acho.

— Conheço a sensação. No que você estava pensando? — pergunta ele.

—Ah, hum. Nada — respondo.

— Sério?

Assinto.

— Quer saber no que eu estava pensando?

Sinto uma fagulha minúscula de pânico, como se ele tivesse escolhido esse momento para jogar uma bomba em mim. Preciso me dizer para parar de pensar nisso. Ele não vai fazer isso, ainda mais agora. Isso não vai acontecer.

Mas não acredito muito em mim mesme.

— Aham.

— Eu estava pensando no Ryder — conta Nathan. — No dia em que fomos a um pet shop especializado no centro da cidade e compramos umas coisas de chocolate que eram seguras para ele comer.

— O que aconteceu?

— O desgraçado não queria comer. Gastei vinte dólares em agrados só pra ele, e ele torceu o nariz pra mim.

Solto uma risada.

— Que babaca.

— Eu disse isso pra ele também. Ele só me encarou com aqueles olhos grandes e não consegui ficar com raiva dele.

— Quantos anos ele tem? — pergunto.

— Nove. Minha mãe o pegou quando a gente se mudou pra cá, pensou que podia ajudar na adaptação a um lugar novo.

— Isso é legal. Sempre quis ter um gato.

Meus pais tinham regras rígidas sobre não ter animais de estimação mamíferos ou répteis. Mas eles me deixaram ter um peixe quando eu tinha dez anos. Um peixinho dourado que chamei de Goldie. Porque eu definitivamente era criative com minhas escolhas de nome.

— É logo ali. — Ele aponta, e mal consigo enxergar as luzes ao longo da grade. — Vem!

Ele segura minha mão e nós corremos pela trilha em direção à ponte, sem desacelerar o passo até chegarmos a um ou dois metros de distância.

Espero ele soltar minha mão, mas ele não faz isso. É agradável. Tão agradável quanto aquela noite no telhado. Até melhor, porque está ficando mais frio e ele é incrivelmente quente. Tento não pensar em como *essa* seria a sensação.

Se pudéssemos ficar juntos, se pudéssemos andar de mãos dadas e passear pela cidade sem termos que nos esconder.

Não. Afasto os pensamentos para bem longe. Não posso. Isso só vai piorar tudo.

— Você devia ver esse lugar no no dia da independência. Eles têm fogos de artifício sobre a água e tudo.

Está escuro, as luzes dos postes ao longo do caminho e as luzinhas na grade iluminam só um pouco.

Deixo Nathan nos levar até a beirada e ele finalmente solta minha mão.

Não tenho coragem de pedir a ele que a segure de novo.

Ele não estava errado, o lugar é bonito. É pequeno, mas é o suficiente, com um pequeno trecho arenoso do outro lado da água, e uma doca cheia daqueles pedalinhos de plástico que por algum motivo as pessoas amam alugar.

— A água me assusta — digo, espiando por cima do corrimão de madeira, encarando o modo como a água se movimenta enquanto os peixes nadam.

— Você tem medo de uma lagoa?

Dou de ombros.

— Nunca fui muito fã de água. Uma vez meus pais me levaram para a praia e eu me cortei em uma concha. Aquilo não foi divertido.

Ainda tenho a pálida cicatriz branca na sola do meu pé. Aquela também foi minha primeira vez em um pronto-socorro. Aparentemente, o corte havia sido tão fundo que não coagulava, e minha mãe ficou assustada.

— Nossa!

— Outra vez, fui nadar e um monte de peixes ficou passando por mim e me deixou com medo. Então comecei a chorar. — Meu pai me falou para "virar homem", mas só passei o resto do dia debaixo do guarda-sol, a areia grudando nas minhas pernas como uma segunda pele.

Nathan começa a rir descontroladamente, tentando esconder o rosto com as mãos.

— Você foi traumatizado pelo oceano, meu Deus.

— Eu tinha cinco anos, me deixa em paz. — Eu o empurro. — Além do mais, você já deve ter visto aquelas coisas que os biólogos marinhos encontram lá embaixo. O oceano é assustador pra cacete.

Nathan solta uma risada que é meio zombeteira.

— Não posso discordar de você.

Eu me encosto na grade ao lado dele.

— Odeio praia também.

— Por quê?

— Odeio areia. É áspera e entra em tudo. — Eu me pergunto se ele vai entender a referência.

Nathan solta um grito tão alto que as pessoas correndo na outra ponta do parque se viram para olhar na nossa direção.

— Por favor, me diz que você não acabou de citar o pior filme de *Star Wars*.

— Achei que você gostaria disso.

— Eu te odeio — diz ele com um sorriso.

Nós rimos até não aguentarmos mais, até o ar da noite ser preenchido com nada além do ruído da água. É difícil saber que logo depois daquelas paredes pelas quais passamos está uma cidade cheia de pessoas. Esse lugar é silencioso demais para isso.

— Essa noite foi divertida — digo.

— É?

— Aham. Valeu pelo convite. Sei... sei que não tenho sido a pessoa mais fácil de se conviver.

DESEJO A VOCÊ AS COISAS MAIS BELAS 253

— Tudo bem. — Ele faz uma pausa. — Pessoas fáceis são entediantes.

Talvez agora seja o momento. O momento em que conto a verdade a ele, ou o momento em que me aproximo e o beijo. Alguma coisa. Sinto que devo pelo menos isso a ele. Considero tudo na minha cabeça, mas a resposta é óbvia.

— Ei, Ben.

— Sim?

Eu o olho. E isso me faz tomar a decisão. Não posso contar a Nathan. Não posso arruinar isso. E nem quero pensar no que ele iria achar de mim depois que eu contasse. Não quero um mundo em que Nathan me odeia, mesmo que as chances de isso acontecer sejam muito, muito pequenas. Simplesmente não posso fazer isso.

— Essa noite foi a primeira vez que você falou dos seus pais. — Ele faz uma pausa. — Tipo, *realmente* falou deles.

— Hum. — Acho que ele tem razão. — Desculpa.

— Não, tudo bem, só prestei atenção nisso. — Ele inspira, então solta o ar lentamente. — Não consigo imaginar como deve ser isso, ser abandonado desse jeito. Ainda mais pelas pessoas que deveriam te amar.

— Acho que eles me amavam — digo. — E talvez ainda amem. Sei que parte de mim ainda os ama. Só… realmente pensei que ficaria tudo bem.

— Esse é o segredo, não é? O grande?

Assinto. Porque devo isso a ele.

— Você acha mesmo que um dia vai voltar a falar com eles? Depois do que eles fizeram.

— Olha só quem está fazendo perguntas difíceis agora.

— Ah. — Nathan arregala os olhos. — Desculpa… Eu nem… — gagueja ele. — Não precisa responder.

— Não... tudo bem — digo.

Na verdade, essa é outra questão para a qual não sei a resposta. Gostaria de ser capaz de dizer um "não" firme para Nathan. Meus pais me abandonaram, me puniram só por eu tentar ser quem sou. Eles não merecem me ver nunca mais. Já imaginei vários cenários. Voltar para a casa dos meus pais e brigar com eles. Às vezes estou com Hannah, ou Thomas. Outras vezes estou sozinhe.

Mas eles são meus pais, e não consigo imaginar nunca mais vê-los. Realmente não quero pensar em como nossa última conversa se resumiu a eles gritando e me mandando sair da casa deles. Da nossa casa.

— Não sei — digo por fim.

— Ei. — Ele segura minha mão. — Eles não merecem você. Você é dez vezes melhor que eles dois juntos.

— Valeu — agradeço.

—Aconteça o que acontecer — a pegada dele aperta um pouco —, eu te desejo tudo de bom, Benjamin De Backer — diz ele com um sorriso. — Você merece.

Volto para casa mais tarde do que pretendia. Todas as luzes do primeiro andar estão apagadas, e a garagem está fechada, então preciso entrar pela porta dos fundos. Nathan espera até que eu apareça na porta da frente e avise que estou em segurança. Subo as escadas, aviso a Hannah e Thomas que estou em casa, e vou para debaixo das cobertas na minha cama.

Mas não consigo dormir.

Por pelo menos uma hora e meia, eu me viro de um lado para o outro, fechando os olhos e tentando forçar meu corpo a descansar. A questão é que não acho que isso seja culpa da ansiedade. A sensação é diferente, como se minha mente estivesse atarefada demais para desligar como deveria. O que significa que isso talvez *seja* ansiedade, mas a sensação não é a mesma. Só estou pensando além da conta, e pensando demais sobre o que Nathan disse.

Sobre meus pais.

Eu me desembrenho dos lençóis e desço as escadas, tomando cuidado para não fazer muito barulho. Não que exista alguma coisa de errado no que estou fazendo.

Se Thomas ou Hannah acordarem, apenas vou dizer que estou indo pegar um copo de água, ou tentando falar com Mariam ou algo assim. Pego o notebook na mesinha de centro e entro no Facebook, uma coisa que não faço há meses. Nunca nem quis fazer um perfil nessa desgraça, mas minha mãe queria poder me marcar nas postagens, e todos os meus colegas de classe que ainda não haviam descoberto o Twitter ou o Tumblr falavam do Facebook como se fosse uma "novidade". Sério, estávamos sempre tão atrasados em Goldsboro, até mesmo com as redes sociais.

A primeira coisa que vejo é meu próprio perfil. Uma selfie em um ângulo estranho que provavelmente achei que estava boa quando a tirei, um ano atrás. Então vejo os pequenos ícones vermelhos no canto. Algumas notificações, fotos nas quais fui marcade por algum motivo. Mas meus olhos batem direto no ícone de mensagem, o pequeno botão vermelho flutuando por cima.

Há apenas uma.

E é da minha mãe.

Congelo, encarando a pequena prévia que o Facebook exibe.

Brenda De Backer enviou uma mensagem: Ben... Não sei nem o que dizer para você...

E a frase é cortada, esperando que eu abra para ler o resto. Mas não posso fazer isso.

Meu estômago dá um solavanco e eu fico paralisade, encarando o nome dela e a versão em miniatura de sua foto de perfil. Uma dela comigo na praia. Até acreditaria que é algum tipo de insulto, mas ela tem usado essa há muito tempo. Pareço tão diferente. Meus cabelos estão mais curtos, estou sorrindo. A foto deve ter pelo menos dois anos — época em que eu estava apenas começando a questionar tudo, quando pensei que talvez eu fosse gay e que isso seria tudo que precisaria esconder.

É quase como se outra pessoa estivesse controlando minha mão, e fico ali sentade, impotente, enquanto o cursor se move até o nome dela. O perfil da minha mãe aparece, o último status que ela postou. Nada demais. Minha mãe nunca usou muito o Facebook, mas tem algumas fotos novas. Algumas dela e do meu pai em casa, no quintal, em jantares. E depois de deslizar um pouco a barra de rolagem, chego às fotos comigo.

"Um dia fora com meu menino!", diz uma.

Sinto saudade de verdade deles.

O cursor paira sobre a mensagem da minha mãe de novo e, dessa vez, eu abro. Foi enviada há três meses. E não há nada anterior a ela, só uma mensagem minha dizendo que meu celular havia ficado sem bateria na escola e que eu queria ficar até mais tarde para uma tutoria extra.

Ben... Não sei nem o que dizer para você. Seu pai e eu... nós percebemos o que fizemos, e esperamos poder acertar as

DESEJO A VOCÊ AS COISAS MAIS BELAS **257**

coisas com você. Não sei o que mais posso dizer além de pedir desculpa e que estávamos apenas confusos com o que estava acontecendo. Sabemos que você está na casa da Hannah e esperamos que você não conte a ela sobre essa mensagem. Quem sabe possamos nos encontrar um dia, na cidade ou algo assim, e só conversar? Por favor, Ben. Você é nossa criança e, mesmo que a gente não entenda essa parte de você, seu pai e eu gostaríamos de tentar fazer as pazes.

Odeio o modo como as coisas ficaram entre nós, e acho que nunca poderei me perdoar se nas últimas vezes em que falei com minhas duas crianças forem em brigas. Por favor, Ben, leve isso em consideração.

Leio a mensagem de novo, e então uma terceira vez. Uma sensação de entorpecimento toma conta de mim enquanto tento absorver as palavras novamente. Mas elas acabam perdendo o sentido, e clico na caixinha de texto para digitar minha resposta.

Mas as palavras nunca surgem e, depois de meia hora, saio da minha conta e fecho o notebook.

Capítulo 17

Não consigo tirar a mensagem da minha mãe da cabeça pelo resto das férias. Até baixo o aplicativo do Facebook no meu celular para poder ler, o que provavelmente não é saudável, mas não consigo me impedir. Só continuo relendo sem parar, me perguntando o que mudou.

Como levei muito tempo para encontrar a mensagem, decidi verificar também minhas contas de e-mail. Tem meu e-mail pessoal que não recebe nada além de cupons da Michaels. Duvido que minha mãe sequer saiba desse endereço. Então há o e-mail antigo que eu usava na Wayne, que acho que minha mãe conhece porque a mesma mensagem está aguardando lá também.

A mensagem que foi enviada quase um mês depois que fui embora.

Depois que eles me *obrigaram* a ir embora.

Tento preencher minhas noites com algum tipo de distração. Quando Mariam não pode falar pelo FaceTime ou por mensagem, desço para a sala de estar para ficar com Hannah e Thomas. Penso em contar para Hannah, mas isso provavelmente acabaria em desastre. Parte de mim também quer falar com Nathan, mas, na verdade, sinto que a única pessoa com a resposta correta seria a dra. Taylor.

Talvez ela possa me ajudar a lidar com isso.

Mas não temos consulta até a próxima quinta-feira. Acho que posso pedir para adiantar, mas sinto que isso pode levantar suspeitas em Hannah. Ela definitivamente saberia que havia algo de errado. Além disso, tem tanta coisa para fazer na escola agora.

Certamente está chegando a hora de... bem, tudo. Até agora, recebi formulários de tutoria para as provas finais e até mesmo algumas pessoas querendo que eu ofereça tutoria de Cálculo a elas, um panfleto da noite de veteranos, informações sobre o baile de formatura e os ingressos do evento. É quase difícil de engolir. Só mais algumas semanas e isso tudo vai acabar.

— Ei, tenho uma coisa pra você. — Nathan vasculha o conteúdo de sua mochila na sala de aula.

— O que é?

Olho a monstruosidade nas mãos de Nathan. Está embrulhada na maior parte em fita adesiva, mas consigo ver os rostos desenhados do BB-8 e do Oscar Isaac despontando em alguns lugares.

— É um presente — diz ele lentamente. — Abre.

Pego o pacote e o encaro.

— Sabe, você é bem ruim nessa coisa de abrir. — Ele arrasta a cadeira para perto. — Vá em frente, quero ver sua cara.

Eu me esforço para desembrulhar com cuidado, mas com a fita o papel de presente só meio que se rasga em várias partes. E por baixo há um sketchbook novinho em folha. Capa dura, armação espiral, sem desenhos na parte da frente, sem anotações ou páginas escapando pelas beiradas.

— Eu...

— Achei que você podia precisar de um novo, o outro estava parecendo meio bagunçado.

— Valeu. — Ergo o olhar para Nathan, e ele está sorrindo como um bobão.

— O prazer é meu. Queria ter te entregado na noite em que vimos o filme, mas me esqueci completamente.

— É perfeito.

O sinal toca e todos os nossos colegas de classe saem correndo.

Nós trocamos um olhar um pouco demorado demais.

— Bem, acho que te vejo na aula de Química.

É uma boa distração dos meus pais, pelo menos por um tempinho. Mas ainda estou inquieto. Talvez eu devesse me encontrar com eles, só para escutar o que têm a dizer. Sendo bem realista, não acho que eu poderia jamais voltar para a casa deles, mas só porque eles erraram uma vez, não significa que não podemos consertar o que restou entre nós.

Certo?

Hannah não vai gostar nada disso, mas talvez ela entenda, e talvez essa possa ser a chance dela também. Não vai ser perfeito, mas talvez nós possamos ser uma família feliz algum dia.

* * *

— Como foi o resto das suas férias, Ben? — pergunta a dra. Taylor em seu consultório. A porta fechada, aquela parede erguida entre mim e Hannah.

— Bom. — Eu me sinto relaxar no horrendo sofá amarelo. As coisas estão definitivamente ficando mais fáceis com a dra. Taylor. Não me incomodo com as consultas atualmente, e acho que elas estão me ajudando de verdade. — Não fiz muita coisa, passei um pouco de tempo com meu amigo Nathan — digo. — Como foram as suas?

— Ah, bem... — A dra. Taylor ri. — Infelizmente, não tive muito descanso, mas minha filha ficou animada. Tirei alguns dias de folga e nós fomos para a Carolina do Sul para ver meus pais.

— Isso parece legal — digo.

Acho que essa foi a primeira vez que ouvi a dra. Taylor mencionar a família. Tem alguma coisa elegante nisso, imaginar essa vida inteira que ela tem fora do consultório.

— Tem algo específico com o qual você gostaria de iniciar a sessão, Ben? — pergunta ela.

— Na verdade, sim. Queria muito falar de uma coisa que aconteceu.

— Tá bom. — Ela dá um clique na caneta, sempre pronta. — Vá em frente.

— Encontrei uma mensagem da minha mãe no Facebook. Já tem alguns meses que ela enviou, mas dia desses eu estava conversado com um amigo... Ele sabe que fui expulse de casa, então fiquei pensando no que eles têm feito desde que fui embora.

A dra. Taylor presta atenção em cada palavra. Quer dizer, ela sempre faz isso, mas tem algo diferente em sua expressão dessa vez.

— Minha mãe se desculpou, ela queria saber se eu poderia me encontrar com ela e meu pai pra gente conversar. — Pego meu celular e abro a mensagem, deixando a dra. Taylor ler rapidamente.

— Entendo, e como você se sentiu ao ver isso?

— Foi... esquisito. Me senti meio entorpecide.

— Você acha que ela estava sendo sincera? — A dra. Taylor me devolve o celular. — Ao pedir desculpa?

— Não sei, acho que é difícil dizer pela mensagem. Além disso, é tão antiga, não dá pra saber se eles ainda sentem a mesma coisa.

— Você já pensou em contar para Hannah?

— Meu Deus, não, isso não daria certo — digo um pouco mais alto do que provavelmente deveria.

A dra. Taylor acaba rindo um pouco, o que faz eu me sentir melhor.

— Então, você quer se encontrar com eles?

— Era isso que eu queria te perguntar. Se você acha que é uma boa ideia.

— Bem... — Ela expira o ar lentamente. — Essa pode ser uma questão complexa. Por um lado, você quer escutar o que eles têm a dizer, não é?

Assinto.

— E por outro — continua ela —, você realmente consegue se ver perdoando o comportamento deles?

— Não tenho certeza. — Não quero relembrar aquela noite, mas não consigo evitar. Tão frio, tão sozinhe, tão completamente apavorade. E tudo por causa deles. — Quero acreditar que eles mudaram, mas não quero me abrir daquela maneira de novo.

— É um pensamento assustador. — A dra. Taylor suspira. — Honestamente, não me sinto confortável em sugerir que você vá. Você progrediu bastante, Ben, e vê-los de novo teria o potencial de desfazer meses de trabalho da sua parte.

Dou um suspiro. Imaginei que ela diria isso. E faz sentido mesmo. Inferno, a noite em que eles apareceram na casa de Hannah deveria ser o suficiente para me convencer a só ignorar a mensagem e excluir meu Facebook para que eles não possam me contatar de novo.

Mas eles sabem onde Hannah mora. Eles *sabem* onde estou. Então se eu só apagar meu Facebook, ainda há uma chance de eles simplesmente aparecerem na porta de Hannah algum dia. E uma aparição não anunciada deles não será nada agradável.

— No fim das contas, a decisão é sua, Ben. Não posso impedir você.

— Hannah ficaria furiosa se descobrisse — digo.

— E essa é uma batalha dela, não sua. Talvez eu esteja errada. Talvez isso possa consertar as coisas. Talvez isso faça vocês quatro se unirem.

— Você acha?

— Não sei ao certo. Não posso prometer que você vai encontrá-los e tudo mudará magicamente, e eles serão amáveis e vão te aceitar como você sonhou que fariam.

— Certo. — Sinto meu estômago dar uma cambalhota. —Acho que quero tentar.

A dra. Taylor balança a cabeça de leve.

— Posso oferecer um conselho?

— Não é pra isso que você está aqui? — Tento rir.

— Verdade. — A dra. Taylor exibe seu sorriso iluminado. — Se isso for algo que você decida fazer, talvez você devesse ter a companhia de um amigo. Aquele garoto da escola, talvez?

— Não sei se posso fazer isso. Ainda não me assumi pra ele.

— Compreensível, mas quem sabe só tê-lo por perto inspire alguma confiança?

— Talvez.

Não consigo me imaginar pedindo a Nathan para ser parte disso. Mas a ideia de ele estar lá, mesmo que ele só fique parado do lado de fora enquanto conversamos ou algo assim, faz eu me sentir melhor mesmo. Porém, isso exigiria muita explicação da minha parte, e não sei se consigo fazer isso.

— Ben? — A dra. Taylor espia por cima do aro dos óculos.

— Desculpa — digo, esfregando as mãos nos joelhos. — Acho que vou fazer isso. Quero falar com eles, ouvir o lado deles das coisas.

A boca da dra. Taylor forma uma linha reta.

— Só tenha cautela, tá bom?

— Terei.

No instante em que chego em casa, subo para meu quarto e tranco a porta. Isso provavelmente parece meio suspeito, mas deixo que Hannah e Thomas pensem o que quiserem. Abro o Facebook no meu celular e vou direto para as mensagens, relendo a da minha mãe de novo. Perdi a conta de quantas vezes já reli isso ao longo da última semana. Partes estão marcadas a fogo na minha memória, outras partes esqueço que estão ali até que meus olhos as varrem de novo. Clico na caixa de texto para digitar minha resposta, mas as palavras ainda não saem. Tentei repetidas vezes descobrir como responderia, mas ainda não sei o que devo dizer.

DESEJO A VOCÊ AS COISAS MAIS BELAS **265**

Uma mensagem de Mariam me afasta do aplicativo, a mensagem delu piscando no topo da tela.

Mariam: Ei, pergunta aleatória...
Mariam: Você mora na Carolina do Norte, né?
Eu: Sim...
Mariam: Ótimo!

Quase pergunto o que está acontecendo, mas elu responde alguns segundos depois.

Mariam: Qual cidade?
Eu: Raleigh.
Mariam: Excelente!
Eu: Por quê?
Mariam: Motivos...
Eu: Você planeja revelar esses motivos em algum momento?
Mariam: Estou finalizando a agenda da minha tour.

Juro que posso continuar sendo amigue de Mariam pelo resto da minha vida e mesmo assim acho que nunca vou me acostumar com elu dizendo "agenda da minha tour". Ou o fato de que elu basicamente é pague para dar palestras e falar sobre ser *queer* e o que isso significa para elu. Então percebo o que elu está tentando dizer.

Eu: Espera... isso significa o que eu acho que significa?
Mariam: Que eu vou ao Harry Potter World depois de dar a palestra na Universidade da Flórida? Com certeza!

Eu: Mariam...

Mariam: Que foi? Fico muito animade com Harry Potter.

Eu: Você vem para Raleigh?

Mariam: Talveeeeeeeez ;)

Mariam: Tem um grupo de apoio aí, querem que eu vá falar com eles.

O grupo de apoio. O panfleto ainda está guardado na minha cômoda, debaixo de pilhas de papéis inúteis que recebi da escola.

Mariam: Eles fizeram uma parceria com uma das universidades daí, acho que o nome é Universidade Estadual da Carolina do Norte.

Eu: É.

Mariam: É babado.

Mariam: Eles querem que eu faça um pequeno seminário para o grupo porque a palestra da universidade é só para estudantes.

Eu: Ah, legal.

Mariam: Minhe amigue, você não está nem um pouquinho animade com a informação.

Mariam: Nós finalmente vamos nos encontrar! Tipo, pessoalmente, tipo, eu estarei em pé aí e você vai estar em pé aí e vai ser mágico!!!!

Eu: Não, é legal. Estou animade.

Mariam: Realmente não está passando essa impressão, migue.

Eu: É que... É esquisito.

Mariam: O que foi?

DESEJO A VOCÊ AS COISAS MAIS BELAS **267**

Por uma fração de segundo, penso em contar a Mariam, mas acho que elu tentaria me convencer a não fazer isso.

Eu: Nada. Qual é o nome do grupo para o qual você vai falar?
Mariam: Projeto Espaço Seguro.
Eu: Esse é o grupo de apoio que minha psiquiatra queria que eu fosse.
Mariam: Ah, e você chegou a ir?
Eu: Não.

A dra. Taylor e Hannah pararam de mencionar o grupo, ainda bem, mas me pego pensando nele às vezes. Talvez não seja tão ruim começar a ir no verão, assim eu não precisaria lidar com ninguém na escola se me vissem no encontro, então quem sabe isso deixe as coisas mais fáceis. Talvez até lá eu consiga juntar coragem para de fato me assumir.

Mariam: Entendo, pode ser assustador.
Mariam: De qualquer maneira, nós vamos sair, com ou sem seminário.
Eu: Você que sabe.
Mariam: Ah! Adivinha o que rolou comigo e Shauna hoje...

Tudo parece estar se aglomerando ao meu redor ao mesmo tempo. Como se eu tivesse que fazer uma porra de lista de tudo que está acontecendo. A sra. Liu continua perguntando sobre a exibição de arte. Definitivamente vai acontecer, ela tem o apoio dos outros estudantes, que querem começar a se encontrar depois da aula para planejar tudo.

Mas ainda não consigo dar uma resposta a ela, e não sei o que está realmente me impedindo. Só odeio essa pressão, e os lembretes constantes dela não estão ajudando.

Também tem meus pais.

Toda vez que Hannah olha para mim, sinto que ela sabe. Ela não sabe de fato, mas me sinto tão culpade. E ainda não tenho uma resposta apropriada para a mensagem da minha mãe. Fico digitando, mas nada parece certo. O que você diz às pessoas que te criaram depois que elas te expulsam de casa?

E há o encontro em si. A ideia de ficar a sós com eles é aterrorizante. Não posso pedir a Hannah para ir comigo por motivos óbvios, e não quero forçar Thomas a mentir para ela e ir comigo. Parece algo grande demais para pedir à dra. Taylor.

Então só me resta o Nathan.

E, de algum jeito, pedir a ele parece mais assustador do que todo o resto.

— Ben? — Meleika me cutuca com o ombro.

— Hã? Ah, desculpa.

— Perguntei se você vai participar daquela exibição de arte que sra. Liu está planejando.

— Ah, não sei. — Então penso no assunto. — Como é que você sabe disso?

— Ela já está espalhando a notícia. — Meleika enfia a mão na mochila. — Ela queria que o conselho estudantil colasse os cartazes.

— Por que você não participaria? — pergunta Nathan. — Isso é tipo Ina Garten não entrar em um concurso culinário.

— Ina Garten? — Olho para ele. Na verdade, nós três dirigimos um olhar estranho para ele.

DESEJO A VOCÊ AS COISAS MAIS BELAS **269**

— Meu pai gosta do canal de culinária, mas não era esse o ponto — argumenta Nathan. — Você devia se inscrever.

— Talvez.

— Bem, se você decidir participar — Sophie começa a dizer —, arranje ingressos pra gente. Tenho a roupa perfeita.

Meleika olha para Sophie.

— Você tem a roupa perfeita para uma exibição de arte estudantil?

— Sim! — responde Sophie. — Agora fica quieta, preciso terminar essas unhas.

— E com isso vou pegar uma água. — Nathan bate com os nós dos dedos na mesa. — Alguém quer alguma coisa?

— Estou bem — digo.

Sophie e Meleika estão ocupadas demais se concentrando nas unhas de Meleika. Sophie tem um novo esmalte preto que quase parece azul quando você olha de certo ângulo. É tão deslumbrante que estou considerando de verdade pedir a ela para fazer as minhas unhas também.

Então lembro que preciso falar com Nathan.

— Na real, vou com você.

Nathan parece um pouco surpreso, mas isso dura talvez uma fração de segundo.

— Beleza.

Eu o sigo até a máquina de vendas no corredor na frente da cantina. Acho que a fila está longa demais para esperar e só comprar uma garrafa de água.

— Então… — digo, encarando o logo enorme.

— Então… — Nathan observa a grande máquina de vendas azul.

— Então… — Enfio as mãos nos bolsos e mexo os pés. — Queria te pedir um favor. Um grande favor.

— Tá bom. — Os cantos dos lábios dele se erguem um pouquinho. — Tem alguma chance de eu te pedir pra fazer isso por meio de uma charada?

— É, não. — Dou um suspiro. — É meio que um pedido esquisito.

— Não é tão difícil transformar perguntas em charadas — protesta Nathan.

— Não é o que eu quis dizer. — Balanço a cabeça. — Só preciso da sua ajuda.

— Pra esconder um corpo? Não, espera... Você precisa se vingar de alguém? Sei o jeito perfeito de destruir um tanque de gasolina.

— Não, não é isso. Só me deixa falar, por favor. — Mas o truque do tanque de gasolina pode ser útil no futuro. — Minha mãe me enviou uma mensagem no Facebook, ela e meu pai querem muito falar comigo.

O sorriso de Nathan desaparece em um instante.

— Sobre como eles te expulsaram de casa? — Ele puxa um dólar da carteira e insere na máquina de vendas.

— Isso pode ser mencionado, sim. — Eu me aproximo dele. — E eu acho que me sentiria melhor se tivesse alguém comigo lá na hora.

— E sua irmã não é uma opção?

Balanço a cabeça.

— Não preciso que você fique do meu lado na hora nem nada, só, tipo, saber que você está lá pode me ajudar.

— Você se sente assim comigo? — Nathan continua não sorrindo, e estou ficando meio preocupada.

Realmente preciso que exista um limite de quantas vezes por dia bochechas podem ficar coradas.

— Mais ou menos. Ajudaria muito ter um amigo por perto.

DESEJO A VOCÊ AS COISAS MAIS BELAS **271**

— E você acha mesmo que essa é uma boa ideia? — pergunta ele.

— Não — respondo. — Mas sinto que preciso escutá-los, ouvir o que eles têm a dizer.

— Ben...

— Só... Por favor, só peço isso. Por favor.

Nathan solta um longo suspiro.

— Quando vocês vão se encontrar?

— Sexta à noite.

Pego meu celular e encaro a mensagem que enviei. Por fim, eu havia encontrado as palavras certas, o que significa que depois de toda a minha preocupação, simplesmente disse a eles um horário e um lugar em que poderíamos nos encontrar. Havia pensado por dias em acrescentar mais alguma coisa, em pedir algum tipo de explicação ou talvez dizer o que penso para minha mãe.

Mas nada disso parecia certo. Queria escutá-los primeiro, cara a cara.

— No Robin's — digo a ele. — Aquele restaurante italiano no centro da cidade.

— Ah, já fui lá. — Nathan pega a garrafa de água do pequeno dispensador na parte de baixo. — Não peça o parmesão de berinjela. É horrível.

— Anotado — digo. — Valeu.

— Por nada.

— Eles vão chegar umas sete horas. Tudo bem?

Nathan sorri.

— Tá marcado!

Capítulo 18

É, eu me fodi.

Definitivamente não deveria ter concordado com isso, mas é tarde demais agora. A não ser que eu agarre o Nathan e saia correndo de volta para o estacionamento.

Mas existe uma grande probabilidade de que meus pais saibam onde Hannah mora.

Percebo o olhar de Nathan, que está do outro lado do restaurante. Ele parece bem confortável para um cara que supostamente está aqui sozinho. Ele me vê olhando e pega o celular, então o meu vibra.

Nathan: Ainda acho que eu deveria ter usado um boné e óculos escuros.

Reviro os olhos.

Eu: Eles não sabem como você é.
Nathan: Mesmo assim!

Eu: Isso não é uma operação secreta nem nada do tipo.

— Ben, olá.

Dou um pulo no assento e quase deixo o celular cair no chão antes de apanhá-lo no último segundo. São os meus pais, em pé ali, com um sorriso no rosto enquanto olham para mim.

— Oi — digo, incerte se devo me levantar ou não.

Permaneço sentade, e os dois também se sentam depois de alguns segundos de um silêncio desconfortável. Meu celular vibra de novo, mas ignoro. Provavelmente é só o Nathan.

— Você deixou o cabelo crescer demais. — É a primeira coisa que meu pai diz.

— Eu gosto desse jeito — digo, tocando nas pontas. Ainda não está batendo nos meus ombros, mas Sophie diz que sou tipo uma cabeça de brócolis ambulante.

Meleika falou que pareço uma couve-flor, por causa de como sou pálide.

— Mas fica todo amassado e embaraçado. — Minha mãe estende a mão sobre a mesa, mas me inclino para trás, evitando as unhas perfeitamente feitas dela.

— Vamos direto ao ponto — digo. — Vocês queriam conversar, certo? Não é pra isso que estamos aqui?

— Bem, não se você vai ficar se comportando mal — murmura meu pai daquele jeito que ele sabe que vou ouvir.

— Não estou me comportando mal. — Cruzo os braços. — Do que vocês queriam falar?

— Como você está? — pergunta minha mãe.

— Bem.

— Como está sua irmã?

— Ela está bem. — Não que nenhum dos dois se importe. — Ela e Thomas têm sido muito legais comigo.

Vejo um lampejo de dor no rosto de ambos, aquela pontada de culpa, como se eles tivessem se esquecido de que haviam me expulsado de casa. Odeio me sentir um pouco orgulhose do momento, que essa é *minha* vez de magoá-los.

— E a escola? — pergunta meu pai. — Você está mantendo boas notas, certo? Suas provas devem estar se aproximando.

— Sim, estou indo bem em todas as matérias. — Me afundo de volta na cadeira, a culpa se arrastando pela minha coluna vertebral.

— Isso é ótimo! — Minha mãe abre um sorriso um pouco largo demais, então enfia a mão na bolsa. — Sabe, nós recebemos algumas respostas das universidades. — Ela desliza a pilha grossa de envelopes para mim. Alguns estão abertos, outros não. — Você entrou na Estadual, mas a Universidade da Carolina do Norte recusou.

— Hum. — Eu os folheio, encarando os nomes das universidades e os envelopes decorados com as cores de cada uma. — Tudo bem. Não vou pra universidade mesmo.

— Como assim? — pergunta meu pai. — Óbvio que você vai pra universidade.

— Eu não quero ir. — Deslizo as cartas de volta para minha mãe.

— É por causa da Hannah? *Nós* podemos arcar com os custos, você não precisa depender da sua irmã — diz meu pai, quase como se estivesse orgulhoso de si mesmo.

— Na verdade, Hannah e eu já tivemos essa conversa, e ela me disse que não seria problema algum. Só não quero ir.

DESEJO A VOCÊ AS COISAS MAIS BELAS **275**

— Ben... — Minha mãe começa a dizer, mas meu pai apoia a mão no braço dela e isso a impede.

— Vamos discutir isso depois — diz ele.

— Do que vocês queriam falar? — indago de novo. — Parem de evitar a pergunta.

— Bem... — Minha mãe junta as mãos. — Queríamos falar mais com você sobre essa coisa toda de "ser não binárie".

É muito estranho ouvir minha mãe dizer as palavras "não binárie" em voz alta. Não faz muito sentido, como se fosse o tipo de coisa que você nunca esperaria que alguém como ela conhecesse.

— Tá bom. — Me inclino para a frente um pouco. Talvez isso não vá ser tão ruim quanto pensei.

— Nós, hum... Nós só estamos confusos. — Minha mãe tenta relaxar. — Então, tentamos encontrar algumas coisas na internet, e isso não nos ajudou muito.

— E? — Olho para os dois.

— Meu bem — minha mãe suspira —, nós tentamos, de verdade. Ainda estamos tentando entender isso tudo.

— Não é como se fosse física teórica — digo. — Não me identifico como homem ou mulher, não estou no binário de gênero. Uso o pronome elu. — Mantenho a voz baixa para que Nathan não me escute. Duvido que ele conseguiria, de qualquer maneira, do outro lado do restaurante, mas nunca se sabe.

— Ben, filho, você precisa admitir que isso tudo é muito estranho — diz meu pai. Não sei dizer se o "filho" foi de propósito ou não.

— Eu não sou seu "filho" — retruco. — E o que tem de tão estranho nisso? É apenas quem eu sou. Por que vocês não conseguem entender isso?

— Tem certeza de que não está apenas confuso? — pergunta meu pai. — Talvez você só seja gay ou algo assim, e esse esteja sendo um período difícil pra você.

Meu pai faz a palavra "gay" parecer um insulto.

— Ser gay e ser não binárie são duas coisas totalmente diferentes!

A essa altura, eu já sabia disso. Passei tempo o bastante me dizendo isso.

Minha mãe parece perplexa por um segundo.

E meu pai parece furioso. Sempre o dramático.

— Benjamin De Backer, não use esse tom de voz conosco, somos seus pais.

— Bem, que tom eu deveria usar? Vocês estão aí sentados me insultando.

Meu pai aperta a ponte do nariz e abana o ar com a mão.

— Tá bom, vamos recomeçar.

— Me digam uma coisa, qual era o objetivo disso? Por que vocês queriam conversar depois do que aconteceu?

— Queríamos pedir desculpas — responde minha mãe.

— Bom, vocês estão fazendo um péssimo trabalho — retruco.

Meu pai revira os olhos.

— Queremos que você volte pra casa.

Congelo.

— O quê?

— Queremos que você volte pra casa — repete minha mãe, e é evidente que ela está mais feliz com a ideia do que meu pai. — É óbvio que seria difícil com o fim do ano letivo, mas estamos dispostos a esperar até você se formar. Talvez isso deixe a transição um pouco mais fácil.

Isso me faz rir, mas eles só me encaram.

— Não acho que isso seja engraçado — repreende meu pai.

Inspiro o ar e o expiro devagar. Nunca imaginei meus pais como babacas LGBTfóbicos. Mas talvez a culpa seja minha por presumir o melhor deles.

— Nós estamos com saudade. Queremos ser uma família de novo. — Minha mãe olha para mim, aqueles olhos.

Penso nas palavras deles, repetindo-as várias vezes em minha mente. Eles me querem de volta? Eles querem ser uma família de novo?

— Ben, você precisa entender o quanto isso tem sido difícil para nós.

Parece que minha mãe está prestes a chorar.

— *O quê?* — Um passo para a frente, cem passos para trás. — Vocês me expulsam de casa e isso tem sido difícil pra *vocês?* — Faço questão de falar alto o suficiente para que as pessoas na mesa ao lado nos olhem. — Vocês têm noção de como isso soa?

— Benjamin. — Meu pai olha ao redor. Ele deve ter percebido o que estou tentando fazer. — Abaixe o tom de voz.

— Escuta. — Minha mãe ergue a mão. — Ainda estamos aprendendo. Nós erramos e queremos corrigir nosso erro. Nós mudamos, começamos a ver um terapeuta, estamos trabalhando algumas questões. *Foi* um período difícil. Para *todos* nós.

— Vocês me magoaram — digo, quase cuspindo as palavras. — Vocês… Vocês sequer percebem toda a merda pela qual me fizeram passar? Não só me expulsar de casa, mas os meses de terapia que eu tive que fazer para lidar com isso tudo?

Aos poucos estou me dando conta de que a dra. Taylor tinha razão, e que eu deveria mesmo ter escutado ela.

— Meu amor. — Minha mãe apoia a mão sobre a minha e não penso em recolhê-la até que seja tarde demais. Sua pele na minha, o calor, é familiar e estranho demais ao mesmo tempo. Tento impedir meu estômago de revirar. — Nós sentimos muito por tudo, e só queremos acertar as coisas com você.

— Você vai voltar pra casa depois que se formar — diz meu pai, e percebo que isso é mais uma ordem do que um pedido. — Nós vamos levar você ao terapeuta que estamos vendo, talvez ele possa ajudar você a lidar com algumas dessas coisas. E ajudar com toda a questão não binária.

Vou passar mal.

— Estou vendo a dra. Taylor, eu gosto dela.

— Ok, bem… — Minha mãe olha de relance para meu pai. — Talvez possamos vê-la? Juntos.

Encaro a mão dela, ainda sobre a minha.

— Tenho que pensar em algumas coisas — digo.

— Claro, só não demore. — Meu pai observa os cardápios na ponta da mesa, empilhados um sobre o outro. — Você quer pedir alguma coisa?

— Não. — Me levanto rapidamente e empurro a cadeira. — Mando mensagem quando estiver preparade para falar.

— Ben, meu amor… — Minha mãe se mexe como se fosse levantar.

Eu a interrompo.

— Só me deixa pensar por alguns dias. Tá bom?

Ela olha para meu pai e posso ver que ele não gostou. Não era assim que ele queria que esse encontro acabasse.

Aposto que os dois queriam a reunião perfeita na qual eu correria para seus braços e os abraçaria e concordaria em voltar para casa com eles, deixando para trás a vidinha que construí aqui. Hannah, Thomas, Meleika, Sophie, dra. Taylor.

DESEJO A VOCÊ AS COISAS MAIS BELAS **279**

Nathan.

Olho na direção dele e dou um aceno de cabeça. Ele já está em pé, esperando por mim na porta. Acho que minha mãe percebe, porque ela se vira no assento.

— Aquele é seu amigo?

— Não — minto.

— Você estava tão assustado assim, filho? — pergunta meu pai, quase como uma piada. Mas não estou rindo.

— Vejo vocês em breve.

Eu me contenho para não correr em direção a Nathan e ir para o carro.

— Espera… — Minha mãe pega a bolsa e começa a me seguir. — Eu gostaria de conhecer esse menino.

Merda, merda, merda, merda.

Mas já é tarde demais. Minha mãe consegue me ultrapassar, parando Nathan bem na porta.

— Olá! — Ela estende a mão. — Meu nome é Brenda De Backer, sou mãe do Ben.

Nathan sorri, os olhos brilhando ao apertar a mão dela.

— Meu nome é Nathan.

— Você é amigo do Ben?

Nathan olha para mim em busca de aprovação, mas o que mais podemos fazer? Fingir que minha mãe está cumprimentando alguém que não conheço? Não vou mentir, isso seria meio engraçado, mas não há necessidade. Dou um breve aceno para Nathan.

— Sim, nós estudamos juntos na North Wake. Ele me pediu uma carona.

Minha mãe me dirige um olhar.

— Bom, mas que ótimo, não? Só estávamos nos encontrando para falar de umas coisas.

— Você está pronto pra ir, Nathan? — pergunto. Preciso dar o fora daqui.

— Sim. — Nathan procura algo no bolso. — Sinto muito, sra. De Backer, mas vamos nos encontrar com alguns amigos no centro da cidade e já estamos bem atrasados — mente.

Abençoado seja o Nathan Allan.

— Ah, bom. — Minha mãe ainda sorri. — Nos falamos em breve, Ben. — Concordo e minha mãe volta a olhar para Nathan. — Foi muito bom conhecê-lo. Fico feliz pelo Ben ter feito amigos.

— É um prazer conhecê-la também, senhora. — Nathan segura a porta aberta para mim e nós corremos em direção ao seu carro, sem olhar para trás.

— Telhado? — pergunta Nathan.

Estamos sentades na entrada da garagem dele faz um tempinho, sem música, sem falar nada. Ele desligou o carro, mas, depois de alguns segundos só sentado ali, abriu a janela para deixar o ar frio da noite entrar.

Por fim, olho para ele.

— Aham.

Ryder me dá um abraço e eu o afago atrás das orelhas, mas não tenho muita energia agora. É como funcionar com o tanque vazio. Eu me sinto exauste, mesmo que tudo que tenhamos feito tenha sido falar.

Nathan abre a janela e me ajuda a sair dessa vez, segurando minha mão e me puxando pela abertura. Pelo menos dessa vez, com calças mais justas, eu não quase despenco em direção à morte.

Está ventando bastante para abril, mas o sol está brilhando, então é mais do que suficiente para nos aquecer.

— Então… — diz Nathan, fazendo o caminho até nosso lugar de costume. — Ela pareceu legal, a sua mãe.

— Humm. — Me sento ao lado dele. Até ficaria chocade, mas essa é a reação comum quando o assunto são os meus pais. Eles usam aquela máscara para desconhecidos ou amigos da família e deixam escapar um comentário maldoso sobre mim aqui e ali.

— O que eles falaram pra você? — pergunta ele.

— Eles querem que eu volte pra casa. — Até mesmo para mim, minha voz soa vazia.

— Uau. — Nathan passa a mão pelos cabelos. — Isso é…

— Pois é.

— Zoado. — Nathan dobra os joelhos contra o peito.

Desço o olhar para a mão dele, apoiada tão perto da minha, e não consigo resistir. Minha própria mão pousa sobre a dele. Aquele calor… É tão diferente da minha mãe. Quero esse tipo de calor. Sinto que preciso disso. Para me acalmar, se nada mais for capaz de fazer isso. Sinto a pele seca da palma dele e, ainda olhando para a frente, Nathan entrelaça os dedos nos meus. O resto da pele que eu contorno com meu polegar é macia e, por meio segundo, me pergunto se é essa a sensação de tocar o resto do corpo dele.

— Valeu por ir comigo. Sei que não foi muito justo…

— Não me incomodou — diz ele.

— Não quero que você tenha que ser meu guarda-costas. Isso não é justo com você.

Ele reage daquele jeito, aquela risada que se parece um pouco com uma zombaria.

— Você se preocupa demais.

— E você é um mentiroso veloz — digo.

— Quando vi aquela expressão no seu rosto... Quando sua mãe percebeu que você estava comigo... — Ele para, como se estivesse tentando pensar nas palavras certas. — Eu conhecia aquela sensação.

— Sério?

Ele assente.

— É impotência, não é?

— Valeu. Eu... — começo a dizer. Parece o momento perfeito. Minha segunda chance. Falhei na noite do filme, mas talvez agora seja a hora. Porém, sou covarde demais. — Tem uma coisa que eu preciso te mostrar.

— Ah, é?

— É uma pintura — digo, enfiando a mão no bolso para pegar o celular. — É, hum... Bom, é um pouco esquisito.

— Você sabe que é terrível em dar notícias ruins para as pessoas, né? — indaga ele.

— Sim. Quer dizer, não é ruim nem nada. — Abro a foto da pintura. — Acho que não é, pelo menos. Mas é você que vai decidir. É uma pintura sua.

Nathan para, alternando o olhar entre mim e o celular ainda na minha mão.

— Você me pintou? — pergunta ele.

Assinto.

— Por favor, me diz que você não me pintou nu.

— Hã? — gaguejo. — Não!

— Tá bom, porque você é ótimo, Ben, mas isso talvez passasse dos limites.

— Como isso *não* passaria dos limites?

— Depende de como você retrata as minhas curvas e minha elegância. — Ele dá uma piscadela para mim.

Bloqueio o celular e o deslizo de volta para o bolso.

— Ok, esquece. Deixa a curiosidade te matar.

— Não, espera. — Ele estende a mão para a minha de novo. — Qual é, eu só estava brincando.

Aponto um dedo para ele.

— Sem piadas, tá bom?

— Prometo. — Ele estica a mão de novo. — Promessa de dedinho.

Pego o celular de novo, e a foto da pintura é a primeira coisa que aparece. Me preparo e o entrego para Nathan. Ele não reage de primeira, então lentamente sua boca se abre naquele sorriso largo tão familiar, pelo qual acho que me apaixonei.

Quero que ele nunca pare de sorrir.

— Ben... — começa ele, mas sua voz se dispersa de novo.

— Meio que só aconteceu, e sei que parece esquisito ou sei lá, então se quiser me odiar, vá em frente, mas é isso. Só usei algumas das selfies que você tirou com meu celular. — Estou falando tão rápido que as palavras se atropelam, e acho que ele não me entende direito. — Tive que mudar algumas coisas, pegar de outras imagens.

— Ben. — Ele segura meu braço e isso faz eu me calar. — Eu amei.

— Sério?

— Estou tão amarelo. — Ele ri. — Essa deve ser minha pintura favorita.

— Você só está dizendo isso porque é um retrato seu.

— Bem, você vai ter que concordar que eu sou um bom modelo. — Ele não para de olhar para a foto. — Mal posso esperar para ver a pintura real. Ela vai estar na exibição?

— Ainda não sei se vou participar.

— Ah, que isso, Ben. Você *precisa* participar.

— É que... Não sei.

— Você está com medo das pessoas não gostarem do seu trabalho? — pergunta ele.

— Um pouco, eu acho. — Só parece que estou me abrindo de novo. Eu nunca havia sentido essa vontade de compartilhar minha arte com as pessoas, pelo menos não com as pessoas com quem não tenho intimidade. Sempre havia sido um assunto privado, algo para mim mesme e algumas poucas pessoas.

— Ben. — Sinto a mão dele de novo, sobre a minha. — Eu realmente acho que você devia participar.

— Falar é fácil. — O calor da pele dele se espalha pela minha. Juro, esse cara é tipo uma manta aquecida ou algo assim. — Quero participar — digo.

— Então você deveria fazer isso.

— Só estou com medo.

Nathan ri.

— Provavelmente é normal se sentir assim. Pra ser honesto, se você esperasse que todo mundo amasse tudo que você faz, você provavelmente seria um imbecil pretensioso das artes.

— Terei que pegar seus óculos hipster e blusas de gola rolê emprestados.

— Pff. Como se eu fosse abrir mão deles. Mas pode ficar com meu café. — Ele começa a rir de novo. — Não acredito que estarei em uma exibição de arte. — Ele finalmente me devolve o celular.

— *Pode* estar — corrijo. — Desculpa por não pedir permissão nem nada.

DESEJO A VOCÊ AS COISAS MAIS BELAS **285**

— Bem, esse sou eu dando minha benção para você colocar isso na exibição. — Ele passa a mão pelos cabelos. — É fantástica. Obrigado, Ben.

— De nada. — Estou tentando não corar, mas posso sentir meu rosto esquentando apesar do ar frio.

De primeira, não escuto o carro entrando na garagem, mas então Nathan fica atento, e há o som distinto de portas de carro se fechando.

— Meus pais chegaram.

— Ah. — Olho ao redor, como se eles fossem aparecer magicamente no telhado.

— Quer conhecê-los?

Dou de ombros.

— Acho que não tenho muita escolha, né?

Nathan se levanta e espia por cima da beirada do telhado, em direção ao quintal.

— É uma queda e tanto, então… acho que não. — Nathan me oferece a mão de novo e me ajuda a levantar. — Eles são legais, juro.

— Tá bom.

Não era assim que eu planejava conhecer os pais do Nathan. Havia imaginado dezenas de encontros desajeitados em que eu os chamava pelo nome errado, ou errava meu próprio nome, ou os chamava de mãe e pai por acidente.

Andamos de volta pelo telhado até o quarto dele. Quase caio de novo quando tento atravessar a passagem. Pelo menos dessa vez as chances de despencar tragicamente em direção à morte são mínimas. Mas Nathan me segura em seus braços.

Ele está muito quente e, por uma fração de segundo, sinto o cheiro da colônia meio terrível e do desodorante dele.

Acho que é de lima. Provavelmente não deveria formar uma boa combinação mas, nesse momento, o cheiro é tão bom.

Ah, droga.

— Valeu. — Tento sorrir para disfarçar e me endireito o mais rápido que posso.

— Sem problemas. — Ele me solta devagar, suas mãos se demorando só um pouquinho demais. Não, espera. Para, estou sendo pervertide de novo. — Ei, e se você ficar para o jantar?

— Hum, claro. Acho que Hannah não se importaria.

— Nathan? — grita uma voz lá de baixo. — Você está em casa?

— Sim, desço em um segundo! — grita Nathan de volta, então ele olha para mim, estendendo a mão. — Pronto pra ir?

Eu a seguro, lentamente, e deixo que ele me guie para fora do quarto e escada abaixo.

Capítulo 19

— **Então você é o Ben.** — A mãe de Nathan segura minha mão, apertando-a rapidamente. — Meu nome é Joyce e esse é meu marido, Robert. É um prazer finalmente conhecê-lo. Nathan fala muito bem de você. — Ela dá uma piscadela, e não sei o que isso deveria significar, mas não questiono.

— Ele fala? — pergunto.

— Ah, vez ou outra — responde ela.

Enquanto arruma os produtos na geladeira, o pai de Nathan diz:

— E toda noite no jantar, e antes de dormir, e no café da manhã.

Eu me viro para Nathan, que no momento está sentado à bancada com o rosto enterrado nas mãos e, meu Deus, ele parece tão fofo agora.

— Eu não falo dele vinte e quatro horas por dia! — protesta ele.

— Ele tem razão. — O sr. Allan dobra as sacolas plásticas que sobraram e as guarda em um pequeno recipiente debaixo da pia. — Ele precisa dormir de vez em quando.

— Ah, muito engraçado. — Nathan revira os olhos. Então mexe a boca para dizer "desculpa". Mas estou ocupade demais rindo.

— Então, Ben, gostaria de jantar conosco? — pergunta a sra. Allan.

— Hum, sim — respondo. — Se vocês não se incomodarem, óbvio.

— Óbvio que não! — A sra. Allan se inclina sobre a bancada. — Nós íamos só pedir uma pizza, se não se importar. Estou cansada demais para cozinhar hoje, o trabalho hoje foi um pesadelo.

Dou de ombros.

— Estou de boa com qualquer coisa.

— Você tem alguma restrição alimentar? Como carnes ou queijo?

— Não, nada, como qualquer coisa.

— Então, o que vocês dois andaram aprontando? — pergunta o sr. Allan. Não soa como uma acusação, mas ainda há certa preocupação. E se eles acharem que nós estávamos dando uns amassos lá em cima ou algo assim?

— Só passando tempo. Eu o levei até o telhado.

Na verdade, estou meio surprese que Nathan não minta, tipo dizer que estávamos estudando ou algo assim. Não. Estávamos no telhado, o que significa que deveríamos estar no quarto dele antes de chegar lá. Totalmente sozinhes, sem qualquer supervisão parental.

— Ah, meu Deus! — A sra. Allan solta uma risada. — Você não ficou completamente apavorado? — pergunta ela para mim.

— Não. — Quase respondo que *não foi minha primeira vez*, mas sinto que isso seria inadequado. — Fiquei de início, mas depois não é tão assustador assim.

DESEJO A VOCÊ AS COISAS MAIS BELAS **289**

— Queria que ele parasse de fazer isso — murmura a sra. Allan. — Fico morrendo de medo sabendo que ele está lá em cima.

— Não é tão perigoso — diz Nathan. — E eu tomo cuidado.

— Eu sei, eu sei. — A sra. Allan bagunça os cabelos dele e beija a testa do filho. — Mas ainda assim você me deixa preocupada.

— Quer que eu peça? — O sr. Allan pergunta para a esposa, o telefone já em mãos.

— Sim, querido. Pede uma pizza grande de queijo e outra grande de pepperoni.

— Entendido. Hum? Ah, sim. Gostaria de fazer um pedido... — diz o sr. Allan ao telefone antes de começar a andar pelo corredor, sua voz acompanhando-o.

— Então, há quanto tempo você está na Wake, Ben? — pergunta a sra. Allan.

Acho que isso significa que Nathan não contou nada aos pais. Não que eu tenha pensado que ele contaria, é só... bom saber que ele manteve esse segredo.

— Há alguns meses. Me mudei pra cá em janeiro.

— Está gostando?

Dou de ombros.

— É legal. Diferente.

— Eu estava tão nervosa com a ida do Nathan para uma escola diferente quando viemos para cá. Deve ser estranha a sensação de recomeçar. Novos amigos, novas turmas, novos professores.

— É. — Me recosto na bancada, observando Nathan.

— Seus pais gostam daqui?

— Moro com minha irmã. — Por algum motivo, parece impossível mentir para a sra. Allan.

Ela não pede detalhes, como se isso não fosse uma coisa esquisita para ela. Mas talvez não seja, muitas pessoas moram com sues irmanes, eu acho.

— Sua irmã gosta?

— Sim, mas ela mora aqui já faz um tempo. — Consigo vê-la tentando ligar os pontos na cabeça. Se ela chega ou não à conclusão correta, não sei dizer. Não dá para saber.

— Estou feliz por você e o Nathan serem amigos. É difícil passar pelo ensino médio sozinho.

— Tá bom, tá bom. — Nathan se levanta. — Chega de interrogatório.

— Eu só estava fazendo perguntas — protesta a sra. Allan.

— E Ben teve um dia muito agitado, então nós vamos assistir TV.

— Foi um prazer conhecê-la, sra. Allan — digo, antes de Nathan segurar minha mão.

— O prazer foi meu, Ben. — Então ela precisa gritar porque já estamos a meio caminho do corredor: — Vamos chamar vocês quando a pizza chegar!

— Obrigado, mãe! — grita Nathan em resposta, e ele me leva direto para seu quarto. — Vou no banheiro rapidinho, ok?

— Tá bom. — Eu o observo sumir de volta pelo corredor e me dou conta de que estou completamente sozinhe no quarto de Nathan Allan.

Meu olhar encontra todos os livros alinhados nas prateleiras abarrotadas. Queria muito poder passar o dia organizando tudo isso para ele. Ele tem pelo menos cinco exemplares de *Orgulho e preconceito*, todas as capas gastas e amassadas.

Folheio um deles, mas vejo que Nathan escreveu nas margens, a marcação desbotada decorando passagens inteiras.

Devolvo o livro ao lugar rapidamente. Isso parece pessoal demais, quase como se eu estivesse bisbilhotando o diário dele. O resto dos livros varia de fantasia a histórias contemporâneas. Até reconheço alguns deles.

Mas não parece existir nenhum tipo de organização. Pelo menos não por séries, sobrenomes dos autores ou títulos. Até mesmo o tamanho de todos os livros está desigual. A escrivaninha está arrumada, ao menos, o notebook exibindo seu descanso de tela ao fundo.

Tem um calendário com quase todos os dias riscados conforme nos aproximamos do fim de abril, e um punhado de fotos foram penduradas com pinos num quadro de cortiça na parede. Fotos de Nathan e a mãe, outra dele com os pais no centro da cidade. Elas me lembram tanto das fotos que minha mãe tirava. Fotos de uma família feliz se divertindo.

Mas quando olho para Nathan e seus pais, sinto que vejo uma família de verdade.

— Ei.

Tomo um susto com a voz de Nathan. Ai, meu Deus, e se ele achar que eu estava bisbilhotando as coisas dele? Quer dizer, acho que tecnicamente estou, mas só as fotos. Não estava mexendo nas gavetas dele nem nada.

— Nós tiramos essa no ano passado. — Ele gesticula para o quadro de fotos, e é difícil distinguir de qual ele está falando até ele se aproximar, os dedos deslizando sobre ela. É uma foto dele, Sophie e Meleika na água. — Elas ficaram chocadas que eu nunca tinha ido à praia. Isso não é muito comum no Colorado.

— Era lá que você morava antes? — pergunto.

— Aham. — Ele ri. — Foi esquisito. Eu nunca tinha ido a uma praia antes, mas a areia era muito quente e a sensação era boa sob os pés.

— É assim até você entrar na água — digo. — Depois disso só começa a grudar em você, e você nunca consegue se livrar de tudo.

— De fato. Não posso dizer que senti vontade de voltar.

Sinto os dedos dele roçando de leve nos meus e fico feliz em segurar a mão dele de novo. Fingimos que nada demais está acontecendo. Não olhamos para baixo, ou apertamos as mãos ou dizemos nada.

Porque não precisamos.

Chega segunda-feira e a sra. Liu precisa de uma resposta.

— Sei que fico te atazanando com isso, mas a exibição é na sexta à noite e realmente precisamos saber se você…

Eu a interrompo.

— Vou participar.

Para ser honeste, não havia chegado à escola com uma resposta definitiva. Fiquei pensando no que Nathan havia dito, sobre sentir medo. Não sei se isso realmente ajudou. Na verdade, acho que só falei o que veio à mente.

O que aparentemente foi um sim.

O rosto da sra. Liu se ilumina e ela começa a dar pulinhos.

— Ah, Ben! Estou tão animada! Tá bom, temos muito o que fazer. Me certifiquei de reservar um espaço para você, então você só precisa escolher as obras que quer exibir. O limite é cinco obras por estudante, ok?

— Só vou exibir as pinturas que já terminei — digo.

DESEJO A VOCÊ AS COISAS MAIS BELAS **293**

— Tipo aquela do Nathan? — A voz dela vai diminuindo até sumir.

Assinto.

— Essa também.

— Ben, isso é fantástico. Estou pedindo a todo mundo que fique depois da aula na sexta para ajudar com a montagem. Deve dar tempo o suficiente para você ir em casa e trocar de roupa.

— Tá bom. Estarei aqui.

Mas quando chega sexta-feira, não estou pronte.

Durante o dia inteiro na escola, fico uma pilha de nervos, quase sem falar, e não consigo parar de tremer. No almoço, Sophie me dá um brinquedinho em formato de cubo que ela diz ajudar quando o TDAH dela fica mais atacado. E ajuda um pouco, mas não o bastante.

— Alguma dica do que devemos vestir? — pergunta Nathan.

Balanço a cabeça.

— Nenhuma.

Estive pensando na camisa florida, a que Hannah comprou para mim. Mas e se for muito formal? Ou muito casual?

— Excelente, vou estrear meu terno de aniversário. — Ele tenta me fazer rir, mas não funciona.

— Olha, eu não precisava dessa imagem mental — diz Meleika.

— Acho que estou emocionalmente traumatizada pelo resto da vida — murmura Sophie.

Depois da aula, vou para a sala de arte. Não tem muito o que arrumar, porque todas as partições para pendurar as artes já estão montadas. Só precisamos escolher nossas estações e mudar nossas obras de lugar. No segundo em que entro na sala de arte, me vejo rodeade de pessoas. Algumas que nunca vi antes, outras que só vi de passagem.

Por alguns segundos todo mundo só me encara, mas então voltam para seja lá quais forem as conversas que estavam tendo antes. A sra. Liu diz a todo mundo que está pronto para ir para a frente da escola e escolher seus lugares. Aqueles que precisam ter as obras penduradas nos fundos têm que se revezar no uso da escada para descer as peças.

— Isso é incrível. — Uma garota olha de relance por cima do meu ombro para a pintura de Nathan. — O Nathan é uma gracinha, meu Deus.

— Ah, hum, valeu — agradeço, como se os créditos pela beleza dele fossem meus. Mas não posso discordar dela.

Escolho um lugar perto dos fundos, talvez desse jeito não atraia tanta atenção. E, assim que termino, a sra. Liu me libera.

— Só esteja aqui às oito, tá bom? — pede ela.

Thomas não precisa mudar de roupa e Hannah já está quase pronta quando chegamos em casa, mas demoro quase uma hora tentando decidir o que vestir, e agora estou me encarando no espelho, e considerando *de verdade* simplesmente não ir para essa exibição de arte, no fim das contas.

Escolho a camisa florida que Hannah me deu, a preta com flores rosa, e acho que fico bem, mas tem alguma coisa esquisita com meu corpo essa noite, e estou com uma marquinha vermelha nojenta no queixo que pedi a Hannah para cobrir com maquiagem, mas não temos tons de pele similares, e prefiro ter uma marquinha do que uma faixa aleatória de pele levemente mais escura.

— Está pronte, maninhe?

Hannah definitivamente está melhor do que eu. Inferno, até Thomas parece mais confortável. Sou apenas um corpo

DESEJO A VOCÊ AS COISAS MAIS BELAS **295**

desajeitado e de formato estranho. Sempre fui, e provavelmente sempre serei.

— Não sei ao certo.

Olho meu reflexo mais uma vez, mas ainda odeio o que vejo. Na casa dos meus pais, eu só usava qualquer coisa que minha mãe comprava para mim. Ela tinha bom gosto, e as roupas cabiam, e elas se pareciam com o que todo mundo usava, então eu me sentia menos autoconsciente.

— Quer conversar? — pergunta ela.

— Não tem nada pra conversar.

— Tem certeza? — Hannah vem até minha cama e se senta na beirada, dando um tapinha no lugar ao lado dela. — Anda.

Suspiro, mas faço o que ela me pede, apoiando os cotovelos nos joelhos.

— O que foi? — indaga Hannah.

— É só nervosismo — respondo, sabendo que não é só isso.

Já sei minha resposta para a pergunta dos meus pais. Não há a mínima possibilidade de eu voltar para aquela casa, não depois de tudo que eles fizeram. Quero acreditar que eles mudaram, mas realmente não acho que isso tenha acontecido. Acho que esse tipo de mudança está fora do alcance deles. Eles não são maduros o suficiente para se conscientizarem por conta própria.

E tem o fato de que escondi isso tudo de Hannah. Acho que nunca conseguiria contar a ela sobre ter me encontrado com eles. Parece uma enorme traição da minha parte, e nunca quero ver a reação dela caso ela descubra.

Tentei falar com Mariam sobre toda essa situação, mas ainda parece ser uma coisa estranhamente privada. Não consigo explicar. Além disso, não posso sempre empurrar todos os meus problemas para cima delu e esperar que elu os resolva. Isso não é justo.

— Ei, nervosismo pode ser uma coisa boa — diz Hannah.

— Como?

— Bem… — Ela abre a boca. — Droga, não tenho nenhum conselho.

— Viu?

Hannah dá um tapinha no meu joelho.

— Só finge que essa noite vai ser a melhor noite da sua vida.

— Realmente baixando todas as expectativas, né?

— A melhor noite da sua vida até agora? — corrige ela.

— A melhor — digo, me balançando um pouco para a frente e para trás. — Posso fazer isso. — Inspiro e expiro devagar. — Vou conseguir.

Por um breve momento, penso em contar a ela. Sobre a mensagem e o encontro. Mas isso não vai ser bom para ninguém.

Já tenho minha resposta, meu lar.

— Você vai conseguir — diz ela.

Ouço Thomas se aproximando pelo corredor, ainda dobrando as mangas da camisa.

— Todo mundo pronto pra ir?

Hannah me olha de soslaio.

— Maninhe?

— Sim, vamos lá.

A North Wake à noite é meio incomum. Todas as luzes estão apagadas a não ser pelas do prédio principal onde está a exibição. E o estacionamento está lotado de carros, então acho que qualquer possibilidade de isso ser uma exibição pequena acabou de evaporar.

— Seus amigos virão essa noite? — Hannah tranca o carro atrás de nós.

— Acho que sim. — Confiro o celular, mas não há mensagens. Porém, falamos disso no almoço e todo mundo parecia animado.

— Ben! — grita alguém do outro lado do estacionamento e, de repente, duas pessoas estão correndo na minha direção. Bem, Meleika está correndo, Sophie só está tropeçando. Ela não consegue fazer muito de salto alto.

— Vocês vieram. — Deixo Meleika me envolver em um abraço.

— Por que não viríamos? — pergunta Meleika.

— Vocês não estavam respondendo às mensagens. — Não tenho a intenção de que isso soe como algum tipo de acusação.

— Ah, eu estava dirigindo — explica ela.

— E eu não tenho sinal nenhum. — Sophie bate raivosamente com os dedos no celular.

— Tudo bem — digo. — Vocês sabem onde o Nathan está?

— Acho que ele ia tentar chegar cedo — diz Sophie.

O celular de Meleika faz um pequeno *ding*.

— É, ele já está lá dentro.

— Bem, já que Ben não vai nos apresentar, eu vou. — Hannah estende a mão para Sophie. — Meu nome é Hannah, sou irmã de Ben.

— Desculpa — digo. — Essas são Sophie e Meleika.

— Olá, garotas. — Thomas dá um aceno para elas.

— Oi, sr. Waller. — Meleika vasculha sua bolsa por um segundo. — Pronto para arrasar nessa exibição de arte? — pergunta ela.

— Aham — respondo, seguindo-os para dentro da escola.

Não é possível fazer muito com o saguão de uma escola, mas com as partições e as obras de todo mundo penduradas, se parece com uma galeria de verdade. E as pessoas já estão andando entre as pinturas. Imagino que a maioria sejam pais, mas reconheço alguns rostos. Até vejo Stephanie. Ainda bem que Todd parece não estar presente.

— Onde estão suas obras? — pergunta Sophie.

— Por aqui. — Nós andamos por inúmeras fileiras de diferentes pinturas de estudantes. Todos eles parecem estar em pé nas laterais, prontos para falar com as pessoas a qualquer momento. Quando viramos a curva até meu lugar, bem no fim da fileira, finalmente vejo Nathan.

E ele está encarando meu trabalho. Mais especificamente, ele está encarando o retrato dele.

— E você deve ser o Nathan! — diz Hannah, estendendo a mão. — Ben e meu marido têm falado bastante sobre você.

— Só coisas boas, espero. — Nathan aperta a mão dela. Um perfeito cavalheiro, como sempre. — Espero estar à altura das histórias que eles contaram.

— Ah, uau, Ben! — Meleika encara as obras, boquiaberta. — Você pintou isso?

Agora todos os cinco estão encarando. Bem, Thomas nem tanto, porque ele já viu essas pinturas.

— Sim — respondo, tentando não corar.

— Alguém já me perguntou se foi eu que pintei — murmura Nathan. — Respondi que não tenho tanto talento assim.

— Isso é tão legal. — O olhar de Sophie passa de uma pintura a outra. — Ah, meu Deus, esse é o Nathan! — Ela olha bem de perto.

DESEJO A VOCÊ AS COISAS MAIS BELAS **299**

— Ei. — Nathan a puxa para trás. — Não respire no meu maravilhoso retrato. Você vai diminuir o valor da peça.

Sophie revira os olhos.

— Ai, meu Deus, bem. Isso foi um erro. O ego dele já é grande demais.

— Podemos conversar quando seu retrato estiver pendurado em uma galeria de arte.

Ela mostra o dedo do meio para ele, mas ambos estão sorrindo.

Exibições de arte são meio surreais, mesmo que seja só um evento estudantil. Pelo menos esse. Não posso falar pelos outros.

As pessoas continuam entrando e saindo, algumas param para falar comigo ou olhar as pinturas. De acordo com Nathan, Hannah e Thomas estão perambulando pela galeria. A sra. Liu nos encontra alguns minutos depois.

— Ah, Ben! Isso não é incrível? — Ela me abraça de novo. — O público foi maior do que o esperado!

— Aham.

O lugar que escolhi não está muito agitado, mas as pessoas passam, algumas param e me fazem perguntas sobre como fiz a pintura. Mas a maioria só sorri, acena com a cabeça e segue em frente. Depois de dez minutos, Meleika e Sophie partem em busca da mesa de comida, e a sra. Liu fica presa numa conversa com outra pessoa.

Então agora somos apenas Nathan e eu.

— Ainda não consigo acreditar que você fez isso — diz ele, se virando para olhar seu retrato de novo. — Gosto de como dá pra ver os detalhes da tinta, como se ela não estivesse toda plana. Se é que isso faz sentido.

— São só as pinceladas, não é nada de mais.

— Ainda assim eu gosto. Faz eu me sentir aquecido.

— Isso é por conta do amarelo — explico.

— *Por que* você escolheu essa cor? — pergunta ele.

Antes que eu possa me impedir, estou respondendo:

— Porque é alegre e traz esperança. — Faço uma pequena pausa. — Como você.

Nathan me olha de soslaio e me dá um sorriso malicioso. Sinto meu rosto esquentar.

— Desculpa, quer dizer... Não é nada de mais — argumento, na esperança de que ele se esqueça do que falei antes. — Olha. — Deixo meu dedo pairar sobre a versão pintada de seu rosto. — As linhas aqui não estão certinhas.

— Ah, por favor, né!

— E eu deveria ter acrescentado um tom mais escuro aqui para se parecer mais com uma sombra.

— Ben. — Ele suspira.

— O quê?

— Me diz uma coisa que você gosta nessa pintura.

— Como assim?

— Você sempre destaca as falhas no seu trabalho, mas o que você gosta nessa pintura? Ou naquela? — Ele aponta para a do cardinal, que parece ter sido feito há tanto tempo atrás.

Reflito por um momento.

— Gosto do fato de que pude inventar. Quer dizer, o espaço ao redor.

Acertei na retratação do pássaro, óbvio, mas o resto do espaço em branco foi meu parquinho. Uma mistura de azuis e roxos com o pequeno pássaro vermelho oferecendo o contraste.

— E a coisa do Pollock?

— Pintura de gotejamento — corrijo.

— A pintura de gotejamento — diz ele com um sorriso no rosto. — O que você gosta nela?

— Gosto de como os roxos ainda se sobressaem, mesmo por baixo de todo o azul.

— E essa? — Nathan aponta para seu retrato.

— Gosto que é sobre você — respondo baixinho e, num primeiro momento, parece que ele não me escuta, ou acho que não escuta.

Então ele diz:

— Essa é uma característica muito boa. — Ele solta um longo suspiro. — Você sempre aponta os problemas nos desenhos ou nas pinturas. Mas e as coisas que você acertou?

— O que têm elas?

— Elas não significam alguma coisa?

Suas palavras fazem meu estômago dar um solavanco. Não sei, talvez ele tenha razão. Mas acho que ele não percebe o quanto pode ser difícil esquecer de todos os erros quando sei que a culpa é minha. Quando sei que eu deveria ter notado eles.

— É difícil sentir orgulho de alguma coisa que você errou, mesmo que tudo ao redor esteja perfeito.

— Não ignore os problemas — aconselha ele. — Aprenda com eles. Mas também não menospreze o que você acertou. Todo sucesso merece uma celebração.

Eu me sinto meio sem palavras, antes de conseguir responder:

— Valeu.

— É pra isso que estou aqui. Apoio emocional. Ser um modelo só fica em segundo lugar por pouquinho.

— Acho que Sophie está certa. Isso não ajudou muito no seu ego.

— Isso não vem ao caso. Então, precisamos discutir oportunidades de posar de modelo. Estou pensando em ficar completamente nu da próxima vez.

— Não nessa vida — digo, rindo e me esforçando ao *máximo* para não pensar no Nathan pelado. — E você?

— Hã?

— O que você gosta no meu trabalho?

Nathan olha para mim, mas não responde.

— Naquele dia em que pegamos a tinta na sala de arte, você agiu como se fosse dizer alguma coisa. O que era?

— Você se lembra daquilo? — Ele ri.

— Acho que foi a única vez em que vi você sem palavras. — Dou um cutucão nele. — Vamos lá. — Abaixo o timbre da minha voz, com mais seriedade. — O que você sente quando vê as pinturas?

— Esse é um sotaque terrível.

— Me faz parecer acadêmico — argumento. — Agora pare de evitar a pergunta.

— Suas pinturas parecem… complexas.

Congelo. Tá bom, não estava esperando por isso.

— Como assim?

— É… não é nada — responde ele, e então começa a rir sem motivo. — Nada, juro.

— Não — insisto. — Conta.

— Não sei, sinto que posso te enxergar nelas. Isso provavelmente não faz sentido nenhum.

Não muito. Mas quero escutar o que ele tem a dizer.

— Continue falando.

— Tipo a do Pollock, parece brilhante e ativa, não sei. Mas, tipo, muito obscura ao mesmo tempo. Se é que isso faz sentido. — Ele respira devagar. — Acho que é a pintura que mais se parece com você.

— Aquela era só um trabalho escolar. A sra. Liu queria que eu mostrasse para a turma de calouros como o Pollock pintava.

— Ainda assim, ela se parece com você. — Ele ri de novo. — É uma pintura bem "Benista".

— "Benista"? — repito a palavra. — Hum.

— Desculpa.

— Não, não, não. — Olho para ele e então de volta para a pintura. — Eu entendo. — Pelo menos acho que entendo.

— A do pássaro parece solitária — continua Nathan. — Como se você tivesse todo esse espaço em branco, mesmo que seja essa tela enorme.

— Você devia ser crítico de arte — digo.

— Ou talvez eu critique apenas você. — Ele dá uma piscadela.

— Essa deve ser sua pior cantada até agora. — Mas ainda assim sinto meu rosto esquentar, e não consigo manter o contato visual por mais do que alguns segundos.

Espero que ele continue, que diga alguma coisa sobre o retrato, mas acho que ele já me contou tudo que precisava dizer. As cores vívidas, o ângulo.

— Você quer dar uma volta? — pergunto a ele.

— Tá bem, por que não?

Mas no segundo em que fazemos a curva, meus olhos encontram as portas de entrada da escola. E as duas pessoas que estão atravessando-as.

— Merda — sussurro.

Meus pais estão aqui.

Capítulo 20

— **Não. Não, não, não, não.**

Nathan congela.

— O que eles...

Tenho que pensar rápido.

— Escuta, por favor, encontra a Hannah e o Thomas — digo baixo o suficiente para que apenas Nathan me escute. — Distraia eles, mantenha os dois afastados da minha seção, beleza?

— Entendido. — Nathan assente e sai correndo, perscrutando os corredores com o olhar.

— Oi, meu amor. Seu amigo está indo aonde? — pergunta minha mãe.

— Pegar alguma coisa para beber — murmuro. — O que vocês estão fazendo aqui?

— Bem, estávamos dando uma olhada no site da sua escola — responde minha mãe com um sorriso. — E vimos que havia uma exibição de arte e que seu nome estava na lista de estudantes!

— Então, pensamos em fazer uma visita. — Meu pai dobra um folheto que ele recebeu na entrada.

— Vocês não acham que deveriam ter mandado mensagem antes? Pra ver se eu não teria problema com isso? — pergunto.

— Ah, meu amor, que bobagem. Nós queríamos apoiar você. — Minha mãe me dá um tapinha com a mão.

— Agora, onde estão suas obras? Eu adoraria vê-las.

— Acho que vocês deveriam ir embora.

Meu pai reage com escárnio.

— Então agora não temos permissão de ver o trabalho da nossa própria cria? Você costumava falar o tempo todo da sua arte. Achei que isso te deixaria feliz!

Percebo o uso das palavras, sem menção a "filho" até então. Quem sabe eles estejam se esforçando agora?

— Hannah está aqui, e não convidei vocês. Não acho que isso seja uma boa ideia.

— Ah, para, Ben. — Meu pai passa por mim. — Vamos dar uma olhada rápida e ir embora, tá bom? Talvez possamos ir jantar para comemorar.

— É, aham. Talvez. — Vou dizer o que for preciso, contanto que isso os faça ir embora o mais rápido possível. Me apresso para entrar na frente dos meus pais e os guio em direção a minha pequena seção. — Aqui está.

— Ah, minha nossa! Isso é realmente algo, Ben.

Eu me contenho para não perguntar exatamente a que tipo de "algo" ela se refere.

— Valeu.

— Você pintou isso mesmo? — pergunta meu pai, se inclinando para olhar de perto. — Estou surpreso. Você tem mais talento do que imaginei.

Talvez se ele tivesse se dado o trabalho de olhar para qualquer uma das coisas que mostrei a ele em casa, ele estaria menos surpreso.

— Sim.

Olho ao redor, torcendo para que Nathan tenha encontrado Hannah e Thomas.

— Ah, chega mais perto, meu amor. — Minha mãe pega o celular. — Quero tirar uma foto!

— Tá, depois vocês realmente precisam ir embora — digo, ficando de pé ao lado da pintura de gotejamento.

Ouço minha mãe sussurrar:

— Queria que você estivesse usando uma camisa diferente.

Mas escolho ignorá-la. Não há por que deixá-los irritados.

— Aquele é o seu amigo? — pergunta meu pai. — Nate?

— Nathan — corrijo. — E sim, é ele.

— Parece mesmo ele. — Mas isso não soa como um elogio. Tenho certeza de que as peças estão se encaixando na cabeça do meu pai. Pintei um retrato de um garoto, um garoto de quem sou muito próxime. Na cabeça dele é uma equação simples.

— Valeu — agradeço, talvez só para contrariá-lo.

— Você está recebendo pagamento por isso? — pergunta ele.

— Não, pai.

— Bem, nós deveríamos falar com alguém sobre isso. — Ele começa a olhar ao redor, mas eu o impeço de fazer algo.

— Não, pai, tudo bem. Isso é uma exibição de estudantes. Ninguém está sendo pago.

Minha mãe tira mais algumas fotos com o celular.

— Bem, isso foi simplesmente fantástico. Essas pinturas são incríveis mesmo, Ben.

— Tá bom, agora vão embora, por favor.

DESEJO A VOCÊ AS COISAS MAIS BELAS 307

— Benjamin, não há necessidade de ser rude, nós fizemos toda essa viagem até aqui. — Meu pai envolve a cintura da minha mãe com o braço.

— Cara, eu imploro. Olha…

— A-há. — Meu pai solta uma risada baixa e olha para minha mãe, mas ela não está rindo. — Olha só quem está usando o pronome errado agora, hein?

Puta merda, isso é inacreditável.

E ele só vai continuar rindo na minha cara.

— Isso foi uma das coisas que aprendemos, quando se usa as palavras erradas com alguém — explica minha mãe.

— Bom, então talvez vocês entendam que isso não é a porra de uma piada — rebato alto o suficiente para que eles ainda possam me ouvir.

Mas nenhum deles age como se tivesse me escutado. Na verdade, eles começam a olhar ao redor para todos os outros estudantes como se estivessem me ignorando de propósito.

— Sabe, essa é uma escola realmente boa — elogia minha mãe. — Muito moderna.

— É, é perfeita. — Meu Deus, por que eles não vão embora? — Agora, por favor…

— Ah, ótimo — murmura meu pai.

Ah, não.

Merda.

Hannah está vindo em nossa direção, Thomas atrás dela, e Nathan seguindo Thomas. Como a porra de uma fila de conga do desastre.

— Ben, sinto muito, eu… — Nathan tenta dizer, mas é impedido por Hannah.

— O que vocês estão fazendo aqui? — Hannah não perde tempo, avançando para cima da nossa mãe.

— Hannah, escuta… — Tento implorar para que ela se acalme. — Por favor, não faça isso aqui.

— Fique fora disso, Ben — retruca ela.

— Hannah, querida, que isso. — Thomas apoia as mãos nos ombros de Hannah e tenta guiá-la para longe dali, mas não adianta. — Vamos lá pra fora.

— Vou perguntar de novo. — Ela aponta um dedo na cara do nosso pai. — O que vocês estão fazendo aqui?

— Viemos para ver Ben — responde nossa mãe calmamente.

— Nós queríamos apoiá-lo — diz nosso pai.

Isso não pode ser real, isso não está acontecendo. Não aqui, por favor, meu Deus, não no meio da droga do saguão da minha escola.

— Ah, então *agora* vocês querem apoiar Ben? Depois de expulsarem Ben da porra da casa de vocês?

Não aqui, não aqui, não aqui.

Sinto Nathan se aproximar e passar o braço pelos meus ombros. Tudo que quero fazer é me afastar, sair correndo para bem longe desse lugar. Mas não posso. Estou paralisade, meu estômago se revirando enquanto aquela sensação nauseante se apodera de mim.

— Hannah Marie De Backer… — Nosso pai tenta dizer, mas Hannah não abaixa a cabeça.

— Vocês entendem o que fizeram Ben passar, os ataques de pânico, a ansiedade? Vocês expulsaram uma criança de casa, pelo amor de Deus!

— Isso não é da sua conta — resmunga nosso pai. — Nós percebemos nosso erro, e estamos nos esforçando para consertá-lo. Ben até concordou em voltar para casa depois da formatura.

DESEJO A VOCÊ AS COISAS MAIS BELAS 309

Ah, não.

Hannah se vira para mim.

— O quê?

Isso não está acontecendo, isso não pode estar acontecendo.

— Não, não, não, não foi isso que eu falei!

De onde foi que ele tirou essa?

— Nós nos encontramos outro dia e discutimos sobre ele voltar a morar com a gente quando terminar por aqui. Assim ele pode ir atrás de uma educação universitária adequada — continua nosso pai.

Hannah começa a rir.

— Você se encontrou com eles? Depois do que eles fizeram?

Eu me desvencilho do abraço de Nathan, mas só quando ele me solta é que percebo que ele era o único motivo pelo qual eu estava de pé.

— Hannah, por favor, me escuta. Juro pra você que não vou voltar pra lá. — Tropeço, quase caindo. — Eu *nunca* falei que voltaria pra lá.

— Ben. — Nosso pai parece realmente surpreso. — Você disse que viria pra casa depois da formatura.

— Ben não vai a lugar nenhum — diz Hannah.

— Escuta aqui, sua vadiazinha… — Nosso pai quase levanta a mão. Consigo ver o espasmo no pulso, se impedindo ao lembrar que está em público. Ele nunca bateu na Hannah. *Nunca*.

Até onde eu saiba, pelo menos…

Mas talvez ele esteja no limite com a gente. Talvez isso seja prova o suficiente. Ele nunca vai mudar, nenhum dos dois vai mudar.

— Eu não estava falando sério. — Aumento o tom de voz sem querer. — Disse o que vocês queriam escutar só para largarem do meu pé.

— Achamos que você seria um pouco mais compreensível. — Meu pai está falando mais alto a cada palavra.

E, de repente, fico hiperconsciente de todo mundo reunido ao nosso redor. Como se isso fosse alguma merda de briga no corredor.

A sra. Liu está apenas em pé ali, me encarando, o rosto cheio de pena. Meleika e Sophie encontraram Nathan, e os três parecem estar prontos para cair na porrada ou algo assim. Sophie está até mesmo com o salto alto na mão, preparada. Stephanie está encarando a confusão a sua frente, ao lado de todos os outros estudantes da North Wake presentes. Seus pais, seus amigos.

Todo mundo.

— Eu… — Sinto que comecei a tremer, e não consigo parar.

Não consigo parar. Nada disso. Não posso fazê-los irem embora, não posso fazer Hannah se acalmar, não posso fazer nada.

— Ben. — A voz de Nathan está tão distante. Suas mãos nos meus ombros são quase o suficiente para me fazer cair para trás.

— Não consigo fazer isso.

— Ben? — A preocupação inunda o rosto de Hannah, a raiva sumindo em um instante. — Ben, anda, vamos levar você pra casa.

— Não. Eu não vou a lugar nenhum com você. — Balanço a cabeça e me viro para encarar Nathan. — Podemos ir embora?

DESEJO A VOCÊ AS COISAS MAIS BELAS **311**

— Sim… — responde ele depois de um segundo. — Claro, vamos. — A pegada de Nathan se intensifica, e ele me guia virando a curva em direção à porta.

— Ben! — grita alguém. Não sei quem, e, na verdade, não dou a mínima.

Deixo Nathan me levar até seu carro. Está na vaga de sempre no estacionamento dos estudantes. Antes que eu possa me arrastar para o banco do passageiro, ouço o tilintar de saltos altos vindo atrás de mim no pavimento.

— Benjamin!

Minha mãe. E meu pai logo atrás dela.

— Pare agora mesmo, rapazinho! — grita meu pai.

— Me deixa em paz! — digo. Mas quando minha mãe agarra meu pulso, não consigo puxá-lo de volta, paralisade.

— Ben, nós sentimos muito. Só queríamos apoiar você… provar para você… — Minha mãe está gaguejando, e percebo que na verdade ela está assustada.

Talvez porque, pela primeira vez em muito tempo, ela não esteja conseguindo o que quer de mim. E, por um segundo, enxergo a mulher que eu amava. A mulher que ainda pode me amar.

— Só venha pra casa, tá bom? Nós podemos resolver isso conversando. Vamos nos encontrar com aquele médico, e talvez ele possa te ajudar a lidar com algumas dessas coisas.

Suas unhas se cravam em minha pele, silenciosas.

— Não — digo, e minha voz soa estranha. Até mesmo para mim. — Não vou a lugar nenhum com você.

— Ben, você vai voltar pra casa com a gente nesse ins… — Meu pai começa a dizer, mas eu o interrompo.

— Não sou seu filho. Se você chegar perto de mim ou da casa de Hannah de novo, vou chamar a polícia. — Abro a

312 MASON DEAVER

porta do carro de Nathan lentamente. — Não estou brincando. Nunca mais fale comigo.

Me sento no banco do passageiro, sentindo o arranque do carro enquanto Nathan dá ré para sair da vaga. Noto um vislumbre dos meus pais no retrovisor, observando o carro, boquiabertos.

E honestamente espero que essa seja a última vez em que os vejo.

Capítulo 21

Quando chegamos à casa de Nathan, subo as escadas até o quarto dele, como se fosse done do lugar ou algo do tipo.

— Vou falar com meus pais rapidinho — diz ele. — Já volto.

Quase o acompanho, porque no segundo em que suas mãos me deixam, sinto falta de seu toque. Mas não posso permitir que os pais dele me vejam nesse estado. Subo as escadas devagar, mas quando finalmente chego ao quarto, estou perdide. Não sei para onde ir, se devo me deitar na cama ou abrir a janela e me arrastar para o telhado.

Pouco tempo depois ouço o som de passos subindo as escadas, o rangido do piso de madeira sob os pés de Nathan.

— Quer se deitar? — pergunta ele.

— Aham — respondo, e sinto aquela dor no maxilar. Sei que se continuar falando, vou apenas começar a chorar.

Nathan se senta com as costas contra a parede e pega um travesseiro, apoiando-o no colo.

— Vem cá — diz ele, dando um tapinha nele.

Não estou no clima para discutir ou questionar, então me arrasto pela cama e descanso a cabeça.

— Minha mãe fazia isso comigo quando eu era criança. Sempre fez eu me sentir melhor — diz ele. Suas mãos tocam meus cabelos e começam a mexer nos cachos. É um tipo de relaxamento que nunca senti antes.

Preciso usar todas as minhas forças para não desmoronar agora.

— Sinto muito por você ter visto aquilo.

— Não é culpa sua — diz ele. Escuto sua respiração. — Tem alguma coisa que eu possa fazer?

— Posso ficar aqui? Só um pouquinho?

— Óbvio, por quanto tempo quiser. Mais alguma coisa?

Dou de ombros. Não consigo pensar em nada nesse momento.

— Sei do que precisamos. — Seus dedos não param de fazer cafuné, mesmo quando ele se inclina até a mesa de cabeceira para pegar alguma coisa.

A pressão nos meus ouvidos me surpreende, mas Nathan desliza o fone de ouvido tão delicadamente. Ele dá play no celular, e escuto um som assombroso, quase como o de um filme de terror. Então entra um violão e um cara começa a cantar com uma voz que parece tão triste quanto o momento.

— Quem é esse?

— Troye Sivan. — Nathan ri.

É agradável, mas não o que eu esperava do Nathan. Isso parece muito sombrio, mas quanto mais presto atenção nas letras, mais alegres elas parecem.

Fecho os olhos. Não quero, mas minhas pálpebras estão ficando pesadas demais para mantê-las abertas.

— Nathan.

— Hummm?

— Estou feliz por a gente ter se conhecido.

— Eu também, Ben.

— Você fez com que esses últimos meses fossem menos ruins.

— Digo o mesmo.

— Desculpa.

Os dedos de Nathan roçam no meu pescoço.

— Não é culpa sua, Ben. Nada disso é.

Meus olhos finalmente se fecham e me permito chorar.

Não levanto muito da cama ao longo dos próximos dias. Só fico ali deitade sob os lençóis, meus dedos contornando as formas crescentes desbotadas que minha mãe deixou no meu pulso. Elas ainda doem se eu apertar com força.

Meu celular fica vibrando sobre a mesa de cabeceira, a tela de bloqueio cheia de mensagens não respondidas. Observo o modo como a tela se ilumina, o nome de Nathan piscando repetidas vezes. Pego o celular e encaro as mensagens. Cada uma das que ele enviou desde a manhã de sábado.

Fiquei na cama dele, com ele, pelo máximo de tempo que pude. E se eu pudesse escolher, não teria ido embora. Mas eu sabia que se não fosse para casa, Hannah provavelmente teria feito um boletim de ocorrência por desaparecimento ou algo assim. Quando voltei, ela e Thomas estavam em casa. Eles tentaram falar comigo, mas no segundo em que vi Hannah, fiquei com raiva de novo.

Subi para meu quarto e bati a porta atrás de mim. Mal vi os dois pelo resto do fim de semana. Eles se certificaram de que eu estava me alimentando e só; não dei muita brecha para eles se aproximarem e iniciarem uma conversa.

Pelo menos eles não me fizeram ir para a escola hoje.

Nathan: Boa tarde!
Nathan: Só quero saber como você está.
Nathan: Senti sua falta hoje, peguei seu dever de casa na secretaria.
Nathan: Mel e Sophie queriam que eu checasse se você está bem.
Nathan: Você sabia que são os pavões machos que têm as penas todas coloridas? As fêmeas são meio sem graça.

Não consigo evitar uma risada com a última mensagem porque ela é a cara de Nathan. Realmente não sou digne de uma pessoa como ele.

Ninguém é.

Nathan: Posso continuar mandando fatos aleatórios se você quiser!
Nathan: Ou vídeos de cachorrinhos!!!

Ele enviou cinco e eu assisti a todos. Quero responder para que ele saiba que pelo menos estou em segurança. Mas algo em mim simplesmente me impede de digitar a mais simples das mensagens.

Estou bem.

Por alguma razão, é mais fácil mandar mensagem para Mariam. As palavras vêm com mais facilidade com elu.

DESEJO A VOCÊ AS COISAS MAIS BELAS **317**

Eu: Ei.

Mariam: Oi, Benji. E aí???

Eu: Aconteceu uma coisa...

Mariam: Ai...

Eu: Encontrei com meus pais.

A pequena informação de "Digitando..." junto ao nome de Mariam aparece e reaparece várias vezes por quase um minuto inteiro.

Eu: Você tá ok?

Mariam: Eu? Ok? Ben, VOCÊ tá ok????

Mariam: Desculpa, eu só...

Mariam: Não consegui nem pensar no que dizer em relação a isso.

Mariam: Ben... o que aconteceu?

Conto tudo a elu. A mensagem, o encontro com meus pais, os dois aparecendo na exibição de arte e a briga com Hannah. Conversar por mensagem parece mais fácil. Talvez seja porque Mariam não está aqui de fato. Não posso ver o rosto delu enquanto falo disso, e elu não vai sair correndo de sua casa para vir até aqui tentar me consolar ou algo do tipo.

Mariam: Você está em segurança?

Eu: Sim, eles não me procuraram mais.

Mariam: Ben... Nem sei por onde começar...

Eu: Eles queriam que eu voltasse pra casa com eles.

Eu: Eu disse não.

Mariam: PORRA, COMO ASSIM?????

Mariam: Me manda o endereço deles, vou até lá dar uma surra neles.

Mariam: O que posso fazer?

Eu: Me fazer companhia.

Mariam: Pode deixar. Quer falar pelo FaceTime?

Eu: Agora não.

Eu: Só continua falando qualquer coisa, menos sobre eles.

Mariam: Bom...

Mariam: Shauna e eu oficializamos a relação, o que é uma droga, porque minha tour vai me tirar da Califórnia na próxima semana e Shauna não pode vir comigo.

Eu: Isso é ótimo! A parte de oficializar, não a de se separar.

Nada parece mais falso do que digitar um entusiasmo de mentira enquanto sinto que estou apodrecendo de dentro para fora.

Eu: Acho que você não me contou como vocês se conheceram.

Mariam: Do jeito clássico. Eu ficava vendo ela no Starbucks e me derreti lentamente em uma poça de ansiedade até que ela veio falar comigo e começamos a conversar.

Eu: Amor à primeira crise de ansiedade.

Mariam: É assim que eu funciono.

Mariam: E você, o que tem rolado com seus problemas com garotos?

Eu: Não sei... Ele estava lá, tipo, ele viu a briga e tal.

DESEJO A VOCÊ AS COISAS MAIS BELAS **319**

Mariam: Por favor, me diz que não te tiraram do armário na frente da escola toda.
Eu: Não.

Se havia algo de positivo nisso tudo, imagino que tenha sido isso.

Eu: Mas eu...
Eu: Acho que gosto dele. Tipo, gosto mesmo dele. Talvez mais do que isso.
Mariam: Isso é ótimo, Benji! Estou tão feliz por você.
Mariam: Mas e aí, como faremos a grande declaração de amor? Tenho aqueles canhões que disparam camisetas.
Mariam: Ou que tal um flash mob? Podemos todos dançar com a música da Carly Rae Jepsen, e aí você surge no meio com um daqueles cartazes de "Quer sair comigo?".

Quero rir. Quero tanto rir, mas não consigo me fazer rir.

Eu: Isso nunca vai acontecer.
Mariam: Por quê?
Eu: Sou muito confuse.
Mariam: Confuse?

Respiro fundo algumas vezes. Sinto aquela sensação estranha no estômago de novo.

Eu: Ele merece algo mais fácil.
Eu: E eu não sou assim.

Mariam: Você não acha que isso é ele quem deve decidir?

Eu: Não quero magoar ele.

Eu: E não quero que ele me magoe.

Mariam: Às vezes vale a pena.

Mariam: Nunca se sabe até tentar, não é?

Eu: Talvez.

— Ben? — A voz de Hannah quase me faz dar um pulo. — Você está bem?

Não respondo.

Quero responder, mas não consigo agora. É demais. E, sendo muito sincere, Hannah é uma das últimas pessoas com quem quero falar no momento.

Passo uma semana inteira sem ir a aula. O que não é muito inteligente porque está chegando perto da temporada de provas, mas não ligo. Parece que não consigo me mexer em grande parte do tempo, e ainda não sei como encarar todo mundo na North Wake. A única hora em que me levanto é para ir ao banheiro. Todos os outros momentos são gastos assistindo a alguma coisa no meu celular. Um dos novos vídeos de Mariam, ou Bob Ross pintando algo. Qualquer coisa para me acalmar.

Thomas me traz comida, mas só consigo mordiscar um pouco, mesmo que pareça que meu estômago está tentando se digerir. Não tenho muito apetite.

— Hannah marcou uma consulta com a dra. Taylor amanhã. Ela tem um horário livre depois do almoço.

Percebo que isso não é um pedido. Irei para essa consulta, mesmo que eles tenham que me arrastar para fora da cama.

Terei que contar à dra. Taylor que tenho negligenciado meus remédios. Sei que não tomá-los só está piorando as coisas, mas simplesmente não consigo fazer isso, não sei por quê.

— Você pode falar comigo, Ben? — Thomas se move para segurar minha mão, mas a escondo debaixo das cobertas. — Ou pelo menos falar com a Hannah?

— Não agora. — Não estou com raiva dela, mas ao mesmo tempo estou. Sei que não foi realmente culpa dela, que nossos pais mentiram, como sempre fizeram, para tentar parecer os mocinhos. Mas ainda dói. — Só me deixa sozinhe.

— Você acha que consegue ir à escola amanhã? Hannah pode ir buscar você para a consulta.

Nada. Minha resposta seria não. Não posso encarar todo mundo depois do que aconteceu. Só não posso. Sei que tenho que fazer isso, e sei que provavelmente ninguém se importa com o que rolou na exibição de arte há mais de uma semana. Mas não consigo superar o sentimento.

Apesar de tudo, me forço a voltar. É o fim do ano letivo e, por mais que eu fosse adorar fazer nada além de chafurdar na minha própria melancolia durante o próximo mês, a ideia de repetir de ano não é algo que eu ache atraente.

Nathan não tenta falar comigo na aula de Química. Talvez ele saiba que não estou no clima. Quando o sinal do almoço toca, me demoro por alguns segundos.

— Hannah está aguardando você na diretoria, Ben.

Thomas espera que eu pegue minha mochila. Ele até mesmo me acompanha o caminho inteiro até a diretoria. Não se preocupe, Thomas, não estou a fim de fugir para lugar nenhum. Ou não tenho energia para fazer isso, pelo menos.

Realmente preferiria não fazer nada a não ser ir para casa e me arrastar de volta para debaixo das cobertas até eu ter que repetir tudo isso amanhã.

— Está se sentindo bem? — pergunta Hannah no carro.

— Sim — murmuro em resposta.

— Quero que você conte à dra. Taylor sobre a exibição, tá bom?

Realmente não quero falar sobre isso de novo, mas acho que deveria. Ou *sei* que deveria. Meu palpite é que Hannah já mencionou algo para ela. Espero que tenha mencionado, assim talvez eu não precise fazer isso.

— Ben. — O modo como ela chama meu nome faz parecer que estou a milhares de quilômetros de distância.

Só encaro a janela enquanto passamos de carro pelos muros claros da North Wake. Hannah não tenta começar uma conversa de novo. Tenho certeza de que ela sabe que é inútil. É preciso toda a força que ainda resta em mim para me arrastar para fora do carro e andar até o elevador. Hannah vai para seu lugar de costume no canto da sala de espera.

— Bom dia, Ben. — A dra. Taylor já está segurando a porta aberta para mim. — Ou deveria dizer boa tarde? — Ela ri e olha de relance para o relógio na parede. — Nossa, para onde o tempo vai?

Olho de volta para Hannah. Ela me dá um meio sorriso que acho que quer dizer que ela está tentando me apoiar.

— A Hannah pode entrar?

Elas parecem meio surpresas, mas realmente não quero que seja apenas a dra. Taylor e eu.

A dra. Taylor apenas concorda.

— Óbvio. Hannah?

— Tem certeza, maninhe? — pergunta Hannah, pegando sua bolsa.

Assinto e entro no consultório, assumindo meu lugar no sofá amarelo feio. Hannah se senta na outra ponta.

— Então, como você está, Ben?

Dou de ombros e escuto ela escrever alguma coisa.

— Já faz um tempo desde que nos vimos. Aconteceu alguma coisa? — pergunta ela, e percebo que ela está se referindo ao encontro com meus pais.

Dou de ombros de novo. Aparentemente, é tudo que consigo fazer no momento. Posso sentir a frustração no modo como a dra. Taylor suspira, e sinto vontade de me desculpar.

— Posso falar? — Hannah levanta a mão e olha para mim, como se ela precisasse da minha aprovação ou algo do tipo.

— Óbvio. — A dra. Taylor responde por mim.

— Já se passou uma semana e elu só esteve… — Hannah olha para mim. — Assim, desse jeito… — sua voz se dispersa como se ela estivesse buscando a palavra certa.

Já se passou mesmo uma semana? Tento organizar a linha do tempo na minha cabeça. Dias deitade na cama, sem tomar banho ou comer ou me importar em falar com ninguém.

Não pode realmente ter se passado uma semana… ou pode?

— Sem responder?

— Elu não tem feito nada. Não fala, mal se alimenta. Conferi o diário de medicação delu e acho que elu também não está tomando os remédios.

Conferiu meu diário de medicação? Quero dizer a mim mesmo que isso significa que Hannah se importa, mas tudo que estou ouvindo é que ela esteve fazendo as coisas pelas minhas costas, bisbilhotando coisas que não são da conta dela.

— O que aconteceu para causar isso? — pergunta a dra. Taylor para mim.

Mas Hannah responde antes que eu tenha chance.

— Nossos pais — diz ela. — Eles foram para a exibição de arte de Ben.

— Ah. Você se encontrou com eles, não foi? — A dra. Taylor escreve alguma coisa.

— Você sabia disso? — pergunta Hannah.

— Sim — responde baixinho a dra. Taylor. — Ben e eu discutimos isso na última consulta.

Hannah abre a boca, mas então apenas bufa e se recosta de volta no sofá.

— Não acredito que você achou que isso seria uma boa ideia.

— Nunca sugeri que Ben se encontrasse com eles, simplesmente dei minha opinião.

— Sim, mas...

— Hannah. — A dra. Taylor ergue um dedo. — Deixei Ben tomar a própria decisão. Agora, por favor... — Uau. Encaro a dra. Taylor, meio embasbacade. Para ser honeste, estou com um pouco de inveja do modo como ela fez Hannah se calar. — Ben, você se importaria de começar do início, para que Hannah saiba a história completa?

— Começou com uma mensagem. — Olho na direção de Hannah. — Nossa mãe enviou alguns meses atrás, mas eu não tinha visto até outro dia. — Então me viro de volta para a dra. Taylor. — Nós nos encontramos e eles... Eles queriam que eu voltasse para a casa deles, disseram que haviam aprendido e queriam tentar.

— Tentar o que, Ben? — pergunta a dra. Taylor.

— Ser uma família de novo, eu acho.

DESEJO A VOCÊ AS COISAS MAIS BELAS **325**

Hannah ainda não está olhando para mim.

— Por que você não me contou, Ben?

— Porque eu sabia que você reagiria de forma exagerada.

— Bem, não acho que isso seja motivo. — Ela cruza os braços. — Você devia ter compartilhado aquela mensagem comigo. Eu poderia ter ido com você.

— Porque a reunião na escola foi ótima, né?

— Ben. — A dra. Taylor entra na conversa. — Por que você achou que Hannah reagiria de forma exagerada?

— Ela sempre reagiu assim com nosso pai. Acho que ela provou isso na exibição.

A dra. Taylor anota alguma coisa.

— Ok, agora sobre *isso* eu não sei.

— Participei de uma exibição de arte na escola. E tudo estava indo bem até… — começo a dizer.

E Hannah me interrompe.

— Eles aparecerem.

— Entendo — diz a dra. Taylor. — E o que aconteceu?

— Eles fizeram uma cena. — Hannah faz beicinho. — Envergonharam a mim, a Ben, aos amigos delu.

Solto uma risada de chacota.

— É, *eles* fizeram uma cena.

— Eles fizeram sim! — Hannah parece realmente surpresa. Tipo, é sério isso? Não pode ser.

— Hannah, nada daquilo teria acontecido se você tivesse ficado na sua. Foi por isso que pedi a Nathan para manter você afastada.

— Eles não deveriam ter ido, Ben.

— Você acha que eu não sei disso? — Meu Deus, ela realmente está insistindo nisso. — Eu estava cuidando da situação. Eles estavam indo embora quando você os viu e começou uma briga. Que nem você sempre costumava fazer.

— Posso ouvir minha voz subindo de tom, mas não consigo mais me conter.

— Ah, então era eu que começava as brigas? — ruge Hannah.

— Na maioria das vezes? Sim! Nossos pais eram meio babacas? Óbvio que sim, mas você não precisava brigar com eles toda vez que tinha uma chance. Era isso que eles queriam, Hannah. Eles adoravam essa merda e você também!

— Ben... — Os olhos de Hannah estão cheios d'água.

— Você sempre fazia isso. Ficava brigando com eles, mesmo sabendo que era inútil, que era só perda de tempo. E foi isso que você fez na escola. Começou uma briga por motivo nenhum.

— Motivo nenhum? Ben, eles abandonaram você...

— Bem, eles não foram os únicos que fizeram isso, não é? — Não consigo mais me conter. Tudo está prestes a transbordar, as ondas estão batendo na orla, e não posso mais contê-las. — Dez anos, Hannah. Dez anos.

— Como assim? — pergunta ela, mas ela já sabe. Não tem como não saber.

— Durante dez anos você me deixou com eles. Com um bilhete e um número de telefone, que poderia muito bem ter sido um grande "foda-se, já deu pra mim, você está por conta própria, criança!". — Desmorono de volta no sofá, os ombros balançando.

Não me sinto nem um pouco melhor. Na verdade, sinto que vou passar mal.

E então as lágrimas vêm.

— Eu era só uma criança. Não tinha um celular nem nada. Como eu iria ligar para você sem que eles soubessem?

DESEJO A VOCÊ AS COISAS MAIS BELAS **327**

— Eu não… — Hannah passa a mão pelos cabelos.

— Mas foi isso. Um número de telefone para o qual eu não podia ligar e um endereço de um lugar para o qual eu não podia ir. Entendo que você teve que ir embora, que você não aguentava mais. Não sinto raiva de você por isso. — Enxugo os olhos com a manga e a dra. Taylor desliza a caixa de lenços na minha direção. — Mas eu estava sozinhe. Estava sozinhe e assustade, e não sabia de fato o que havia acontecido com você. Você sabia o quanto eles podiam ser maus, e só me deixou lá para eu me defender sozinhe.

Por alguns segundos, a sala fica totalmente em silêncio, a não ser pelo meu choro baixinho. Hannah está encarando algum ponto do chão e a dra. Taylor está alternando o olhar entre nós. Acho que talvez à espera da próxima explosão.

— Ben? — A voz da dra. Taylor é surpreendentemente calma. — Você está bem?

— Sinto muito, eu só… — Balanço a cabeça. — Não quis dizer isso, Hannah, me desculpa.

— Não. — Ela ainda não está olhando para mim. — Não, eu entendo. — Então ela enterra o rosto nas mãos e solta um longo grunhido. — Meu Deus, não consigo acreditar nisso.

— Desculpa — digo, e então de novo. E de novo, como se essa fosse a única palavra que havia sobrado. — Desculpa, desculpa, desculpa.

— Por que você está se desculpando? — indaga Hannah, a voz entre o riso e o choro. — Sou eu que deveria pedir desculpa, porra. Na primeira oportunidade que eu tive, saí daquela casa e nunca mais olhei para trás. — Seus olhos finalmente encontram os meus. Meus olhos, os olhos do nosso pai. — Eu fiz merda.

— Bom, para ser honesta, no tipo de situação da qual vocês vieram, raramente há vencedores — diz a dra. Taylor. — Conte-me o que você está sentindo, Hannah.

Hannah assoa o nariz em um lenço, e não é o ruído mais gracioso.

— Que eu fiz besteira.

— Sim, bom… — A dra. Taylor ri. — Isso eu entendo, mas você deve estar sentindo algo mais profundo do que isso.

— Só estou meio confusa, e com raiva de mim mesma.

— Por quê?

— Por Ben ter razão. — Ela pega outro lenço e enxuga sob os olhos. — Quando fui embora, eu ainda pensava nelu, quase todo dia. Até, eu acho… — A voz de Hannah falha e ela começa a balançar a cabeça. — Meu marido, Thomas, só ficou sabendo de Ben depois de alguns anos de namoro.

— Você não contou para ele? — pergunta a dra. Taylor. — Como ele descobriu?

— Nós estávamos desfazendo as malas. Ele encontrou um álbum de fotos que levei comigo e viu as fotos de Ben.

— Então você se esqueceu mesmo de mim?

Eu a encaro. Não sei por que estou em choque. Essa era uma verdade que eu já sabia. Talvez achasse que ela podia provar que eu estava errado. Que ela admitiria ter lutado para ficar com minha guarda ou se esforçado para me enviar cartas só para que elas fossem interceptadas pelos nossos pais.

Mas não. Minha própria irmã se esqueceu de mim.

— Não me esqueci de você, Ben — diz Hannah. — Eu só… tinha outras coisas na cabeça.

— Ah. — Olho para a frente. — Isso deixa tudo melhor.

— Ben, me conta o que você está pensando. — Deus abençoe a dra. Taylor. Se ela não estivesse aqui para mediar essa situação toda, acho que poderíamos ter começado a arrancar os cabelos ume de outre. — Você está com raiva de Hannah?

— Não estou com raiva — respondo. Não acho que estou, pelo menos. — Mas ainda dói.

A dra. Taylor assente.

— E isso é perfeitamente válido. Você acha que algum dia ela poderá compensar isso?

— Ela já compensou, não? — Todas as coisas que ela fez por mim. Meu Deus, não tenho direito algum de ficar com raiva dela. As roupas, a comida, me colocar na escola, me dar uma cama...

— Você ainda está magoade, não está?

Assinto.

— É uma coisa difícil de esquecer, não é? Ainda mais difícil de perdoar. — A dra. Taylor pergunta: — Hannah, você acha que é daí que parte sua disposição em ajudar Ben?

— Bem, elu é minhe irmane — responde Hannah. — Eu faria qualquer coisa... — Então ela para. — Gosto de pensar que faria qualquer coisa por elu.

— Exceto garantir que elu estava em segurança? — É estranho como a dra. Taylor consegue fazer com que algo não soe como uma acusação. Suas palavras não soam como se fossem maldosas ou direcionadas a Hannah em algum tipo de ataque pessoal. Elas soam como a verdade. Simples e fácil. — Tenho certeza de que seria fácil ajudar Ben agora, vocês se reconectaram e conseguiram ter um relacionamento de verdade. Mas e em janeiro? Depois de uma década de separação, foi mesmo tão fácil?

— Não. — Hannah suspira, inspirando o ar pelo nariz e expirando pela boca. — Thomas e eu não dormimos naquela noite. Depois que fui buscar Ben.

— Sério? — pergunto.

— Nós não sabíamos por que você havia sido expulse de casa. Não queríamos presumir o pior, mas, por um breve momento, consideramos chamar a polícia. Não chamamos, é óbvio. — Hannah abre um sorriso. — Quando o sol nasceu, nós sabíamos que precisávamos ajudar você, não importava o que havia acontecido.

— Hannah. — A dra. Taylor se endireita no assento, o caderno e a caneta esquecidos. — Quando você acolheu Ben, quando comprou roupas e artigos essenciais para elu, quando Thomas colocou elu em uma nova escola, qual era seu objetivo?

Hannah responde sem hesitar:

— Proteger elu.

— Você acha que parte de você estava tentando compensar pela sua ausência?

Essa não é tão fácil. Hannah fica de boca aberta por alguns segundos, os olhos desfocados.

— Eu… talvez.

— Ben. — A dra. Taylor olha direto para mim, como se seus olhos afiados pudessem me atravessar. — Você se sente melhor? Agora que contou a Hannah como se sente?

— Não muito — respondo. Existe apenas um vazio maior entre nós agora, e não sei o que seria capaz de preenchê-lo.

— Você gostaria de não ter falado nada?

— Não. Estou feliz por ter dito pelo menos algo, mas sei lá. — Tudo isso tem sido muito confuso e não sei ao certo o que estamos tentando fazer aqui.

— O que você quer da Hannah agora? O que ela pode fazer para você se sentir melhor?

DESEJO A VOCÊ AS COISAS MAIS BELAS **331**

— Não sei. — Não quero mais nada dela, ela já fez tanta coisa por mim. — Ela é a única razão de eu ter chegado até aqui.

— Não tem nada em que você consiga pensar?

Olho para Hannah, seus olhos avermelhados, os cabelos bagunçados. Imagino que devo estar igualzinhe. Não há mesmo como não dizer que somos irmanes. Temos tanto dos nossos pais em nós, às vezes até demais.

Mas não podemos evitar isso.

— Não.

Capítulo 22

— **Podemos conversar** por um minutinho? — pergunta Hannah quando chegamos em casa.

— Não acabamos de fazer isso? — indago.

Não quero ser ume babaca, mas só não estou em condições de fazer isso agora.

— Queria te contar uma coisa. Uma coisa que eu não queria que a dra. Taylor soubesse.

Ah.

Minha mente já está dando voltas pensando no que poderia ser. Alguma coisa tão ruim que ela não gostaria de falar em voz alta para ninguém além de mim?

— Isso tá certo? Não deveríamos fazer isso com ela?

— Se eu quisesse que ela soubesse, teria contado para vocês na consulta. — A voz de Hannah é surpreendentemente baixa, mas então ela fecha os olhos, respira fundo e começa a andar em direção à cozinha. Eu a sigo, o ar entre nós parecendo mais tenso a cada passo. — Desculpa.

DESEJO A VOCÊ AS COISAS MAIS BELAS 333

Não conversamos durante a viagem inteira de volta para casa. Foi estranho, e eu estava começando a sentir que isso não seria uma coisa que seríamos capazes de resolver.

— Senta. — Hannah aponta para a cadeira à mesa no canto, o exato lugar em que havia me assumido para ela. — Não contei isso para ninguém, a não ser Thomas, e só contei para ele alguns anos atrás, depois que nos casamos.

— Ok.

— Quero te contar por que fui embora de casa.

—Achei que era só porque nossos pais eram horríveis — digo, mesmo sentindo que agora não é a *minha* hora de falar.

— Isso foi parte do motivo, mas tem mais. — Ela junta as mãos.

— Tá bom… O que foi?

— Então, cerca de um mês antes da minha formatura, eu estava saindo com um cara, e nós decidimos dormir juntos.

— Você estava namorando alguém? — pergunto.

Hannah assente.

— Isso é só parte da história.

— Ah, desculpa. — Eu não fazia ideia, mas esse provavelmente era o objetivo.

Hannah solta um longo suspiro, como se estivesse pensando no que dizer em seguida.

— Nós tomamos cuidado, usamos camisinha e tudo, mas isso nem sempre funciona. Algumas semanas depois eu deveria ter menstruado, mas não menstruei.

Merda.

— Você estava…

— Não, não. — Hannah balança a cabeça. — Era só meu ciclo que era estranho. Acho que ele estava sincronizado com o de algumas garotas da minha turma. Mas não é esse o ponto. — Ela inspira mais uma vez. — Eu *achei* que podia estar grávida. Então comprei alguns testes, fiz e deu tudo negativo.

Noto que suas mãos estão tremendo.

— Achei que tinha jogado todos eles fora. Fui tão cautelosa. — Hannah balança a cabeça, quase como se estivesse falando mais consigo mesma do que comigo. — Mas acho que me esqueci de um, ou talvez nossa mãe estivesse vasculhando o lixo, enfim... ela descobriu.

— Hannah...

— Ela surtou, óbvio. Eu disse a ela que todos deram negativo. Foi assim que ela descobriu que eu estava namorando o Mark, o garoto com quem eu havia transado. Pedi a ela que não contasse ao nosso pai, porque eu sabia que ele ficaria furioso. E ela me disse que faria isso.

Hannah engole e parece que leva uma eternidade para começar a falar de novo:

— Mas ela não fez isso. Em algum momento ela contou para ele, e ele explodiu. Disse para mim que eu era uma decepção, que ele "não criou uma piranha". Essa foi a única vez em que ele me bateu, e foi naquela noite que eu decidi que não poderia mais ficar lá, e imaginei que depois da formatura seria uma boa hora para ir embora.

— Hannah, eu não...

— Eu sei, você não sabia. Achei melhor não te contar. Mas foi por isso que eu fui embora. E me doeu por tanto tempo saber que eu estava deixando você com eles, Ben. Parte de mim tinha esperança de que eles melhorariam, ou talvez pegassem mais leve com você. — Ela solta uma risadinha lamentável, se é que posso chamar disso. — Talvez tudo isso seja minha culpa. Talvez eu devesse ter ligado para a assistência social e contado a eles onde você estava. Mas eu só tinha dezoito anos, não podia tomar conta de uma criança, então pensei que você acabaria no sistema. E se isso acontecesse... Eu sabia que nunca mais veria você de novo. — As lágrimas escorrem rapidamente por seu rosto. — Desculpa, Ben... Sinto muito.

— Eu...

Não consigo me mexer e não há palavras para o que estou sentindo agora. Essa mistura de impotência, culpa, a traição, a bile subindo pela garganta. Me levanto da cadeira e ando até Hannah, puxando minha irmã para o abraço mais apertado que consigo dar. Não me importo se está me machucando ou machucando a ela, só quero que ela fique perto de mim agora, e nunca mais quero soltá-la.

— Sinto muito, Hannah, sinto muito mesmo. — Começo a chorar, o cômodo se enchendo apenas com o som do nosso choro enquanto nos abraçamos.

— Sinto muito, Ben. — Seus braços me envolvem. — Senti que foi minha culpa por tanto tempo, que deixei você lá com eles. Eu deveria ter feito alguma coisa.

— Não é culpa sua — replico. — São eles... A culpa não é de ninguém a não ser deles.

Nós nos afastamos e, por um segundo, há um silêncio desconfortável, mas então começamos a rir quando nos vemos. Rostos inchados e vermelhos. A maquiagem de Hannah escorrendo um pouco.

— Não ria — diz ela, andando até a bancada para pegar um pouco de papel-toalha. — Não é engraçado — reclama ela enquanto tenta conter outra risada.

E não consigo me impedir de soltar risadinhas.

— É bem engraçado.

Mas então paramos e há um silêncio desconfortável de novo. Hannah amassa o papel-toalha e me olha, se aproximando.

— Eu te amo, Ben. Você é ê melhor irmane que uma irmã poderia desejar.

— Eu também te amo.

Nós nos abraçamos de novo e há um sentimento que me inunda. Realmente parece que talvez as coisas voltem a ficar bem.

Talvez não de imediato, mas vamos chegar lá.

Um dia.

A escola está ajudando a manter minha cabeça ocupada, o que é uma coisa pela qual jamais pensei que sentiria gratidão. Começou oficialmente a temporada de provas, e maio praticamente não tem descanso para os veteranos. Os semestres na North Wake são mais curtos do que na Wayne, então em vez do ano letivo acabar em junho, acaba em maio. E passaremos o mês inteiro escolhendo nossas becas e capelos, ensaiando para a formatura, assinando anuários, nos preparando para a noite dos veteranos e para o baile.

O que significa que ninguém realmente tem tempo para se preocupar com o que aconteceu na exibição de arte. Talvez eles não tivessem se importado de qualquer maneira. Ainda tenho a sensação de que todos estão me observando, ou rindo pelas minhas costas, mas talvez isso seja normal. E Meleika e Sophie não tocaram no assunto. Talvez Nathan tenha falado com elas. Ou talvez elas apenas saibam que não devem falar sobre isso.

A sra. Liu também não tocou no assunto, e talvez isso seja o que mais me deixou grate. Ela é muito boa em agir como se nada tivesse acontecido. Abençoada seja.

Pelo menos posso riscar a noite dos veteranos e o baile da minha lista de coisas para resolver. Eu até mesmo pularia a formatura se pudesse, mas a North Wake não deixa os estudantes se formarem a não ser que compareçam a todos os ensaios e estejam presentes na cerimônia. Aparentemente, eles mantêm refém o diploma de todo mundo depois disso. Então é uma graça da parte deles.

Há noites em que sei que deveria estar estudando, ou revisando os assuntos, ou fazendo os exercícios para praticar. Mas não consigo. Afinal, qual é a razão para fazer isso? Quando tudo tiver acabado, mal terei passado em Inglês, e se eu nunca tiver que escrever outra redação na minha vida, ficarei muito feliz. Pensei em talvez pedir ajuda a Nathan, mas não temos nos falado muito nessas últimas duas semanas.

Na verdade, ele falou bastante comigo, eu só tenho sido egoísta demais para responder.

Eu provavelmente não deveria estar pensando assim, mas não consigo evitar. Não faço ideia do que vou dizer a ele.

O resto das minhas aulas serão fáceis o suficiente. Temos que fazer uma prova de verdade em Arte, o que é uma droga, mas sei o suficiente sobre o aspecto da "história" do assunto para passar. Química é que vai ser difícil porque Thomas não pode me dar a prova. Alguma coisa a ver com nepotismo e isso não ser justo. Com sorte, a prova é feita pelo estado, então tudo que preciso fazer é realizá-la em uma sala diferente de todo mundo. Só três semanas.

Três semanas inteiras.

Três semanas para me preparar para nunca mais ver o Nathan. Ele trouxe a carta da UCLA para o almoço outro dia. Ele entrou, e com uma bolsa de estudos das grandes, então nem vai se preocupar com as outras opções. Daqui a três semanas ele estará se preparando para a faculdade. Em dois meses ele estará fazendo um tour pelo *campus*, e um mês depois disso ele será um dos mais novos estudantes da UCLA. E não serei nada além de uma memória.

— Ei, maninhe. — Hannah bate à porta do meu quarto.

— Oi. — Me esforço para soar casual.

— Você tem algum plano para hoje à noite? — Ela se senta na beirada da minha cama. Seu lugar de costume.

— Não. — Além de chafurdar em uma poça de autopiedade e ansiedade? Nada.

Não sei o que deu em mim ultimamente, talvez a exibição de arte ainda esteja no fundo da minha mente, e tudo que Hannah me contou depois. Parece que nossos pais não são mais as pessoas que eu conhecia.

Quer dizer, minha opinião sobre nosso pai não mudou tanto assim, mas sobre nossa mãe… Achei que ela fosse diferente. Isso me faz pensar sobre tudo que já contei para ela. Se ela agiu pelas minhas costas como fez com Hannah.

— Você quer fazer alguma coisa?

— Nada em particular.

— Vamos lá! — Ela salta da cama e dá um tapinha nas minhas pernas. — Vamos curtir, nos soltar. É preciso duas pessoas, vamos lá!

— Por que você está citando Carly Rae Jepsen para mim?

— Tá bom, em primeiro lugar, ela só fez cover dessa música. Em segundo lugar… — Hannah balança a cabeça. — Esquece, anda, você já ficou emburrade o suficiente. — Ela estende a mão para segurar a minha antes de se lembrar de toda a questão do toque.

DESEJO A VOCÊ AS COISAS MAIS BELAS **339**

Deixo meu sketchbook de lado. Não que eu tenha trabalhado muito nele. Todos os meus deveres de Arte estão prontos, e basicamente estive pintando sem parar na escola, pois não terei mais a sala de arte em breve.

— O que deu em você?

Hannah suspira e passa a mão pelos cabelos.

— Ok, gente, eu tentei! — grita ela para ninguém. Ou pelo menos acho que é para ninguém, até que Nathan e Meleika surgem do corredor.

— Você chama isso de tentar? — Ouço Meleika murmurar.

— O que vocês estão fazendo aqui? — pergunto.

— Bom, você esteve tão pra baixo ultimamente — responde Meleika. — Então pensamos em te sequestrar e te levar para a noite dos veteranos!

— Não, valeu — digo.

— Quer dizer que eu trouxe essa fronha pra nada? — Nathan olha para o tecido amassado nas mãos.

— Pensei que podia ser uma boa ideia você sair e se divertir. — Hannah volta a se sentar na beirada da cama. — Vai curtir, seja jovem por mais uma noite.

— Hum, não. — Me viro para o outro lado.

— Vamos lá! — Nathan pula para a ponta da cama. — Vai ser divertido.

— Tem boliche — diz Meleika, como se isso fosse algum tipo de incentivo para me tirar da cama. — E patinação. — Segunda tentativa. — E todo mundo estará lá. — Terceira tentativa.

— Tá bom, vou falar com Ben, esperem lá embaixo. — Hannah enxota os dois para fora do quarto, fechando a porta atrás deles.

— Eu não vou — ressalto.

— Eu te ouvi.

— Que bom. — Vou me desculpar com todo mundo na segunda-feira ou algo assim.

— Ben... — Hannah bufa. — Sei que esse não tem sido um período fácil pra você.

O maior eufemismo da droga do século.

— É, e agora só quero ficar sozinhe. Tá bom?

— Você ficou sozinhe o mês inteiro, Ben. — Um mês? Acho que já se passou isso tudo. — Você mal falou comigo ou com Thomas. Nathan disse que você não tem respondido na escola. E no segundo em que chega em casa, você se arrasta para a cama. Sei que você está sentindo muitas coisas, em relação aos nossos pais e...

— Tenho o direito de ficar triste por isso, Hannah. — Estou tentando não ficar frustrade com ela, mas tudo que ela diz soa terrivelmente próximo dela me dizendo para superar tudo isso, mesmo que essa não seja a intenção.

— Eu não disse que você não devia ficar triste. Só estou dizendo que você precisa provar que eles estão errados. — Suas palavras ecoam por um instante, se acomodando nos meus ouvidos. — Fique triste, droga, fique sentade na cama o fim de semana inteiro só assistindo à Netflix. Já passei por isso também. Mas não pare de viver sua vida por causa deles. — Sinto ela se sentar de novo na cama. — Sei que é difícil, e sei que você precisa de ajuda, mas você tem amigos incríveis que estão aqui por você, e oportunidades maravilhosas. E uma irmã incrível, se me permite dizer. Mas você não pode deixar eles te controlarem assim, Ben.

— É fácil pra você falar.

DESEJO A VOCÊ AS COISAS MAIS BELAS **341**

— Não, não é. — Ela suspira. — Ainda há dias em que sinto como se eles estivessem logo atrás de mim, à espreita. Sempre sinto um pouco de medo de que isso nunca vá desaparecer.

Eu me esforço para não respirar, não mexer um músculo.

— Porque mesmo quando finalmente saí daquela maldita casa, eles ainda tinham poder sobre mim. E está partindo meu coração te ver passando pela mesma coisa, Ben.

— Eu...

— Quero que você tenha uma vida boa. Não quero que você desperdice anos tentando se esquecer deles como eu fiz. Você tem uma rede de apoio incrível, de pessoas que se importam com você. Quer dizer, quando me mudei, eu mal conhecia alguém. Só as pessoas com quem eu havia falado em Goldsboro talvez uma ou duas vezes. Pra ser honesta, sinto inveja das suas amizades. Seus amigos parecem muito incríveis.

Eu me permito sorrir.

— Eles são.

— Eu sei... Eu sei que nada disso tem sido fácil. Mas acho que você deve isso a si mesme. Se só ficar na cama, você não vai fazer nada além de pensar sobre cada coisinha que eles fizeram.

— Acho que você não sabe realmente o que está acontecendo, Hannah.

— Não sei — diz ela. — Não de verdade. Só você pode saber isso. — Ela suspira. — Mas eu estava numa situação parecida quando finalmente me livrei deles.

— E o que ajudou você a sair dessa? — pergunto.

— Arriscar sair da minha concha. Fazer amigos, fazer coisas. Isso me impediu de ficar pensando neles o tempo todo.

Deixo as palavras dela serem absorvidas. E sei que ela tem razão. Não posso só ficar nessa cama pelo resto da minha vida. Mas agora parece que isso é tudo do que sou capaz. O universo desmoronou ao meu redor e tudo que posso fazer é me deitar sobre os destroços.

Talvez eu esteja sendo dramátique.

Ou talvez não. Sei lá.

Mas o que eu sei é que Hannah está certa. E acho que já está na hora de tomar uma decisão por mim mesme.

— Vou dizer a Nathan e Meleika que você não vai. Talvez a gente peça comida essa noite ou algo assim. — Ela dá um tapinha na minha perna, e sinto a cama relaxar quando Hannah se levanta, seus passos se aproximando da porta.

— Hannah — chamo, a voz rouca.

— Sim?

Eu me sento, observando meu reflexo no espelho atrás da cômoda. Meu Deus, estou a cara da morte.

— Eu vou — digo. — Fale a eles que desço em quinze minutos.

— E aí, o que vamos fazer primeiro? — Sophie entra com o carro no estacionamento de um complexo esportivo gigantesco. Ler a lista de coisas que podemos fazer já faz eu me arrepender da decisão de ter vindo para cá. Mas agora é tarde demais.

— Boliche! — grita Meleika. — Vou acabar com vocês!

— Pff. — Nathan revira os olhos. — Só se deixarem você usar os trilhos para crianças.

— Ben? — pergunta Sophie.

— Pode ser boliche. — Provavelmente só vou ficar sentade assistindo.

Nós mostramos nossas carteirinhas da escola na entrada, e a parte de dentro já está bem caótica.

— Vamos lá. — Nathan nos leva para o lado do complexo com o enorme letreiro escrito "Boliche". Não deve ser o lugar mais popular em Raleigh, porque apenas cinco das doze pistas estão abertas.

Ainda bem que Meleika escolhe a pista dos fundos. Nós nos sentamos no meio do assento do console, os olhos alternando entre a tela a nossa frente e a tela pendurada no teto.

— Ah, você não precisa me incluir — digo quando a vejo digitando meu nome.

— Anda, você precisa jogar pelo menos uma vez — insiste ela.

— Não mando muito bem no boliche.

— Da última vez em que estivemos aqui, Nathan fez quarenta pontos. — Ela mantém a voz baixa. — Você vai se sair bem.

— Como isso é possível? — pergunto.

— Ei, sem fofoca. — Nathan vai até a máquina que libera as bolas e mexe em algumas até escolher uma que se encaixa em seus dedos compridos. E realmente, no segundo em que a bola toca a pista, ela desvia para a direita, afundando na canaleta.

Não consigo conter a risada.

— Ai, meu Deus!

Nathan nos lança um olhar maléfico enquanto espera sua bola voltar. Sua segunda tentativa é um pouquinho melhor, mas ele só derruba dois pinos.

— Você tá, tipo, tentando ser ruim de propósito? — pergunta Sophie.

— Não, não, ele não está — diz Meleika baixinho antes de olhar direto para mim. — Sua vez.

Eu só havia jogado boliche em festas de aniversário quando criança, e naquela época nós *tínhamos* aqueles trilhos, então eu era meio que, sem querer, a melhor pessoa lá. Não sei nem que tipo de bola estou procurando, então pego a rosa-claro. Ela parece se encaixar direitinho nos meus dedos e não é pesada demais.

Jogo a bola na pista, por um instante com medo de que eu possa ir junto, mas ela desliza dos meus dedos e avança sem problemas, atingindo os pinos bem no meio e derrubando todos eles. A grande tela acima de mim pisca com um enorme x vermelho.

— Isso é bom, não é?

Provavelmente deveriam encontrar um jeito melhor de exibir um strike.

Todos os três estão batendo palmas para mim quando me sento de novo.

— Vamos dizer que foi sorte de principiante. — Nathan dá um tapinha no meu ombro.

— E nós vamos dizer que esse é você sendo um mal perdedor. — Sophie assume a vez.

Na verdade é bem divertido, por mais que eu odeie admitir isso. Nathan é tão terrível quanto Meleika havia dito, mal conseguindo terminar com sessenta pontos. De acordo com Meleika, essa é a maior pontuação que ela já o viu alcançar. O primeiro strike que marco é apenas sorte de principiante, mas depois de um tempo eu pego o jeito e acabo com duzentos pontos.

— Você tem certeza de que não é secretamente um jogador de boliche profissional, e só quer que a gente se sinta mal consigo mesmo? — Sophie larga uma cesta de batatas fritas no meio da mesa.

Cada vez mais pessoas começam a chegar, o que significa que agora há uma fila para as pistas. Então só jogamos uma partida antes de precisarmos fazer uma pausa.

— Juro que não sou.

Meu celular vibra no bolso.

Mariam: Aterrissei oficialmente na Carolina do Norte, vou dormir por quinze horas. Nunca ande de avião, Ben. Não vale a pena.

Rio sozinhe e mando alguns emojis de beijo para elu.

Eu: Durma bem. Te vejo amanhã!

— Quem é? — Nathan se inclina sobre meu ombro. — Mandando vários emojis de beijo…

Meu primeiro instinto é arremessar o celular do outro lado do salão.

— Ninguém — respondo, dando um gole na minha bebida.

— Então, o que faremos agora? — Meleika morde metade de uma batata frita.

— O que devemos fazer? — pergunto.

— Qualquer coisa que quisermos fazer — responde Sophie. — A escola alugou o lugar inteiro até umas seis da manhã, então temos bastante tempo.

Confiro o celular de novo. São apenas nove da noite.

— Não precisamos ficar até o fim, né?

— Ah, óbvio que não. — Sophie ri. — Estou estabelecendo o toque de recolher obrigatório a uma da manhã para todos vocês. A não ser que queiram voltar andando para casa.

— Podemos jogar laser tag. — Nathan lê a lista de novo. — Ou patinar.

— Não sei patinar — digo.

— Ah, então definitivamente temos que ir patinar. — Nathan ri. — Preciso ver isso.

— Sem a menor chance — diz Meleika, piscando para mim. — Também não sei patinar.

— Tá. — Nathan suspira, frustrado. — Minigolfe?

— Eu topo — digo.

Meleika arrasa no minigolfe, mas o campo é do lado de fora, e está esfriando demais, então depois de acertar alguns buracos, nós voltamos para dentro. Tem uma sala inteira, perto do fliperama, que foi alugada para dança. Nathan e Meleika saem correndo para lá, mas Sophie e eu ficamos para trás, só meio que parades, encarando a entrada.

— Vamos lá. — Sophie entrelaça o braço no meu e andamos em direção ao fliperama.

Fiquei a noite inteira esperando ela e Meleika falarem alguma coisa sobre a exibição de arte, mas elas não falaram. Elas também não mencionaram nada na escola, mas talvez estivessem esperando até estarmos a sós.

Ou talvez elas não estivessem planejando dizer nada. Quem sabe elas só estejam tentando ser o mais normal possível comigo porque acham que é disso que eu preciso agora? Espero que seja a última opção. Porque não quero mais falar sobre isso.

Quero esquecer que aquela noite aconteceu.

— O que você quer jogar? — pergunta Sophie.

Olho ao redor, e nada parece muito interessante, além de poucos jogos serem para duas pessoas, então acabamos na frente da máquina de garra. E Sophie é muito incrível nisso. Tipo, ridiculamente incrível.

— Meu pai me ensinou alguns truques. — Sophie mira a garra do jeito certo, então consegue capturar um gato de um anime que nunca assisti. Sua décima vitória em menos de meia hora. — Aqui. — Ela me entrega o gato.

— Tem certeza?

— Aham, já tenho um desses. — Então ela começa a lutar com o amontoado de pelúcias no chão. — Pode me dar uma ajudinha?

Seguro a maioria delas, tentando equilibrar todas nos braços. Realmente não deveria ser tão difícil assim carregar um monte de pelúcias.

— Então foi pra cá que vocês vieram. — A risada de Nathan me dá um susto. — Ah, que fofo. — Ele toca o nariz do Yoshi rosa no topo da pilha.

— Fica quieto. — Quase jogo uma das pelúcias nele, mas acho que vou derrubá-las se fizer isso.

— Mel quer jogar laser tag. Vocês topam?

— Sim. — Sophie tira a chave da bolsa. — Aqui, vocês podem guardar isso no carro?

— Vamos lá. — Nathan pega a chave. — Encontramos vocês lá dentro.

— Só não levem meu carro para dar um passeio. — Sophie dá uma piscadela e sai andando em direção à arena.

Passamos por nossos colegas de classe, Nathan acenando para as pessoas de vez em quando. Tento dizer a mim mesme que eles estão encarando Nathan, ou o amontoado de pelúcias nos meus braços. Porque é isso que estão fazendo.

348 MASON DEAVER

Ninguém se importa com a exibição de arte. Ninguém se importa com o que aconteceu lá. Só preciso continuar me dizendo isso.

— Você está se divertindo? — Nathan me dá uma cutucada.

— Sim — respondo. — Por quê?

— Só curiosidade. — Ele bufa. — Eu estava preocupado com você. Depois de tudo que aconteceu. Você não estava respondendo as minhas mensagens, e parecia tão distante na escola.

— Ah — digo. — Desculpa.

— Não peça desculpa. Não consigo nem imaginar com o que você está lidando. — Sinto ele se aproximar, como se quisesse segurar minha mão ou algo assim. Talvez largar todas essas pelúcias não seja uma ideia tão ruim assim.

— Tem sido… — Começo a dizer, mas não sei nem como terminar a frase.

— Difícil? — completa ele.

— Essa é provavelmente a palavra mais suave que se poderia usar.

Vejo a diretora Smith do outro lado do salão. Acho que ela não estava na exibição de arte. Mas sem dúvidas ficou sabendo de tudo. Ela me dá um meio sorriso e um breve aceno quando me pega olhando.

Tento acenar de volta.

É estranho pensar que isso tudo aconteceu por causa dela. Ela poderia ter dito não para mim, me negado uma vaga na North Wake. Eu nunca teria conhecido a sra. Liu, ou pintado tanto quanto estou pintando, ou conhecido Meleika ou Sophie. Ou Nathan.

DESEJO A VOCÊ AS COISAS MAIS BELAS **349**

— Bem, se você precisar de mim para alguma coisa, é só me falar, tá bom? — diz Nathan.

— Tá bom — concordo.

— Qualquer coisa — repete ele. — Tô falando sério, Ben.

Olho para a frente e tento não pensar demais no que "qualquer coisa" quer dizer.

— Valeu.

Acabo não dormindo bem, o que não é bom porque Sophie me deixa em casa por volta de uma e meia da madrugada. A partida de laser tag demorou um pouquinho.

Mas isso tem mais a ver com o fato de que em menos de doze horas vou encontrar Mariam. Pelo menos espero que seja por causa disso. Ainda tenho tempo de sobra quando finalmente decido levantar da cama. Mariam tem um tour agendado pelo *campus* da universidade estadual, e algum tipo de almoço especial, mas depois disso estaremos totalmente livres para fazer o que quisermos.

— Você quer usar meu carro? — oferece Hannah.

— Não tem problema?

— Aqui. — Hannah estende a mão sobre a bancada e pega as chaves. — Não chegue muito tarde, tá bom? Vejo você no jantar.

— Ok.

— Só não passe por cima de nenhum hidrante, por favor — pede Hannah.

Olho para ela e sorrio.

— Olha, não posso prometer nada.

— Rá. — Ela pega as chaves de volta. — Engraçado, maninhe. Agora prometa.

— Terei cuidado, prometo.

Mas o GPS tenta me levar para uma rua sem saída e quase atropelo alguém. E então quase passo por cima de um hidrante de incêndio enquanto tento entrar em um estacionamento para fazer o retorno. É por isso que deixo Hannah me levar de carro para todo canto. Por fim, consigo chegar à cafeteria, mas quando olho ao redor não vejo Mariam, nem ninguém que talvez pudesse ser Mariam de costas.

Ai, meu Deus, e se eu me atrasei tanto que elu foi embora? Passei apenas dez minutos do horário, mas talvez elu tenha achado que dei um bolo. Até verifico duas vezes meu celular para garantir que hoje é mesmo o dia certo. Mas é sábado mesmo, no horário que combinamos. Então onde está elu?

Sinto um tapinha no meu ombro.

— Ben?

— Ai, meu Deus!

Meu primeiro instinto é envolver Mariam em um abraço, porque elu está *aqui*, elu está aqui de verdade. Mas percebo que não lembro se isso é *haram* para elu, então mantenho meus braços ao lado do corpo e só meio que me mexo desajeitadamente sem sair do lugar. É melhor prevenir do que remediar.

— Ah, por favor… — Mariam abre os braços. — Desculpa o atraso. Achei que eu estaria acostumade com o trânsito.

— Tudo bem. — Os braços delu me envolvem. — Estava preocupade de ter me desencontrado de você ou algo assim.

Nós nos abraçamos pelo que parece uma eternidade, porque elu está aqui. Elu está realmente aqui.

— Desculpa — digo, finalmente me afastando. — Acho que fiquei um pouco animade demais. — Quase sinto vontade de chorar.

DESEJO A VOCÊ AS COISAS MAIS BELAS **351**

— Tudo bem.

— Então, hum... — Esfrego minha nuca.

Ótimo. Levou apenas meio segundo para que eu ficasse sem jeito. Isso deve ser algum tipo de recorde.

— Ah, não fique tode envergonhade comigo. — Mariam me dá um cutucão com o cotovelo. — Anda, vamos tomar um café e você vai me mostrar o lugar.

— Não posso prometer que serei ume boe guia — digo.

— Excelente, sempre encontramos os melhores lugares quando nos perdemos.

E nós nos perdemos depois de apenas dez minutos, mas com Mariam não é tão ruim. Apenas perambulamos sem rumo, escolhendo seguir qualquer direção. Entramos em um sebo esquisito onde tudo está horrivelmente amarelado, e o cheiro é insuportável. E assim que voltamos para o lado de fora e inspiramos lufadas profundas de ar mais ou menos puro, atravessamos a rua em direção a uma loja de frozen yogurt.

O café gelado ainda está pesando no meu estômago, então escolho um sabor simples de baunilha e calda de chocolate. Mas Mariam manda ver. Tenho certeza de que metade do que elu gasta é só com coberturas. Estou vendo ursinhos e minhoquinhas de jujuba, cerejas, amêndoas e migalhas de Oreo. E isso é só a camada de cima.

— Como é que você come isso tudo? — pergunto.

— Olha, não tive tempo de comer ontem à noite ou hoje de manhã. E o almoço na universidade foi horrível, então estou me permitindo.

— Não tem como essa combinação ser boa.

— Você tem razão, mas eu não ligo. — Mariam pega uma minhoquinha de jujuba coberta de chocolate e age como se fosse jogá-la em mim.

— Ei! — Eu me abaixo. — Então, para onde vamos?

— Não sei. Quero ver a água.

— Você não mora na Califórnia?

— E daí? — Elu dá de ombro.

— Tá — digo e, antes que perceba, nós meio que perambulamos automaticamente em direção a um parque. Não o Pullen; um parque diferente. Mas ainda há uma trilha e vários lugares para relaxar na sombra.

— E aí, como foi ontem à noite? — Meu Deus, ainda parece que elu vai desaparecer diante de meus olhos, como uma miragem. — Você saiu com seus amigos, né?

— Aham. Foi divertido — respondo.

— Você já tem um par para o baile? Ou já aconteceu?

— Não tenho, e ainda não rolou. É na semana que vem, eu acho, mas não vou.

— Por que não?

Balanço a cabeça.

— Por que eu iria?

— Porque é divertido demais. Você não devia perder isso assim.

— Não tenho um par — digo. — Ou um smoking. — Não que eu realmente queira vestir um.

— E daí? E o Nathan? Vocês poderiam ir só como amigues. Muitas pessoas fazem isso.

— É, isso não vai mesmo acontecer.

Acho que eu não aguentaria isso. Nós estaríamos tão próximes, mas não poderíamos dar aquele próximo passo. Aquele salto. Seria uma noite de punição a cada olhar, cada toque.

— Nossa, a quedinha virou um tombo.

— Só estou me perguntando qual é o sentido disso.

DESEJO A VOCÊ AS COISAS MAIS BELAS **353**

— Bem, essa é a verdadeira questão, não é? — Mariam come a última colherada de iogurte. —As jujubas foram demais.

Levo a tigela vazia delu para o lixo junto com a minha.

— A calda quente também pode ter sido um exagero.

— Calda quente é sempre necessária. Então vou fingir que você não disse isso. — Elu suspira e se encosta na grade, olhando para a água abaixo de nós. — Mas e aí, você vai ficar sofrendo pelo Nathan durante as férias de verão e então nunca mais ver ele de novo?

— Esse é o plano. Tenho certeza de que ele vai voltar durante os feriados e as férias.

Mas nunca será a mesma coisa. Ele fará novos amigos, conhecerá pessoas de quem gosta mais. Droga, algum dia ele pode voltar para casa com um namorado, ou namorada, ou namorade. Alguém que não é um fardo tão grande quanto eu.

— Já passei por tudo isso. Não é nada divertido, Benji.

— Você diz isso como se eu já não soubesse. — Expiro devagar e abaixo o olhar para a água. É muito mais azul agora sob a luz do dia, mas ainda é escura.

— Você merece uma vida feliz, Ben — continua Mariam. — Mais do que qualquer pessoa que eu conheço. Você é tão inteligente, e tão gentil, e tem tanto amor pra dar.

— Às vezes o mundo não é tão justo — digo.

— Acho que você é a prova viva disso. Você não acha que deve a si mesme pelo menos a tentativa?

— Estive pensando nisso.

Na noite passada, Nathan me disse que eu poderia conversar com ele sobre qualquer coisa, certo? *Qualquer coisa.* Me pergunto se isso significa que ele já sabe, ou se ele suspeita que eu seja gay, ou bissexual ou pansexual. Ou se de algum jeito ele descobriu que eu sou uma pessoa não binária.

Eu deveria ser capaz de contar qualquer coisa a ele. Ele nunca me deu um motivo para não confiar nele.

— Legal! Você devia fazer isso, acho que é a escolha certa.

— Talvez. — Afinal, eu era merecedore de alguém como Nathan? — E se ele me rejeitar? Ou não quiser ficar perto de mim? Vou ter que me assumir, não tem como não fazer isso.

— Se ele não aceitar você, então ele que se foda. Mas ele não parece ser esse tipo de pessoa.

— Você nem conhece ele.

— Verdade. Mas conheço você. E você está tão apaixonade por ele que nem é mais divertido. Chegou a hora de fazer sua grande declaração. Tenho certeza de que podemos encontrar outro canhão de camisetas por aqui.

Não consigo evitar a risada.

— Ah, é tão mais fácil falar do que fazer!

— Eu sei. — Elu suspira. — Mas é a verdade. E você só tem mais duas semanas de escola e, depois disso, tem três meses com ele. O que você tem a perder? Seja corajose.

— Na última vez em que fui corajose, me expulsaram de casa.

— Às vezes vale a pena tentar de novo — insiste Mariam. — E Nathan não é como seus pais.

— Eu sei.

— Você sonha em só ir de carro até a casa deles e botar tudo pra fora?

— Eu seria feliz se nunca mais tivesse que vê-los de novo. Esse seria o verdadeiro presente.

Mariam ri.

— Nossa, menine, que sangue frio.

— Cansei deles. — Dou de ombros.

DESEJO A VOCÊ AS COISAS MAIS BELAS **355**

É estranho. Não sei no que acreditava antes de tudo isso. Mesmo naquela noite no telhado, eu disse a Nathan que ainda poderia amá-los. Acho que não os amava na época, mas não há como saber no que exatamente eu estava pensando.

Agora sei com certeza. Eles não merecem meu amor.

E não preciso nem um pouco do amor deles.

— Boa.

Lá no fundo, sei que Mariam tem razão. E sei que Nathan não vai me odiar, não tem como, mas ainda sinto aquele medo.

E talvez valha a pena arriscar. Nunca senti isso por outra pessoa. Nunca. Quando estou com ele, parece que já estou fora do armário, que ele já sabe. Porque ele me faz sentir eu mesmo de um jeito que nenhuma outra pessoa é capaz.

E há aquela vontade. A que senti antes de me assumir para meus pais. Quando percebi pela primeira vez que sou não binárie, foi como um segredo que apenas eu sabia. Parte de mim queria manter as coisas assim, mas conforme os meses passaram, senti tudo borbulhar. Cada comentário em casa ou na escola. Toda vez que eu era chamade de "senhor".

Apenas continuou piorando até eu entender que precisava contar para alguém. Precisava botar isso para fora, como se fosse algum tipo de veneno. E foram meus pais que eu escolhi.

É essa a sensação. Toda vez que Nathan usa o pronome errado comigo, parece um soco no estômago. Mesmo que Mariam, Hannah e Thomas saibam usar o certo. As palavras dele são as que mais importam para mim no momento.

Preciso que ele saiba. Pelo meu bem.

Pelo bem dele.

— Quero contar pra ele — digo essas quatro palavrinhas e a sensação é de que elas poderiam acabar com o mundo. — Que sou não binárie.

— É?

Posso sentir a confusão na voz delu. Mas esse é o primeiro passo. O primeiro passo lógico, pelo menos. Uma declaração de amor pode vir mais tarde.

— Estou assustade, Mariam.

Parece que tudo está se encaixando, e a sensação é a de que estou em um sonho. Vou tentar me assumir para Nathan Allan. Eu *quero* me assumir para Nathan Allan.

— Eu também fiquei. — Elu apoia a mão sobre a minha. — Vai valer a pena.

— Como você sabe?

Elu dá de ombros.

— Qual resposta faz você se sentir melhor?

— Que você tem um palpite? Que tudo será maravilhoso e ele vai me amar por quem eu sou. Que ele não vai me odiar.

Mariam ri.

— Tenho um palpite, *galbi*.

— *Galbi*? — Olho para elu. — O que é isso?

— Significa "meu coração".

Eu me aproximo delu, ombro a ombro.

— Eu te amo.

— Eu também te amo, Benji.

Nós andamos por mais uma hora, evitando o tópico dos meus pais, ou do Nathan, ainda bem. É estranho finalmente estar ao lado de Mariam. Nós só nos conhecemos há cerca de um ano e meio, mas quando você deve sua vida a alguém, é possível mesmo chamar essa pessoa de qualquer outra coisa que não sua melhor amigue?

DESEJO A VOCÊ AS COISAS MAIS BELAS **357**

Se não fosse por elu, não sei onde eu estaria. Provavelmente ainda na casa dos meus pais, definhando sozinhe sob aquele teto, sem realmente entender quem eu sou. Ou provavelmente só teria descoberto quem eu realmente sou muito mais tarde.

— Você deveria ir ver minha palestra essa noite — diz Mariam enquanto andamos de volta para o hotel delu.

Seja qual for a organização para a qual elu trabalha, eles desembolsaram uma grana mesmo. O hotel não é o lugar mais *luxuoso* da cidade, mas até mesmo só uma noite aqui não deve ser barato.

— Talvez. — É como se a palavra rolasse na minha cabeça por um tempinho e, no segundo em que ela sai, eu a odeio. Por que não estou mais animade com a palestra de Mariam?

— Vamos lá, é um público pequeno, e se eu só falar para eles que você é minhe amigue, não tem pressão, ok?

— Ok.

Bem, estive preocupade com o grupo esse tempo todo, pensando que poderia esbarrar em alguém da escola ou só, em geral, ter que me assumir para um grupo inteiro de pessoas. Mas isso é por Mariam. Por minhe melhor amigue. Pela pessoa que provavelmente salvou minha vida.

Não acredito que estava pensando em não ir.

Meu Deus, sou ume babaca às vezes.

— Estarei lá — prometo para elu e para mim mesme. — Só preciso fazer a coisa mais difícil que já fiz na vida.

— Vai ser tudo maravilhoso, prometo. — Mariam me tranquiliza. — Quer ir jantar depois que eu acabar? Tem uma coisa que eu queria conversar com você, um projeto novo.

— Um projeto novo? — indago.

Mariam só me dá um sorriso misterioso.

— Aham, acho que você vai gostar.

— Tá bom, estarei lá.

— Começa às seis e meia. Vou te mandar o endereço por mensagem.

Confiro meu celular. Ainda há bastante tempo para eu me arrumar. Talvez eu devesse chamar Nathan. Talvez isso responda qualquer pergunta que ele possa ter. Meu Deus, não acredito que estou fazendo isso. Vou me assumir para Nathan Allan. Talvez não seja o ato de me assumir em si que me assusta. É o que ele vai pensar de mim depois.

Capítulo 23

Tento passar o tempo dando uma volta no parque, mas isso só me deixa mais nervose, então fico sentade no carro, digitando lentamente uma mensagem, uma letra de cada vez, até que ela faça algum sentido.

> **Eu:** Ei, você pode me encontrar
> perto do Centro Comunitário do
> Condado de Wake?
> Preciso falar com você.

Fecho os olhos e aperto em enviar.

Pronto, não tenho mais como voltar atrás. Preciso contar para ele agora, certo?

> **Nathan:** Claro, está tudo bem?
> **Eu:** Sim, só preciso te contar uma coisa.
> **Nathan:** Ok... Chego aí em dez minutos.

Dez minutos para decidir como vou contar a ele. Apenas falar de maneira direta seria mais fácil. Em teoria, pelo menos.

Só dizer as palavras. Eu já disse antes e ficou tudo bem, na maioria das vezes. Talvez as chances estejam a meu favor. Ou talvez eu possa só entregar meu celular para ele com um artigo sobre o que é ser não binárie e deixar ele ler. E aí posso responder qualquer pergunta que ele ainda tiver.

Talvez eu não faça nada disso. E esteja desperdiçando o tempo dele. E o meu.

O tempo se arrasta como uma lesma enquanto espero por Nathan; de onde estou, tenho a visão perfeita do centro comunitário do outro lado da rua. Com a sorte que tenho, ele não vai nem aparecer, vai ligar e cancelar, e terei me preocupado à toa.

Olho para o relógio no painel. 17h40. Talvez nós tenhamos tempo suficiente para chegar na palestra de Mariam.

— Você consegue fazer isso — sussurro para mim mesme, tentando fazer meu coração bater mais devagar e minhas mãos pararem de tremer ao volante. — Você consegue fazer isso. Ele não vai te odiar, ou tentar te machucar. Ele não é esse tipo de pessoa.

Não seria a primeira vez em que estive errade. Certamente não será a última.

Uma batida na janela me tira desse transe e, por uma fração de segundo, não reconheço Nathan. Mas então ele me dá aquele sorriso familiar, e abro a janela o suficiente para dizer a ele que entre. Talvez seja melhor fazer isso dentro do carro, há uma chance menor de causar uma cena, e se ele ficar com raiva, pode simplesmente ir embora por conta própria.

— E aí? — Ele estica as pernas, encostando-se na porta.

— Oi. — Tento respirar o mais calmamente possível.

DESEJO A VOCÊ AS COISAS MAIS BELAS **361**

— Oi. Você tá bem? — Ele se inclina um pouco para perto. — Você tá com uma cara de quem precisa de ajuda pra esconder um corpo.

— É, eu só... Tem uma coisa que eu preciso te contar.

— Tá bom.

— E é bem importante, e não quero que você me odeie, mas preciso te contar.

— A não ser que aquela coisa do corpo seja verdade, acho que não tem nada pra odiar em você. — Ele tenta me fazer rir, ou até mesmo esboçar um sorriso, mas não consigo. Simplesmente não consigo. Porque estou usando todas as minhas forças para não desmoronar agora.

Vou fazer isso.

— Eu só... — gaguejo. — Preciso que você não seja você agora.

Ele se recosta no assento, a boca formando uma linha reta.

— Fechado.

— E sei que isso não é muito justo, mas você não pode fazer mais perguntas, ok? Não até eu terminar.

— Promessa de dedinho. — Ele me oferece o dedo mindinho.

E eu o envolvo com o meu.

— O motivo pelo qual eu saí de casa, pelo qual me expulsaram de casa... — Inspiro e expiro. — É que eu sou não binárie.

Observo seu rosto e, devo admitir, ele não parece surpreso ou chocado ou bravo. E não faz nenhuma pergunta. Posso ver que ele quer fazer, mas não faz.

Começo pela noite da véspera do Ano-Novo, uma vida inteira atrás, e conto tudo a ele. A ligação para Hannah, minha mudança para Raleigh, o carro do lado de fora da casa de Hannah, as consultas com a dra. Taylor e a medicação, e tudo com Mariam. Meu corpo treme o tempo inteiro, e ainda estou tremendo quando termino de falar, mas consegui. Está feito. E não tem como voltar atrás.

E quando termino, quando Nathan percebe que terminei, ele finalmente abre a boca.

— Uau.

— Desculpa ter escondido isso de você por tanto tempo.

— Não sei o que dizer.

Eu o observo esfregar a nuca.

— Olha, se isso for um problema e você não quiser mais ser meu amigo, eu...

O olhar que ele me dá é o mais sério que já vi em seus olhos.

— Isso não vai rolar. Por que você acha que eu iria querer perder você?

Dou de ombros, lutando contra as lágrimas.

— Não sei... Desculpa.

— Vem aqui. — Ele me puxa para perto. De primeira, não quero me mexer, mas ele é tão quente, e estou desesperade por afeto agora. O afeto dele. Ele nos embala um pouco.

— Se alguém devia estar se desculpando, esse alguém sou eu. — Ele está fungando. Nathan está chorando também? — Passei metade do ano te chamando pelo pronome errado e é você que está se desculpando?

— Não é culpa sua.

— Gostaria de ter sabido antes. — A voz dele falha, e sinto suas lágrimas caírem nas minhas mãos. — Sinto muito, Ben, sinto muito mesmo por você ter tido que aguentar isso. E sinto muito por ter feito isso com você durante tanto tempo.

Ele não está mais disfarçando o choro, e isso está me fazendo chorar ainda mais, e ambes estamos nos afogando em lágrimas.

DESEJO A VOCÊ AS COISAS MAIS BELAS **363**

— Eu te perdoo — digo com dificuldade.

Tenho certeza de que há pessoas passando por perto que podem nos ver, ou talvez nos escutar aos prantos, porque *não* estamos nos contendo, mas não ligamos. Ou pelo menos eu não ligo.

— Desculpa por não ter contado pra você. — Suspiro. Então inspiro e expiro. — Só estava com medo, eu acho.

— Você realmente precisa parar de se desculpar. — Ele solta um som esquisito entre choro e risada.

— Desculpa. — Não consigo evitar.

— Você é uma causa perdida.

— Eu sei.

Ficamos só sentades por mais alguns minutos, e apenas aprecio a presença dele aqui, seu calor, o conforto. Não acredito que esperei tanto tempo para contar a ele; não acredito que pensei que ele poderia me odiar.

— Estamos um caco. — Nathan tenta ao máximo enxugar as lágrimas.

— Sim, estamos. — Tento relaxar. Acabou, está feito. Eu consegui. Aquele peso deveria ter sumido, mas não sumiu. Ele ainda está pairando sobre mim, fazendo pressão no meu peito. Mas pelo menos parece mais leve. Pequenas vitórias. Breves celebrações.

— Eu me pergunto quantas pessoas estão encarando a gente.

— Provavelmente muitas — digo.

— Então, como isso funciona exatamente? Que tipo de pronome eu devo usar com você?

Tento engolir.

— Eu uso elu.

364 MASON DEAVER

— Tá bom. Quero que você me corrija se eu usar o pronome errado, ok? Promete pra mim.

— Promessa de dedinho — digo.

Podemos ter apenas meses juntos pela frente. Mas, agora, só quero fingir que temos uma eternidade.

— Então, e palavras tipo "cara" e "mano"?

— Acho que nunca ouvir você dizer "mano" antes.

— Estou tentando algo novo.

— Bem, não use isso comigo, por favor, e "cara" também não. É gênero neutro o suficiente para a maioria das pessoas, mas não pra mim.

— Entendido. — Ele olha pela janela em direção ao centro comunitário. — Tenho mais uma pergunta. Por que aqui?

— Ah, isso. Minhe amigue Mariam, que é vlogger, vai dar uma palestra aqui essa noite, e eu queria assistir. — Olho para o centro comunitário e então de volta para Nathan. — Você gostaria de me acompanhar?

— Ora, Benjamin De Backer, seria um prazer — responde ele com um sorriso.

O grupo se reúne no quarto andar do centro comunitário. Na verdade, estou feliz por Nathan ter aceitado vir comigo, pois acho que não consigo fazer isso sozinhe. Não agora. Teria esperado por Mariam, mas não faço ideia de quando elu vai chegar.

— E aí, essa é sua primeira vez aqui? — pergunta Nathan.

— Aham.

— Ótimo, então não sou o único que está nervoso, né?

— Não mesmo. — Aperto o botão do elevador.

— Ainda bem. — Nathan suspira e as portas deslizam para se abrir. — Você vai contar para Sophie e Meleika?

Dou de ombros.

— Não sei. Você acha que elas ficariam de boa com isso?

— Acho que elas não se importariam nem se você fosse uma criatura reptiliana de três metros de altura vestindo uma pele humana.

— Não vamos testar essa teoria.

Sinto o roçar familiar da mão dele na minha.

— Obrigado — diz ele. — Por confiar em mim em relação a isso.

Nossas palmas se encostam, os dedos dançando.

— Para ser honeste, eu estava morrendo de medo.

— Espero que eu não tenha feito você sentir que eu não era confiável nem nada do tipo.

— Não era você, era... o que vinha depois. Tipo, o que aconteceria depois que eu finalmente fizesse isso. Eu também não queria te perder.

— Estou muito orgulhoso de você, Ben.

— Obrigade — digo.

— Estou ficando meio animado. — Nathan encara os números acima da porta, observando-os aumentar lentamente. — Para a reunião.

— Estou feliz que você esteja aqui — digo.

Preciso afastar o pensamento de que estamos no prédio errado. Verifiquei duas vezes todos os endereços e a página do grupo diz que eles se encontram no centro comunitário. Esse tem que ser o prédio correto. Dou um suspiro de alívio quando a porta do elevador se abre, pois bem ali na lista de escritórios e números das salas está escrito "Projeto Espaço Seguro – Sala 414".

O informativo do lado de fora do elevador diz que é para a esquerda, então seguimos as setas, contando as salas até eu ver a que está com a placa 414. Por alguma razão, estou esperando uma enorme faixa nas cores do arco-íris com os dizeres "Todes são bem-vindes aqui!", ou bandeiras pendendo da porta ou algo do tipo, mas a sala combina com as outras. Na verdade, a única "decoração", se é que posso chamar assim, é o cartaz que lista as reuniões, intitulando-as de "Projeto Espaço Seguro", e mostrando as datas para as reuniões logo abaixo.

— Preparade? — Nathan puxa a maçaneta da porta.

— Aham.

Quando entramos, Mariam já está na parte da frente da sala. Elu nos vê e um sorriso ilumina seu rosto antes de elu se concentrar de novo nos papéis a sua frente.

Há apenas alguns olhares das outras pessoas quando decidimos entrar, escolhendo lugares nos fundos. Porém, Mariam não perde o fio da meada e prossegue. A palestra em si dura cerca de uma hora, mas depois há mais meia hora das pessoas fazendo perguntas a Mariam, e parece que a cada uma delas, elu entra em um buraco de minhoca de explicações. Mariam não me disse qual seria o tema da palestra, mas elu se aprofunda na necessidade de mais espaços seguros para pessoas *queer*. Especificamente espaços direcionados a pessoas *queer* menores de idade, lugares que não tenham como foco dança e bebidas, como a maioria dos clubes.

E não é como se eu já não soubesse, mas sentade aqui, ouvindo elu falar, sou acometide pelo pensamento de que minhe amigue é brilhante.

— Tá bom, pessoal. Eu adoraria continuar — diz elu. — Mas, infelizmente, essas são todas as perguntas por hoje.

Os aplausos são imediatos. As pessoas até mesmo ovacionam elu de pé, o que é meio estranho partindo de uma plateia pequena. Mas talvez Mariam mereça esse tipo de reação. Nathan e eu meio que ficamos nos fundos, mas por sermos rostos novos ainda chamamos certa atenção.

— Oi! — Um rapaz vem até nós.

Ele é bonito, ou talvez *elu* é bonite. Eu não deveria estar presumindo os pronomes de ninguém. A probabilidade de errar deve ser maior aqui. Na verdade, eu não deveria fazer isso de qualquer jeito. Conheço muito bem essa dor.

— Vocês estão aqui para participar do grupo? — pergunta elu.

— Mais ou menos. — Pigarreio. — Meu nome é Ben.

— Eu sou Nathan. — Nathan dá um aceno.

— Micah. — Elu não aperta minha mão nem nada, o que me deixa grate. — Quais são seus pronomes? — pergunta elu.

— Ah, hum…. — Não sei por que isso me pega desprevenide. — Elu, por favor.

— Maravilha. Eu uso ele — diz ele, e então olha na direção de Nathan.

—Ah, eu uso ele, acho. Desculpa, ainda não me acostumei com essa coisa do pronome.

— Tudo bem.

Nathan engata uma conversa fácil com Micah, e então mais pessoas meio que se aglomeram. Tem Camryn, que é não binárie como eu. Ava, que é pansexual e gênero fluido. Cody, que é bissexual. E Blair, que é uma garota trans arromântica. Todes elus meio que são atraídes pela força gravitacional de Nathan, e de repente fico enciumade. A conversa só flui, como se ele já conhecesse todo mundo há anos. Como se fôssemos uma grande família *queer* feliz. Acho que esse é meio que o objetivo do grupo, na verdade.

Tento interagir de vez em quando, respondendo qualquer pergunta que me façam. Mas, sério, não consigo não observar Nathan. Ele parece tão feliz.

Mas por fim Micah precisa ir para a frente da sala e anunciar que o prédio está fechando. As pessoas começam a correr até Mariam, fazendo perguntas de última hora e tirando fotos.

— Talvez a gente devesse esperar lá fora — digo.

— Estava pensando a mesma coisa.

Ficamos sentades no silêncio do lado de fora. Aquele silêncio confortável que vem quando estamos a sós. Bem, além das poucas pessoas andando pelo centro da cidade tão tarde da noite; mas parece que somos apenas nós, o ar frio da noite nos mantendo confortáveis.

— Sabe, os ingressos do baile entram em promoção na segunda — diz ele do nada.

Por que diabos ele está me falando isso?

— Ah, é?

— Aham. Você quer ir?

— Não tenho nada pra vestir. — Ou dinheiro para alugar alguma coisa. E não posso pedir isso a Hannah. Não tão em cima da hora.

— Podemos encontrar algo pra você — sugere ele.

— Estou bem. — Meus olhos vão do chão para o rosto dele.

— Tem certeza?

— Sim.

Sinto meu coração batendo mais rápido e o suor nas mãos. Tipo, ele acabou de me chamar para o baile? Foi isso

DESEJO A VOCÊ AS COISAS MAIS BELAS **369**

que pareceu, não foi? Achei que seria apenas ele, Meleika e Sophie indo como amigos. Meleika disse que eles fizeram a reserva para o jantar e tudo.

Então mesmo se eu disser que sim, não há espaço para mim.

— E aí, você gostou? — pergunto a Nathan, desesperade para mudar de assunto. Qualquer coisa para empurrar o tópico do baile para bem longe. — Da palestra, quer dizer.

— Sim — responde ele. — Ela parece bem popular.

— Elu — corrijo.

— Certo, desculpa. Elu, elu, elu. — Ele começa a repetir baixinho. — Qual é o nome do canal delu mesmo?

— É só procurar por Mariam Haidari — respondo.

Ele fica de olhos arregalados quando aperta no *enter* e vê todos os lugares em que o nome de Mariam aparece.

— Ai, meu Deus! Você é amigue de uma pessoa famosa.

— Acho que sim. — Não sei se Mariam enxerga dessa maneira.

— Que isso. — Ele continua deslizando a tela. — Uau, elu fez muita coisa. — Então ele vê *aquela* foto. A foto. E sei que é *aquela* foto porque ele agarra meu braço e seus olhos ficam muito arregalados. — Porra, elu conheceu a Beyoncé?

— Sim, conheci, ela é um amor. — A voz de Mariam nos pega de surpresa quando elu surge de repente. — É um prazer te conhecer. Nathan, certo? — Elu estende a mão.

Nathan a aperta com entusiasmo demais.

— Imagino que elu esteve falando de mim? — Ele acena com a cabeça para mim.

— Você é uma dor de cabeça tão grande que é meio difícil não falar — brinco, e Nathan leva a mão ao peito fingindo estar magoado.

— Ai!

— Tá bom! — Mariam abraça meus ombros. — Onde vamos jantar? Não sei vocês, mas estou faminte!

Nathan já está seguindo pela rua. Juro, ele pode se tornar o melhor amigo de qualquer pessoa se você der a ele tempo o suficiente.

— Se continuarmos por uma quadra, teremos a melhor pizza da cidade. Ainda é terrível, mas em Raleigh é a melhor que vamos encontrar.

— Eu topo. — Mariam olha por cima do ombro. — Você vem, Ben? Temos aquela coisa pra conversar — diz elu com uma piscadela.

— Sim. — Sigo elus de perto, observando esses meus dois mundos colidirem. Isso ainda parece um sonho.

Mas se for, realmente não quero acordar.

Capítulo 24

A semana do baile pode ser um pesadelo maior do que a semana de provas.

Não, esquece que eu falei isso.

A semana do baile *definitivamente* é um pesadelo maior do que a semana de provas. O conselho estudantil provavelmente deveria ter adiantado as coisas, talvez começado a vender os ingressos no início de abril. Mas não, eles esperaram até a semana do evento. Então agora há uma fila na entrada da cantina, se estendendo até a frente da diretoria.

E por Meleika e Nathan fazerem parte do conselho estudantil, eles precisam ficar depois da aula sempre, decorando, pendurando cartazes e garantindo que tudo está atendendo aos padrões de Stephanie. Por sorte, parece que a maior parte da decoração do Lance da Primavera pode ser reutilizada.

Até pensei em me assumir para Meleika e Sophie quando voltamos para a escola na segunda-feira, mas quero contar para elas ao mesmo tempo, e do jeito que Meleika está estressada, essa definitivamente não é a hora.

— Peguei dois, só pra garantir. — Nathan volta para a mesa de almoço com dois ingressos em mãos.

— Eu disse que não vou.

— Só pra garantir. — Ele pisca para mim e desliza o ingresso na minha direção.

— Bem, obrigade. — Deslizo o ingresso de volta. — Mas não vou precisar.

— Tá. — Ele dobra e guarda na carteira. — Então, o que você *vai* fazer na noite de sexta?

— Provavelmente ver algo na Netflix e comer pizza — respondo.

Thomas e Hannah oficialmente declararam essa uma noite de encontro, pois ele não foi arrastado para ser acompanhante de ninguém esse ano, então terei a casa inteira para mim. Só queria poder chamar Mariam para sair de novo, mas o voo delu para Flórida partiu essa manhã.

Observo o rosto de Nathan cuidadosamente. Não falamos muito sobre eu ser não binárie desde que me assumi. Ele fez algumas perguntas, tentou aprender algumas coisas na internet. Ele disse que até começou a assistir aos vídeos de Mariam.

— Esse é o sonho. — Sophie suspira. — Mostrei pra vocês meu vestido? — Ela vira o celular.

— Ai, meu Deus! Eles são uns animais. — Meleika vem correndo para nossa mesa e desaba no assento. — Olha, quebrei uma unha! E eles pisaram nos meus sapatos.

— Você conseguiu? — pergunta Sophie.

— Sim, consegui, Sophie, obrigada por se preocupar com meu bem-estar. — Meleika entrega o ingresso para Sophie.

— Obrigada. — Sophie o pega, deslizando dez dólares para a amiga. — Tem certeza de que você não vai, Ben? Vai ser divertido.

DESEJO A VOCÊ AS COISAS MAIS BELAS **373**

— Acho que vou sobreviver a essa perda — brinco.

— Tá bom!

Durante essa semana, fico depois da aula basicamente todos os dias. Thomas precisa inventar um jeito de passar as duas últimas semanas de aula, o que parece um desperdício, mas ele diz que tem alguns experimentos legais em mente. Passo o resto do tempo extra na sala de arte. Vai ser difícil deixar esse lugar para trás. Terei que perguntar a Hannah se não tem problema comprar meus próprios materiais. Meu aniversário é em outubro, aliás, e um conjunto de pintura seria um bom presente.

O dia do baile é muito mais tranquilo, especialmente porque metade da turma de veteranos decide faltar aula, provavelmente para se arrumar. Mas nenhum dos professores realmente se importa. Thomas apenas exibe *Planeta Terra*, e de algum modo isso acaba encantando a turma inteira, menos na parte em que um fungo infecta o cérebro de uma formiga. Todo mundo vira o rosto para não ver a cena.

— Ei — sussurra Nathan, e quando olho em sua direção, ele desliza um pedaço de papel. É fácil esconder no escuro, mas quando tento ler, preciso virar na direção do filme.

Minha casa, essa noite, nove horas? está escrito em grandes letras de forma. E embaixo ele escreveu *S/N* com o meu ingresso do baile grampeado.

— Eu disse que não vou — sussurro.

— Só me faz esse agrado. — Ele desliza um marcador de texto.

— O quê? — Olho para o bilhete de novo e então para Nathan. Tem alguma coisa estranha no modo como ele está olhando para o pedaço papel, sem me encarar.

— Só responde.

374 MASON DEAVER

— Não, a não ser que você conte o que tá rolando.

Nathan revira os olhos.

— Sim ou não?

Nunca vou ganhar uma discussão com esse garoto. Leio as palavras de novo como se de alguma forma elas tivessem mudado. Encaro o ingresso, a fonte vermelha e preta, o desenho do globo espelhado. O que será que ele poderia estar planejando fazer com isso? Circulo o S e devolvo o bilhete para ele.

— Você vai precisar do ingresso — diz ele.

Pego o bilhete de volta e arranco o ingresso, mantendo-o dobrado no meu bolso até chegar em casa. Se eu for e Nathan tiver alugado um smoking e tentar me arrastar para o baile, não vou facilitar as coisas para ele. De acordo com o ingresso, a dança começa às oito da noite, então se ele quisesse me vestir e me empurrar para uma limusine, ele provavelmente gostaria que eu chegasse mais cedo, certo? Por que ele quer que eu vá?

— Ben, você pode vir aqui um momento? — chama a sra. Liu de sua sala.

— Hã?

Estive pensando no ingresso em meu bolso desde que Nathan o entregou para mim. Pensei tanto nisso que, na verdade, não consegui desenhar ou pintar nada. Então só limpei minha estação de trabalho nos fundos, que sofreu bastante nos últimos tempos.

— O que foi? — pergunto, espiando a sala dela.

— Bom, isso é desconfortável, mas vou precisar da minha chave de volta.

Ah.

— Óbvio.

Enfio a mão no bolso e pego o molho de chaves, cuidadosamente retirando a que pertence à sala de arte. Quando a entrego para a sra. Liu, parece que estou entregando um pedaço de mim.

Adeus, sala de arte.

— Também queria dizer o quanto estou orgulhosa de você.

— Eu… Valeu — digo.

— Em todos os meus anos de profissão, raramente tive estudantes com a mesma motivação e ambição que vi em você, Ben. — Ela coloca a mão no meu ombro. — Vou sentir muito sua falta.

Abro os braços e a sra. Liu aceita, entusiasmada, meu abraço, me apertando tanto que mal consigo respirar por alguns segundos.

— Opa, desculpa. Não conheço minha própria força.

— Valeu — agradeço. — Você não tem ideia do quanto tudo que você fez significa para mim.

— Ah, Ben. — Meu Deus, ela está chorando. É por isso que não costumo ser sentimental. — Quanto preciso pagar pra você ficar?

Bom, ainda estarei em Raleigh.

— Uma pequena fortuna? — brinco.

Ela ri, enxugando o canto dos olhos com o avental.

— Fechado.

Quando chego em casa, tento me manter ocupade a tarde toda, mas não consigo me concentrar em série nenhuma, nem mesmo no novo vlog de Mariam. A próxima parada delu é Georgia. Tento conversar com Hannah enquanto ela se arruma, mas estou tão ansiose que não consigo ficar quiete. Tomo meu segundo Xanax do dia, não esquecendo de registrar isso no diário, mas não está ajudando de fato com esse borbulhar esquisito no estômago.

— Você tá bem, maninhe? — pergunta Hannah.

— Aham, eu só... — Minha atenção se dispersa sem querer.

— Benji. — Ela estala os dedos diante do meu rosto.

— É por causa daquele bilhete que o Nathan te deu na aula hoje? — pergunta Thomas.

Encaro Thomas, que está debruçado sobre a bancada e digitando alguma coisa no celular.

— Como foi que você...

— Nem pergunte, maninhe — diz Hannah. — Não consigo fazer nada despercebida por aqui.

Thomas aponta para mim e então para seus olhos.

— Eu vejo tudo. Superpoder de professor.

Quando eles saem, passo o resto do tempo andando de um lado para o outro no meu quarto, encarando a hora no celular. Juro que está passando mais devagar. Confiro uma vez às 20h15, e mesmo que a sensação seja a de que se passou uma hora, são apenas 20h17 quando confiro de novo.

Eu me jogo de frente na cama, configurando um alarme para 20h50. Talvez eu possa só dormir pelos próximos quarenta minutos. Mas não, isso não vai rolar. Apenas encaro o teto até o alarme tocar. E quando toca, eu me sinto paralisade.

Chegou a hora, mas ainda não sei o que Nathan vai fazer. Confiro duas vezes se o ingresso está no meu bolso, bem onde o guardei à tarde.

Quando chego na porta da casa dele, quase saio correndo de volta para casa e deixo tudo isso para lá. Mas isso obviamente é importante para Nathan. Toco a campainha e aguardo alguns segundos, prestando atenção e esperando o som de passos. Mas não há nada. Nem mesmo o latido de Ryder. Bato à porta de novo e espero. Nada ainda.

Então meu celular começa a tocar, o nome de Nathan piscando na tela.

— Alô?

— Entra, está destrancada — diz ele.

— Ok. — Abro a porta devagar. — Cadê você?

— Você está esquentando.

— Nathan...

— Só participa do jogo. Passei a semana inteira planejando isso. Agora, cadê você?

— No corredor perto da cozinha.

Acho que consigo escutar a voz dele. Em algum lugar por aqui.

— Tá bom, ainda tá morno. Tipo quando esquenta o chili no micro-ondas e fica quente por fora, mas frio no meio.

— Essa é uma metáfora nojenta.

— Uma símile, minhe care Watson.

— Contei a você que passei na prova de Inglês?

— Não, isso é ótimo!

— Sim. Bom, fiquei na média, mas consegui.

— Ah, Benji, sabia que você ia conseguir.

— Sem sua ajuda — digo, e quase consigo ouvi-lo sorrir. — Você sabe que pode me poupar algum tempo e me dizer onde está, né?

Continuo andando pela cozinha, entrando na sala de estar. Ainda nada.

— Isso, minhe queride amigue, acabaria com a diversão.

— Devo subir as escadas?

— Talvez.

— Nathan...

— Vai valer a pena, prometo.

Subo as escadas lentamente, quase com medo do que vou encontrar lá em cima. O corredor está quase todo escuro, a única luz vem da brecha na porta dele. E isso é música?

— Nathan.

— Tá esquentando.

Abro a porta do quarto devagar. Está vazio, com a mesma aparência de sempre, mas a cama não está arrumada. E tem um paletó pendurado no encosto da cadeira.

— Você não está aqui — digo.

— Então onde eu estaria?

Meus olhos automaticamente vão para a janela, que está aberta.

— Lá fora?

— Tá esquentando.

Então ele encerra a ligação. Guardo o celular de volta no bolso e tento sair pela janela sem me machucar. O que é mais fácil de dizer do que de fazer. Mas ele está esperando por mim em nosso lugar de costume com aquela manta branca disposta sob uma pilha de almofadas.

— Você está aqui. — Ele olha para mim, e lá está aquele sorriso.

— Sei disso — digo. — Então, por que você não está no baile?

Parece até que ele estava se arrumando para isso, mas parou no meio, com a calça social preta e a camisa branca que só está abotoada pela metade. Tento não pensar demais sobre esse último detalhe.

— Porque você não está lá.

— Eu não...

— Tentei te convidar para o baile e você recusou, então achei que isso poderia ser mais a sua cara.

— Ah, pensei… — Sou mesmo tão desatente assim? — Não sabia que você estava me convidando *desse* jeito.

— Tudo bem. Prefiro assim.

— Então você queria me convidar para o baile?

— Aham, já faz algumas semanas, achei que poderia ser o momento perfeito.

— Para quê?

— Talvez você deva se sentar. — Ele esfrega a nuca.

— Nathan Allan ficou sem palavras? — provoco. — Esse deve ser um momento digno para o livro dos recordes.

— Sabe quando você se assumiu para mim e disse que precisava que eu não fosse eu? — E o jeito que ele olha para mim despedaça meu coração.

— Ah, ok. — Me sento ao lado dele. — Desculpa. Tem alguma coisa errada?

— Queria ter escrito isso. — Ele finge uma risada. É tão diferente dele que nunca mais quero ouvir isso. — Você se lembra daquele dia no parque? Quando eu te levei pra ver um filme?

Como eu poderia esquecer?

— Sim.

— E você me perguntou se eu tinha um segredo. Um segredo do qual não havia motivo para me envergonhar, mas ainda assim sentia que precisava escondê-lo?

Assinto.

— Qual era o seu?

Engulo com dificuldade.

— Que sou não binárie.

— Certo. — Ele balança rapidamente a cabeça. — Foi isso que eu pensei. Quer dizer, não na hora. Mas, sabe, agora consigo ver. Então é por isso que eu queria te contar o meu.

Ele está tão sem jeito que chega a ser fofo.

— Você sabe que não precisa fazer isso, né?

— Eu sei. — Nathan olha para mim, os lábios entreabertos. — Eu quero. — Ele segura minha mão, acariciando-a com o polegar. — Eu estava com muito medo de contar isso, mas por você ter confiado em mim, vou confiar em você. Ok?

Assinto.

— Ok.

— Ok — repete ele, então inspira e expira. — Por um tempinho, estive meio que pensando sobre como me sinto em relação a você. — Então ele começa a sacudir a cabeça. — Meu Deus, eu *realmente* devia ter escrito isso tudo em um papel.

— Tudo bem. Leve o tempo que precisar. — Posso sentir seu pulso se acelerando.

— Eu sabia que devia só ter copiado o discurso do sr. Darcy. — Nathan suspira. — Eu, hum... tenho tentado descobrir um modo de contar a você como me sinto. Há meses, na verdade.

Meses?

— E sei que não escolhi o melhor momento, porque vou me mudar para o outro lado do país daqui a poucas semanas, mas imaginei que se pudéssemos ter três meses, isso seria melhor do que nada, certo?

— Nathan, eu...

— Gosto muito de você, Ben. Muito, muito, muito mesmo — diz ele finalmente, e quase consigo ver seus ombros relaxarem. — Eu usaria a palavra que começa com "a", mas sendo cem por cento honesto, ela me deixa absolutamente

DESEJO A VOCÊ AS COISAS MAIS BELAS **381**

apavorado. — Ele respira fundo. — E passei meses tentando descobrir como poderia contar isso sem assustar você, ou fazer você me odiar, e é isso.

— Nathan.

Não consigo pensar em nada para responder. Porque ainda não consigo acreditar que isso está acontecendo. Apenas o encaro, observando como ele é lindo de tirar o fôlego. Com aquele sorriso resplandecente, e os olhos castanhos e a pele de um tom profundo de marrom, e aquelas sardas que são tão absurdamente lindas que me fazem suspirar. Não quero fazer mais nada a não ser olhar para ele.

— Se você puder dizer alguma coisa além do meu nome, eu ficaria muito grato. — Ele solta uma risada exasperada. — Pelo menos um "vaza" ou algo assim.

— Eu, hum… — Tento não dar muitas risadinhas. Na verdade, parece que estou bêbado de felicidade agora. Se é que isso existe. — Gosto muito de você também — digo. — Mais do que isso, na real.

— Sério? — A voz dele embarga um pouco.

— Sério. Já faz um tempo, na verdade.

O sorriso dele esmorece por uma fração de segundo.

— É mesmo?

— Aham.

— Desde quando?

Não preciso nem pensar no assunto. Sei a resposta há tanto tempo.

— Aquela noite, aqui, depois da festa.

— Estive torturando você com minha bela aparência durante todo esse tempo, hein?

Balanço a cabeça.

— Você não faz ideia.

— Eu... Eu quero te beijar — diz ele. — Posso?

— Pode — sussurro.

Ele se inclina e, bem, é meio terrível. Nossos lábios se encontram, mas nos mexemos rápido demais e batemos os narizes, e Nathan morde meu lábio inferior. É afobado e molhado e uma verdadeira confusão. Mas do tipo bom.

Não há fogos de artifício. O tempo não para. E eu não ligo. Acho que ele também não. Porque queremos fazer isso há tanto tempo. E como ele disse, se tivermos apenas três meses pela frente, eu preferiria passar esse tempo praticando isso com ele.

— Isso foi meio ruim — diz ele.

— Sou meio novate nisso. — Encosto a testa na dele. — Quer tentar de novo?

Ele concorda. O segundo beijo é melhor. Mexo meus braços para que caiam dos ombros dele, e suas mãos estão nas minhas costas, me puxando para ficarmos o mais próximo possível. Então ele me agarra pela gola da camisa e lentamente caímos sobre as almofadas, a música ecoando pela noite. Meu Deus, consigo sentir o modo como seu corpo está se movendo por baixo da camisa, e é magia pura.

Esse garoto é uma obra de arte.

— Esse foi melhor — digo quando me afasto, tentando recuperar o fôlego.

— Muito melhor.

— Dizem que a terceira vez é a melhor.

Eu me aproximo de novo e sinto seus lábios nos meus. Ele entrelaça os dedos nos meus cabelos e ficamos sentades ali. Não sei por quanto tempo, e nem me importo. Porque agora o mundo está tão silencioso e tranquilo que poderia muito bem ser apenas nós aqui, sozinhes, a única companhia a que fazemos ume para outre. Acho que realmente não me importaria se fosse assim.

Mas por fim precisamos entrar, porque mesmo para maio a noite está esfriando. Não hesito em me arrastar para a cama, ao lado dele, a cabeça apoiada sobre sua barriga, subindo e descendo no ritmo de sua respiração calma.

— Estou feliz por ter conhecido você, Nathan — digo, porque não há mais o que dizer. Estou tão feliz agora, tão ridiculamente e profundamente feliz que acho que nunca serei capaz de descrever com precisão o sentimento.

— Estou feliz por ter conhecido você também. — Seus dedos encontram meus cabelos de novo. — Acho que precisamos conversar. Afinal, não posso simplesmente chamar você de namorado, não é?

Eu não havia nem pensado nisso.

— Acho que não — concordo. — Parceire é muito caubói pra você? — Eu o cumprimento com um chapéu imaginário de caubói. — Irrá.

Ele tenta não rir, mas não se aguenta. Bem, não quero que ele se contenha.

— Mas, sério, como posso te chamar?

— "Amigue que eu beijo e que não está no binário de gênero mas amo demais" é muito longo? — indago.

— Quem falou em "amar"? — Ele me dá um sorrisinho malicioso.

— Eu. Estou fazendo planos para o futuro. — Me estico até ele, dando mais um beijo em seus lábios. — E talvez "parceire" seja um pouco… faroeste demais.

— Irrá.

Ele não consegue parar de rir enquanto me cumprimenta com o chapéu invisível, e então sua expressão se suaviza. O modo como ele olha para mim me aquece de dentro para fora, e parte de mim quer chorar e a outra parte quer rir e tudo em mim quer que ele me olhe dessa maneira para sempre. Então ele abre a boca de novo.

— Que tal "minha pessoa"?

— Sua pessoa. — Gosto de como as palavras soam. Em seus lábios e nos meus ouvidos.

— Minhe Ben. — Nathan se inclina, beijando o dorso da minha mão, e de repente meu coração parece tão cheio de ternura. Podemos ter apenas três meses disso, mas serão três meses bons demais. — As coisas podem ficar difíceis quando eu for para a UCLA. Você ainda quer fazer isso?

— Sim — respondo, e nunca tive tanta certeza de alguma coisa.

Respiro fundo e relaxo sob o toque dele. Meu Deus, não posso nem mesmo ter uma noite com esse garoto sem me preocupar com o futuro, posso?

— É isso que você quer? A gente juntes, por quanto tempo isso durar?

— Não serei perfeito. Com o pronome. Vou me adiantar e admitir isso, mas irei me esforçar ao máximo para lembrar.

— Obrigade.

Mas ele não tem sido nada além de perfeito até agora.

— Você não precisa ter medo de me corrigir, tá bom? Por favor. Não quero te machucar. Nunca mais. Não se eu puder evitar.

— Pode deixar. — Não faço promessa nenhuma a mim mesme, mas por ele acho que faria qualquer coisa. — E nós vamos dar um jeito. Quando você se mudar em agosto. Talvez eu possa te visitar.

Se o projeto com Mariam der certo, provavelmente vou poder bancar a viagem algumas vezes por ano.

— Acho que é por isso que você é a minha pessoa, hein? — Ele me envolve em seus braços e me puxa para perto o máximo que pode. — Nós vamos dar um jeito — repete ele.

— Nós vamos ter que dar um jeito em muitas coisas, não é?

— Sim. — Ele me abraça mais apertado. — Mas pelo menos podemos fazer isso juntes, certo?

Ele se inclina e me beija de novo, e não quero que pare nunca mais.

Epílogo

Três meses depois

— **Vamos, apaixonadinhes!** — grita Meleika do outro lado do estacionamento.

Nós deveríamos nos apressar. É o último dia das férias de verão e todo mundo sabe disso, porque o estacionamento está lotado. Não consigo nem imaginar como deve estar a praia.

Mas não quero me mexer, porque não quero que isso acabe.

— O que foi? — pergunta Nathan, suas mãos se movendo para minha nuca, brincando com o laço que está prendendo meus cabelos para cima.

Engulo em seco.

— Vou sentir sua falta.

— Ah, por favor. — Ele revira os olhos e se aproxima de mim. — Você está Benjiando de novo.

— Estou "Benjiando"? Desde quando virei um verbo?

— Ei, você acertou. — Ele ri, os cantos da boca se curvando para cima, e meu coração vibra. Como sempre faz. — Você está se preocupando com nada.

DESEJO A VOCÊ AS COISAS MAIS BELAS **387**

Olho na direção de Sophie e Meleika. Elas estão esperando na rampa que leva até a praia. Até a desgraça da areia. Mas Nathan queria ir. Como uma última celebração, viajaríamos de carro até a Ilha Esmeralda na esperança de que a multidão possa ter diminuído um pouco.

Oceanos diferentes, eu acho. Tecnicamente. Definitivamente uma areia diferente.

— Por que você está sorrindo? — pergunta ele.

— Por nada. — Olho para ele, para o sorriso pelo qual me apaixonei, e aqueles olhos castanhos. — Ainda vou sentir sua falta — insisto.

Ele revira os olhos, sorrindo como um idiota.

— Que isso, é só um dia.

— Eu sei, mas é um dia que não vou ver você. Um dia inteiro sem Nathan Allan.

— Benjiando… — repete ele. — Mas acho que eu também ficaria triste se tivesse que passar um dia inteiro sem ver esse rostinho.

— Eu te odeio.

— Também te amo. — Ele se aproxima e me beija. — É culpa sua, aliás. Nisso que dá demorar pra comprar a passagem de avião.

— Cala a boca. — Eu o beijo de novo. — Foi você que me distraiu, então na verdade a culpa é toda sua.

Nathan suspira e revira os olhos.

— Assim como todo o resto.

Há uma batida leve na janela que nos faz dar um pulo.

— Se não se apressarem, vamos arrastar vocês para fora desse carro — bufa Sophie.

— Não passei três horas dentro de um carro pra ficar vendo vocês se pegando. — Meleika está em pé atrás de Sophie.

— Anda. Nossas companhias estão esperando.

Nathan pega a toalha branca enorme no banco traseiro e abre o porta-malas para que eu possa pegar o guarda-sol. De jeito nenhum vou voar para Los Angeles tode avermelhade como uma lagosta. Ainda não consigo acreditar que isso está acontecendo, que estou indo embora desse lugar. Janeiro parece estar a uma vida inteira de distância.

Mas quando Mariam me pediu para ajudar elu com um novo projeto, não havia como eu recusar. Mesmo que isso significasse deixar Hannah e Thomas. E Meleika. E Sophie. Tudo isso enquanto ofereço um pouco de apoio emocional para meu namorado, enquanto ele passa longas noites escrevendo redações e tomando café demais. Óbvio, ele precisa morar no dormitório durante o primeiro ano, mas Mariam e eu já pensamos em tudo.

Meu namorado.

Ainda é esquisito dizer isso. Mas de um jeito bom. O tipo de esquisito que nunca quero que acabe. Porque Nathan Allan é meu namorado. Levamos algum tempo para nos acostumarmos de verdade a isso. Porque namorar não é exatamente diferente da amizade que tínhamos antes.

Nathan havia suspeitado que era bissexual há algum tempo. E quando ele começou a frequentar as reuniões do Espaço Seguro comigo, tudo meio que se encaixou para ele. Os pais dele aceitaram bem. Honestamente, eles não se importavam com quem ele estava namorando, contanto que seja lá o que fizéssemos envolvesse camisinhas, uma conversa que não estávamos tão animades para ter. Hannah e Thomas não ficaram tão surpresos, mas tínhamos que deixar a porta do quarto aberta sempre que Nathan ficava lá.

Afundo na areia, e a sola dos meus pés já está queimando.

DESEJO A VOCÊ AS COISAS MAIS BELAS **389**

— Areia devia ser ilegal. — Tento limpá-la dos dedos sacudindo o pé.

— Para de choramingar. — Nathan se aproxima e me dá um beijo na bochecha.

Meleika finge enfiar o dedo na garganta para Sophie, e mostro o dedo do meio para elas.

— Inveja não cai bem, meninas.

— Que seja. — Meleika revira os olhos. — Você vai me deixar repintar hoje, né? — Ela agita a bolsinha de esmaltes que está segurando. — Estou pensando em fazer bolinhas, para seu grande dia.

— É claro — respondo.

Minhas unhas estão com uma aparência bem acabada, a tinta preta descascando em alguns pontos. Essa é a primeira vez que consegui usar o esmalte por tempo suficiente para ele descascar.

Vou ter que procurar tutoriais no YouTube ou algo do tipo. Acho que não será muito lucrativo voar entre a Califórnia e a Carolina do Norte só para Meleika fazer minhas unhas.

A praia está tão lotada quanto achei que estaria, mas encontramos um lugar que não fica tão longe da entrada. Afundo o cabo do guarda-sol na areia, garantindo que o vento não vai fazê-lo sair voando. Já estou com calor e suando quando termino, mas não sinto vontade de tirar a camiseta. Me jogo na sombra do guarda-sol e olho para Nathan, e mesmo que já tenha visto o peito nu dele várias vezes, ainda não consigo parar de admirar.

— Tira uma foto, vai durar mais tempo. — Ele embola a camiseta e a arremessa para mim.

— Engraçadinho.

— Você não vai nem *tentar* entrar na água?

Balanço a cabeça. Foi por isso que eu trouxe o bloco de desenhos.

— Nem pensar.

— Vamos, é sua última chance. — Nathan estende as mãos.

— Tem oceanos na Califórnia.

Ele faz aquela expressão esquisita, mexendo a sobrancelha, que ele sabe que me deixa furiose.

— Mas não esse oceano.

Suspiro e seguro sua mão.

— É melhor deixar isso aqui. — Ele puxa a barra da minha camiseta.

— Isso é um plano pra me fazer tirar a camiseta?

Não seria a primeira vez em que ficamos sem camisa juntes. E não será a última. Pelo menos espero que não seja.

— Anda. A ciência diz que é melhor ficar sem.

— Tá bom, você vai ter que explicar essa.

— A camiseta fica toda molhada e você fica desconfortável pelo resto do dia porque está com essa coisa molhada e nojenta fazendo peso.

— Aham, tudo ciência.

Passo os braços pelos buracos largos da regata e a deixo na toalha ao lado de Meleika e Sophie. Parece que as duas já estão dormindo em suas cadeiras, mas é difícil de saber com os óculos escuros.

— Divirtam-se. — Sophie acena para nós. — Não se corte em uma concha.

— Me arrependo de ter contado isso pra você — digo antes de Nathan me arrastar pela areia em direção à água.

Nós entramos no mar por alguns minutos antes de me sentir preparade para voltar à terra firme, mas aguento o suficiente, pelo menos por Nathan. Posso fazer isso por ele.

DESEJO A VOCÊ AS COISAS MAIS BELAS **391**

Porém eventualmente ele se cansa também, e voltamos para nosso lugar, a areia grudando na sola dos nossos pés. É terrível. Mas pelo menos dessa vez eu não me importo.

A praia começa a esvaziar depois de um tempo, o sol lentamente se pondo até virar uma bola enorme no céu. É quando Meleika e Sophie decidem entrar na água, sem avançar mais do que a profundidade em que a água bate nas coxas.

— Ei.

As mãos de Nathan se entrelaçam nas minhas. Ele está sentado atrás de mim, as pernas esticadas ao meu redor, a barriga pressionada nas minhas costas, de modo que seu queixo fica apoiado no meu ombro.

— Ei.

Eu o aperto. Realmente não acredito que tenho tanta sorte.

— Parece que você está pensando em alguma coisa.

Nathan puxa o prendedor de cabelo e os cachos caem até meus ombros, seus dedos se enroscando para tentar desembaraçá-los. Boa sorte.

Tento ri.

— Estou Benjiando de novo?

— Um pouco.

— Só estou nervose — digo. — É a coisa toda com Mariam, e Hannah e a mudança, e não… Não sei.

Na verdade, há um milhão de questões com as quais me preocupar. As coisas que levarei para a Califórnia, encontrar outra psiquiatra tão incrível quanto a dra. Taylor, me preocupar com Meleika e Sophie e torcer para que nossa amizade sobreviva a nossa mudança para o outro lado do país.

Ao longo dos últimos três meses, Mariam e eu trabalhamos do segundo em que acordamos até desmaiarmos na frente da webcam, conversando sobre ideias e coisas que poderíamos fazer. Mariam quer que eu me junte ao seu canal, para falar com elu nas conferências e eventos.

Para construir algo que possa continuar a ajudar jovens que são como nós.

Demorou um pouco para eu aceitar, em boa parte porque eu não sentia que merecia. Meu histórico de falar sobre minha identidade não era dos melhores. Mas eu tinha Nathan comigo.

Por fim, tomei coragem para começar a frequentar as sessões de terapia em grupo. Foi difícil no início, mas me acostumei. Especialmente com Nathan ao meu lado. E, com sua ajuda, fui capaz de me assumir para Sophie e Meleika. As duas tinham algumas perguntas, mas elas pareceram entender e se desculparam pelos meses que usaram o pronome errado comigo sem querer.

Pensei em fazer um textão no Facebook ou algo assim, mas decidi não fazer. Só não parecia certo.

— Você vai arrasar, sei que sim — diz Nathan.

Sinto sua pele na minha e o modo como ele está relaxado, encostado a mim. E pela primeira vez em muito tempo, parece de verdade que as coisas vão ficar bem.

— E a Hannah?

— Parece que a gente meio que acabou de consertar as coisas. E agora sou eu que estou deixando ela.

Não pensei de fato nisso até contar para Hannah e Thomas sobre o projeto, mas eu teria que me mudar para o outro lado do país. Ambos ficaram felizes, mas dava para ver a expressão no rosto de Hannah, aquela fração de segundo antes de ela me parabenizar.

— Sou ume irmane terrível.

— Você não é, não — diz Nathan.

DESEJO A VOCÊ AS COISAS MAIS BELAS **393**

— Mas eu...

— Shh, shh, shh — sussurra ele ao pé do meu ouvido. — Só shhh. Essa não é a mesma situação, vocês sabem disso.

Suspiro, dobrando os joelhos de encontro ao peito.

— Você não acha que ela me odeia?

— Acho que seria preciso muito mais que isso pra ela te odiar.

— Jura?

Ele faz que sim.

— Você sabe muito bem, e ela também, que essa não é a mesma situação. Vocês vão se falar todo dia. Agora vocês têm celulares e podem se ver pelo FaceTime. Acredite em mim, Ben, ela não vai ficar ressentida por você se mudar.

— Parece que acabamos de virar irmanes de novo.

Sinto a pele de Nathan contra a minha.

— E nada disso vai arruinar esse sentimento. Você não acha que ela está orgulhosa de você? Esse projeto... É importante, amor.

— Eu sei. — Sinto a angústia no meu peito aliviar um pouco. No fundo, eu sei disso. Nathan tem razão, de qualquer maneira. Hannah me fez prometer que nos falaríamos todo dia. Ao longo do verão, as coisas melhoraram. Devagar, mas certamente, superamos os obstáculos ao longo do caminho. Juntes. — E você acabou de me chamar de amor?

— Estou tentando algo novo, meu bem. — Ele beija meu pescoço de novo. — Não gosta?

Relaxo meu corpo contra o dele.

— Vamos ficar com "amor", então.

— Eu topo. Além disso, você deveria estar mais preocupade com aquela reunião na próxima semana.

— Por favor, não me lembra.

— Estarei na plateia, torcendo por você.

Eu me viro para poder beijá-lo. Aqueles lábios macios se tornaram facilmente minha parte favorita de Nathan.

— Não tem plateia nesse tipo de reunião.

— Vou entrar de penetra. Eu te disse, o apoio emocional vem antes do trabalho de modelo. — Ele solta um suspiro profundo e nós olhamos para o sol, afundando lentamente por trás da superfície escura do oceano. — Eu te desejo tudo de bom, Benjamin De Backer.

Não são as mesmas palavras, mas sei exatamente o que ele quer dizer.

— Eu também te amo.

Agradecimentos

Pois é, *Desejo a você as coisas mais belas* foi publicado, está aqui, nas suas mãos, em algum formato. Isso foi uma jornada. Uma estranha e longa jornada através da qual descobri que sou terrível em escrever e-mails, um tanto impaciente, e aparentemente incapaz de não trabalhar em alguma coisa enquanto a espera me consome de dentro para fora.

Mas sobrevivi, em boa parte graças a minha incrível rede de apoio e amigos que me encorajaram a continuar, mesmo quando eu estava para baixo.

A Robin, uma das minhas amizades mais queridas e a quem este livro é dedicado: sem você, este livro não existiria. Literalmente. Nossas mensagens e ligações tarde da noite me ajudaram a sair do buraco de não escrever. Você esteve presente desde o início de Ben e Nathan, quando elus eram dues jovens na escola, encarando o céu noturno e negando seus sentimentos ume por outre. Sério, pode não parecer, mas este livro passou por muitas mudanças, e você esteve lá durante todas elas. Do início ao fim.

A Mariam Haidari, que me deixou pegar seu nome emprestado para este livro: você foi a melhor figura parental para Ben e Nathan, e seu apoio significou muito para mim. O modo como você falou delus, como amou e apoiou elus... isso me fez acreditar que um dia elus seriam reais. E agora elus são. Seu status de figura parental número um está oficializado nessas palavras. E é aqui que vou me desculpar por todas as notas misteriosas que enviei a você e fizeram você se preocupar com o bem-estar de todes essus jovens ficcionais.

A Shauna, Cam e Huong: vocês estão entre as minhas melhores amizades do mundo, e não consigo imaginar passar por essa jornada sem vocês ao meu lado para compartilhar essa experiência.

A Becky Albertalli, por sua ajuda inestimável durante as etapas de edição e por seus livros que me fizeram seguir em frente. Por suas palavras gentis e seu otimismo com o futuro desta história, e pela sua ajuda ao longo do caminho. Sério, eu devo tanto a você. Além disso, você me deu a primeira *fan art* de Ben!

A minha agente, Lauren Abramo, que me deixou absolutamente sem palavras durante nossa primeira ligação. Muitas pessoas acreditaram em Ben e Nathan, mas Lauren foi a primeira pessoa que senti que realmente entendeu o que eu queria fazer com esta história. Soube desde a primeira conversa que nossa parceria seria incrível e estou feliz por ter confiado em meus instintos.

A Jeffrey West, que tem sido o editor dos sonhos e enxergou coisas que eu não enxerguei e me ajudou a transformar esta história em algo verdadeiramente fantástico. Tive a sorte de trabalhar com duas pessoas que entenderam de verdade a história que eu estava tentando contar.

A minhes primeires leitories, que me deram bons conselhos e sempre tiveram olhos atentos. Mas, principalmente, vocês me ajudaram a seguir em frente durante períodos difíceis. Ava, Cody, Camryn, Kav, Fadwa, Megan e Sarah.

A Roseanne Wells, que foi a primeira pessoa a propor uma grande revisão e deixou este livro melhor por causa disso, mesmo que você seja do time das panquecas.

A Caleb, Kari, TJ e Alice, que ajudaram a trazer Ben e Nathan à vida com sua arte deslumbrante, a qual eu amei com todo o meu coração.

E a todes minhes incríveis amigues da internet que me deram apoio constante durante essa jornada — por meio da escrita, da edição e da espera. Jonas (que me deu o nome De Backer), Claribel, Sabina, ambos Jays, Nic, Olivia, Sandhya, Meleika (que também me deixou pegar seu nome emprestado!), Kimberly, Janani, Meredith, Sona, Zoraida, e qualquer outra pessoa que acompanhou este livro desde que ele não era nada além de trezentas páginas mal escritas com o nome #HistóriaDeAmorNB. Sério, vocês me ajudaram a continuar nessa jornada, e seu apoio significa o mundo para mim. Nas palavras de Andrew Gold, mas de preferência cantadas por Cynthia Fee: obrigade por ser uma amizade.

Por fim, a minha mãe, que é uma das pessoas mais corajosas que conheço e a pessoa que mais amo no mundo. E a meu pai: você nunca teve a chance de ver essas palavras, de saber deste livro em todos os detalhes. Não sei se você teria gostado, e não sei se você teria gostado de quem eu sou, mas nunca saberemos, não é? Você só me disse que queria que eu fosse ume J. K. Rowling. E enquanto não sei se eu gostaria disso, espero que quem me tornei seja próximo o suficiente.

DESEJO A VOCÊ AS COISAS MAIS BELAS 399

Este livro, composto na fonte Fairfield,
foi impresso em papel Pólen Natural 70g/m² na gráfica Coan.
Tubarão, Brasil, janeiro de 2024.